Ralf Schwob

Last Exit - Goetheturm

Rhein-Main-Roman

SOCIETÄTS VERLAG

Satz: Julia Desch, Societäts-Verlag
Umschlaggestaltung: Julia Desch, Societäts-Verlag
Umschlagabbildung: © andreiuc88 - Fotolia.com
Druck und Verarbeitung: CPI – Ebener & Spiegel, Ulm
Printed in Germany 2015

ISBN 978-3-95542-145-8

Für Metal Dust: Michael, Jürgen und Bernd

I got holes in my shoes
I got holes in my teeth
I got holes in my socks
I can't get no sleep
I'm trying to make a million

AC/DC

Freitag, 1. Oktober 1982

Das Letzte, was Jimmy hörte, war ein Knall. Dann hörte er nichts mehr, außer einem quälend hohen Pfeifton. Jimmy riss die Augen auf und sah den stummen Schrei aus dem Mund der blonden Bankangestellten, die sich die Hände auf die Ohren presste. Er sah die geräuschlose Explosion des Bonbon-Glases, das auf den Boden fiel, als er die Tasche mit dem Geld über den Tresen zog. Er sah das Brüllen des Filialleiters, der sich vor ihnen aufgebaut hatte. Der Filialleiter trug einen dunklen Anzug und eine bunte Krawatte mit Micky-Mäusen. Er war bestimmt Familienvater, Hobbykünstler, ADAC-Mitglied. Vielleicht war er auch Fremdgeher und betrog seine Frau jeden Freitagnachmittag im Hinterzimmer mit der hübschen Blondine, die immer noch schrie, ohne dass Jimmy es hören konnte. Aber wer hätte gedacht, dass der Filialleiter auch Dirty Harry war? Dass er zumindest glaubte, er könnte es sein? Dass er eine Pistole auf Jimmy und Udo richten würde, als sie es fast schon geschafft hatten, eine lächerliche kleine Weiberpistole, die der Mann auf einmal von Gott weiß woher hervorgezaubert hatte? Der Filialleiter riss die Arme hoch, brüllte und schoss, das konnte Jimmy noch hören, und auch das Dröhnen, das danach in der Luft lag, und die Schreie und das Fluchen hörte er, denn der Schuss war verdammt laut, lauter als der Filialleiter gedacht hatte, das konnte Jimmy an seinem überraschten Gesicht ablesen. Aber der Schuss, der Jimmy taub machte, kam gar nicht aus der Waffe des Filialleiters, sondern wurde keinen halben Meter entfernt direkt neben seinem Ohr abgefeuert. Udo verfehlte den Filialleiter, aber der ging trotzdem zu Boden und sank zwischen die beiden bäuchlings auf dem schmutzig grauen Teppich liegenden Kunden, einem älteren Herrn im Sportsakko und einem langhaarigen Jeansträger, die sich vorhin ohne zu zögern auf den Boden geworfen hatten, als Jimmy sie dazu aufgefordert hatte. Der Filialleiter verabschiedete sich nach seiner Heldentat in eine erlösende Ohnmacht, und Jimmy drehte sich mit einem Pfeifkonzert im Kopf zu seinem Kumpel um. Udo stand leicht schwankend neben ihm, sein rechter Arm mit der Waffe hing nun schlaff am Körper herunter, die Finger umkrallten die Pistole, die linke Hand hatte er mit gespreizten Fingern auf den Bauch gepresst. Seine Augen, die Jimmy durch die Sichtschlitze der schwarzen Ski-Maske sehen konnte, drückten Erstaunen aus, aber keinen Schmerz. Er sah den schmalen Mund seines Komplizen, der jetzt immer wieder ein Wort formte, das Jimmy nicht hören, aber ihm schließlich nach dem zweiten oder dritten Mal von den Lippen ablesen konnte: R-A-U-S.

Draußen vor der Bank zerrte ein kleiner struppiger Hund an seiner Leine und kläffte sie zähnefletschend an, ansonsten war niemand zu sehen. Sie hatten die Filiale gezielt ausgesucht, weil sie abseits lag und freitags nach dem früheren Büroschluss kaum noch jemand in dieser Gegend unterwegs war. Dass ausgerechnet heute noch kurz vor Feierabend zwei Kunden die Filiale aufsuchten, war Pech. Auch mit der Angestellten hatten sie nicht gerechnet. Und mit der Pistole des Filialleiters schon mal gar nicht. Jimmy schwitzte, er hatte das Gefühl, unter der muffigen Ski-Maske keine Luft mehr zu bekommen. Am liebsten hätte er sie sich sofort vom Kopf gerissen, um wieder freier atmen zu können, um den kühlen Herbstwind, der hier draußen wehte, im Gesicht zu spüren. Er versuchte schneller zu laufen, aber das Pfeifen in seinen Ohren verlangsamte seine Schritte. Er hätte nie gedacht, dass der Verlust des Gehörs sich derart hemmend auf die Beweglichkeit des ganzen Körpers auswirken könnte. Udo lief stark vornübergebeugt, aber mit großen Schritten vor ihm her. Seine Haltung erinnerte Jimmy an einen Orang-Utan, der etwas erbeutet hatte und es nun schnell in Sicherheit bringen wollte. Sein Komplize erreichte als Erster die Ecke und verschwand aus Jimmys Blickfeld. Für wenige Sekunden tauchte ein überscharfes Bild vor seinem inneren Auge auf, das ihm zeigte, was sie gleich in der engen Gasse erwarten würde: zwei schräg zueinander geparkte Streifenwagen und drei, vier Polizisten mit Maschinengewehren, die über die Kühlerhauben der Fahrzeuge hinweg auf sie anlegten, dahinter ein dicker Bulle in Zivil mit einem Megafon in der einen und einem knatternden Sprechfunkgerät in der anderen Hand: Wir haben sie, wir haben sie, wir haben ...

Jimmy bog um die Ecke und sog scharf die Luft ein, aber dort stand nur der schwarze BMW, den sie selbst vor einer gefühlten Ewigkeit dort abgestellt hatten. Udo öffnete die Fahrertür, stieg aber nicht ein, sondern blieb stehen und stützte sich mit beiden Armen aufs Autodach, als Jimmy zu ihm aufschloss.

„Lass mich fahren, du bist verletzt!“ Es war ein komisches Gefühl, mit dem Pfeifen in den tauben Ohren zu sprechen. Seine eigenen Worte hörten sich für ihn an, als spräche er unter Wasser.

Udo hatte ihn aber offenbar gut verstanden. Er nickte und deutete auf die blaue Sporttasche mit dem Geld. Jimmy ging um den Wagen herum und warf die Tasche auf den Beifahrersitz, dann sagte er: „Jetzt leg dich endlich hinten rein, ich fahre.“

Jimmy wurde ungeduldig, weil sein Kumpel immer noch keine Anstalten machte, in den Wagen zu steigen. Er stand einfach nur da und sah ihn über das Autodach hinweg an. Und dann richtete er seine Pistole auf Jimmy.

* * *

„Fahr mal rechts ran!“, brüllte Bernd vom Rücksitz, aber Meier hörte nichts. *AC/DC* hämmerten gerade „Highway to hell“ durch die Boxen in der Hutablage und Meiers Welt war ein einziger verzerrter Gitarrenriff, auf dem er mit seinem Opel Kadett im Affenzahn über die Autobahn heizte als wär's ein Ferrari.

„Rechts ran!“ Jetzt brüllte auch noch Andy vom Beifahrersitz, packte ihn an der Schulter und schaltete sogar die Innenraumbeleuchtung ein, der Depp, der blöde, das kann der doch jetzt nicht bringen, dachte Meier und seine Augen wanderten in den Rückspiegel: hinter ihm machte Bernd mal wieder sein besorgtes Arztsohngesicht, und Gummi hielt sich eine Hand auf den Bauch und die andere vor den Mund.

Meier schüttelte unwillig den Kopf und wandte sich wieder der Straße zu. Irgendwas war jetzt anders: das Licht war wieder aus, die Musik aber auch. Die Tachonadel zitterte kurz unter der 80 km/h-Marke, ein Lkw setzte hinter ihm zum Überholen an und zog kurz darauf links mit langgezogenem Signalhorn an ihnen vorbei. Meier hätte schwören können, mit mindestens 120 Sachen unterwegs zu sein ...

Andy beugte sich zu ihm rüber, zeigte bedeutungsschwanger nach hinten auf den Rücksitz und sagte: „Jetzt halt schon an, der kotzt dir sonst noch ins Auto ...“

Der Lkw scherte wieder ein und Meier bemerkte, dass die Musik gar nicht ausgeschaltet, sondern die Lautstärke lediglich so weit heruntergedreht war, dass Gummis unterdrücktes Würgen jetzt mühelos *AC/DC* übertönte. „Also gut“, sagte er, „am Parkplatz in Büttelborn fahr ich raus.“

Jeden Freitagabend holte Meier seine drei Freunde mit dem Kadett ab. Er war fast vier Jahre älter als die anderen und der

Einzige, der bereits Führerschein und Auto besaß. Während Gummi, Andreas und Bernd noch zur Schule gingen, stand er schon voll im Berufsleben, wie er selbst gern betonte, und zwar als Produktionshelfer bei Wick in Früh-, Spät- und Nachtschicht.

Heute Abend waren sie in Darmstadt in der „Krone" gewesen, und Gummi, der sich normalerweise den ganzen Abend an einer Flasche Bier festhielt, hatte gegen halb elf, als die Band eine Pause machte, bereits die fünfte Flasche geleert. Sie saßen im dämmrig beleuchteten Konzertsaal im ersten Stock an einem der langen Biertische, und Gummis Blick war immer glasiger geworden. Als Meier ihn einmal aus Versehen leicht anstieß, wäre er fast von der Bank gefallen. Nach der Pause legte die Band, ein Metal Trio aus Aschaffenburg, wieder los und Gummi versuchte es mit Headbangen, wäre aber beinahe der Länge nach vor der Bühne hingeknallt. Das war der Moment, in dem Bernd entschied, dass es wohl besser sei, Gummi nach Hause zu bringen. Andreas hatte nur mit den Schultern gezuckt, die Band brachte es irgendwie eh nicht richtig, aber Meier war trotzdem sauer wegen der fünf Mark Eintritt, die sie in den Sand gesetzt hatten.

Die Scheinwerfer des Kadetts fingen das blauweiße Parkplatzschild am Rand der Autobahn ein. Meier nahm den Fuß vom Gas und lenkte den Wagen auf die Zufahrt. Er fuhr so dicht es ging an den Grünstreifen heran und bremste abrupt ab. Andy riss sofort die Beifahrertür auf, sprang heraus und klappte die Rückenlehne seines Sitzes nach vorne, damit Gummi auch aussteigen konnte, aber der verfing sich mit dem Fußgelenk im Sicherheitsgurt und musste von Andreas erst noch befreit werden, bevor er schließlich mit großen Schritten auf den Grünstreifen zutorkelte, wo er bereits nach ein paar Metern von der Dunkelheit jenseits des Parkplatzes verschluckt wurde.

Meier beugte sich über die nach vorn geklappte Rückenlehne des Beifahrersitzes und sah durch die offene Tür nach draußen, wo Andreas und Bernd, der ebenfalls ausgestiegen war, neben dem Kadett standen und neugierig in die Richtung starrten, in der Gummi verschwunden war.

„Siehst du ihn noch?"

„Nee, du?"

Bernd schüttelte den Kopf. Beide drehten sich um und sahen Meier erwartungsvoll an, als könne der nachts besser sehen, dann hörten sie, wie Gummi sich irgendwo in der Dunkelheit übergab.

Meier verdrehte die Augen, ließ sich zurück in den Fahrersitz fallen und atmete tief durch. Er stellte den Motor ab und die Scheinwerfer auf Standlicht.

Der Parkplatz lag im gelblichen Licht der Lampen, die am Rand der Parkzone aufgestellt waren. Hinter den wenig einladenden Picknicktischen aus Beton und den grünen Mülltonnen mit den blauen Abfallsäcken versank die Umgebung fast sofort in der Finsternis. Meier kurbelte das Fenster herunter und zündete sich eine Zigarette an. Die Luft roch nach Herbst und Zuckerrüben.

Er hatte eigentlich geglaubt, dass sie die einzigen nächtlichen Rastplatzbesucher seien, aber als sich seine Augen nun immer besser an das Schummerlicht gewöhnten, konnte er die Umrisse eines weiteren Fahrzeugs ausmachen, das ein Stück weiter vorne ebenfalls nahe am Seitenstreifen parkte. Die Türen des Autos waren alle geschlossen und die Innenraumbeleuchtung ausgeschaltet. Wahrscheinlich knutschten da nur zwei oder rauchten einen Joint, aber Meier hatte plötzlich ein komisches Gefühl, das er sich nicht erklären konnte.

Vor einer knappen Stunde noch hatte er sich in der „Krone“ auf die Toilette verabschiedet, in eine der Klokabinen eingeschlossen und selbst eine kleine Tüte durchgezogen. Die anderen hatten davon nichts bemerkt, nur Andreas hörte nicht auf, ihn nach seiner Rückkehr vom Klo dämlich anzugrinsen. Vielleicht bildete er sich das aber auch nur ein. Manchmal machte ihn das Kiffen so ein bisschen paranoid, was auch sein merkwürdiges Gefühl mit dem Auto da vorne erklären würde.

Er hätte den Joint mit seinen Freunden teilen sollen. Andreas war sonst eher ein stiller Typ, aber heute Abend ziemlich aufgekratzt und in Partylaune, den hätte er zu so was bestimmt nicht lange überreden müssen; und Gummi war ja von Anfang an gut drauf gewesen, zumindest bis er es mit dem Bier übertrieben hatte. Nur Bernd hätte wahrscheinlich wieder mal nur arrogant gelächelt und den Kopf geschüttelt. Bernds Vater war Stationsarzt im Kreiskrankenhaus, und manchmal hatte Meier das Gefühl, dass er sich deshalb für was Besseres hielt. Also hatte er gar keinen von ihnen gefragt und sein Dope einfach allein geraucht.

Die Lichter des Autos vor ihm flammten plötzlich auf, und Meier fiel vor Schreck beinahe die Zigarette aus der Hand, bekam sie aber im letzten Moment noch zu fassen und schnippte den Stummel aus dem Fenster. Er spürte sein Herz bis in den Hals schlagen und starrte auf den Wagen vor ihm, der jetzt langsam zu rollen begann, aber schon nach ein paar Metern abrupt einen Satz nach vorne machte, so dass der Motor absoff wie bei einem Fahranfänger. Einen Moment lang tat sich nichts, dann wurde der Motor erneut angelassen. Das Fahrzeug fuhr an, rollte ein Stück nach vorne und blieb dann mit laufendem Motor stehen.

„Was macht der denn da?“

Erneut fuhr Meier der Schreck in alle Glieder. Andreas beugte sich durchs offene Fenster zu ihm in den Wagen und sah ihm direkt ins Gesicht.

„Scheiße, Mann, muss das sein?"

„Erschreckt?" Andy grinste. „Das is'n 3er BMW, oder?"

„Das is'n großes schwarzes Auto mit einem am Steuer, der nicht fahren kann. Was ist denn jetzt mit Gummi?"

Andreas deutete mit dem Kinn zur Beifahrerseite, wo Bernd gerade dabei war, ihren immer noch arg angeschlagenen Freund wieder ins Auto zu bugsieren. Gummi kauerte schließlich halb liegend auf der Rückbank, den Kopf mit offenem Mund und geschlossenen Augen ans Seitenfenster gelehnt.

„Der sabbert dir jetzt die Scheibe voll", sagte Andreas und grinste.

Meier winkte ab und machte ihnen Zeichen, wieder einzusteigen. Er wollte einfach nur nach Hause, sich eine Dose Bier aufmachen und seinen Restrausch vor dem Fernseher ausklingen lassen.

„Okay, dann wollen wir mal wie ...", setzte er an, wurde aber vom Lärm eines aufheulenden Motors unterbrochen. Der Wagen vor ihnen bewegte sich keinen Meter, aber offensichtlich trat der Fahrer jetzt das Gaspedal voll durch, ohne zu kuppeln.

„Spinnt der, oder was?", brüllte Andy in das Aufheulen des Motors hinein, und wie als Antwort darauf ebbte der Lärm wieder ab.

„Mit dem stimmt doch was nicht", flüsterte Bernd, der sich mittlerweile auf dem Beifahrersitz niedergelassen hatte.

„Ganz genau", sagte Meier langsam, „und deshalb hauen wir jetzt auch ab, Andy mach dich jetzt endlich rein hier oder du kannst laufen!"

„Wart' doch mal!"

Der Fahrer des BMW hatte es nun offensichtlich doch geschafft, den ersten Gang einzulegen und zuckelte seelenruhig in Schlangenlinien auf die Auffahrt zu.

„Der will doch so nicht etwa auf die Autobahn?“ Bernd beugte sich nach vorne, so dass seine Nase fast die Windschutzscheibe berührte. Meier hob kurz die Schultern.

„Vielleicht braucht er Hilfe.“ Bernd stieg wieder aus und lief dem Auto hinterher, winkte und rief dem Fahrer zu, er solle anhalten.

Meier schlug mit der Faust aufs Lenkrad. Das hatte ihm gerade noch gefehlt, dass sie sich hier als gute Samariter betätigten.

Er sah, dass jetzt auch Andreas losspurtete und der Wagen tatsächlich langsamer wurde, bis er sich nur noch stotternd im Schritttempo bewegte. „Kupplung“, murmelte Meier, „tritt doch endlich die verdammte Kupplung, du Depp.“ Aber der Fahrer des BMW tat nichts dergleichen, das Fahrzeug verlor zusehends an Tempo, machte schließlich einen letzten kleinen Sprung nach vorne und blieb dann schräg auf dem Fahrstreifen stehen.

Meier beobachtete, wie sich seine beiden Freunde langsam der Fahrertür näherten und dann unschlüssig davor verharrten. Wie die ersten Menschen vorm Feuer, schoss es ihm durch den Kopf. Er sah im Rückspiegel Gummi auf der Rückbank schlafen und dachte für einen Moment daran, einfach durchzustarten und abzuhauen, sollten die beiden doch einen romantischen Nachtspaziergang über die Rübenfelder nach Groß-Gerau machen. Der Herbst hatte zwar schon Einzug gehalten, aber die Nacht war windstill und nicht allzu kühl, das würde die beiden Jungs schon nicht umbringen. Er hatte jedenfalls keinen Bock auf diese Scheiße. Unentschlossen fummelte er am Zündschlüssel herum, aber dann stieg er doch aus und ging zu ihnen hinüber.

Je näher er dem schwarzen BMW kam, umso mehr hatte er das Gefühl, dass es ein Riesenfehler gewesen war, den Rastplatz anzusteuern. Er hätte einfach weiterfahren und Gummi notfalls ins Auto kotzen lassen sollen. Die Gesichter seiner beiden Kumpels hatten im trüben Schein der Parkplatzbeleuchtung eine ungesund gelbliche Färbung angenommen.

„So, und jetzt?"

„Wir müssen nach dem Fahrer sehen", stellte Bernd fest.

„Dazu musst du aber die Tür aufmachen." Meier sah Bernd herausfordernd an, und Andreas blickte vom einen zum andern.

Das Abblendlicht des BMW war immer noch eingeschaltet, aber im Inneren des Wagens war alles dunkel.

Meier fragte sich, ob es an den Scheiben liegen konnte, die abgetönt zu sein schienen. Langsam ging er ein paar Schritte auf das Auto zu und lauschte angestrengt, konnte aber außer dem Rauschen der Autobahn in seinem Rücken nichts hören. Er blieb vor der Fahrertür stehen, sah einige böse Kratzer im schwarzen Lack, die trotz des spärlichen Lichts gut zu erkennen waren, drehte sich zu seinen Freunden um und rief: „Lasst uns lieber verschwinden, das geht uns doch alles nichts an."

Andy machte einen Laut, als entwiche sämtliche Luft aus seinen Lungen und blieb mit hängenden Schultern stehen, aber Bernd kam mit großen Schritten auf Meier zu. Er sah ihn an, biss sich auf die Unterlippe und nickte. Dann klopfte er energisch gegen die Scheibe auf der Fahrerseite.

„Hey, alles in Ordnung mit Ihnen? Brauchen Sie Hilfe?"

Bernd ging einen Schritt zurück, weil er offenbar damit rechnete, dass die Fahrertür geöffnet werden würde, aber nichts geschah. Meier ließ den Blick über die Büsche schweifen, die den Rastplatz von der Autobahn trennten, und glaubte auf einmal, ganz deutlich eine Bewegung ausmachen zu können.

„Das reicht, wir verschwinden jetzt…" Er packte Bernd am Arm, um ihn zum Aufbruch zu bewegen, aber der rührte sich nicht vom Fleck, stattdessen näherte sich nun auch Andreas den beiden.

„Und? Was ist?"

„Nix is, siehste doch und jetzt hauen wir…"

Bernd ließ seinen freien Arm vorschnellen und riss die Fahrertür des BMW auf. Die Innenraumbeleuchtung sprang an und tauchte die Szenerie im Wagen in kaltes Licht.

Horrortrip. Das war das Erste, was Meier dachte. Was er da sah, das sah er eigentlich gar nicht wirklich, das waren nur die Auswirkungen des Joints in seinem Kopf. Er schloss die Augen für einen Moment, presste die Lider fest zusammen, sodass er kleine rote Sonnen explodieren sah, und hätte sich nicht gewundert, wenn er immer noch in der Klokabine in der „Krone" gesessen hätte, wenn er dort abgedriftet wäre und der ganze Trip hierher auf den Rastplatz nach Büttelborn nur in seinem zugeknallten Hirn stattgefunden hätte. Kurz bevor er die Augen wieder öffnete, war er fest davon überzeugt, dass es genau so war, dass er gleich die mit Eddingsprüchen beschmierte Klotür sehen und das Kommen und Gehen an den Pinkelbecken davor hören würde.

Stattdessen hörte er Andreas.

„Um Gotteswillen, um Gotteswillen, um Gottes…" murmelte sein Freund, als laufe in seinem Kopf eine hängende Schallplatte. Bernd sagte nichts, sondern starrte nur auf den Mann im Fahrersitz.

Er saß nach hinten gelehnt, auf den ersten Blick hätte man glauben können, er mache nur ein Nickerchen, die Hände über dem Bauch gefaltet. Sein schwarzes Hemd war aufgeknöpft und das Unterhemd nach oben geschoben, sodass die Hände über dem Nabel lagen, nur dass anstelle des Nabels ein rotschwarzer Krater zwischen seinen blutverschmierten Fingern hervorquoll. Der Kopf des Mannes war in den Nacken überstreckt, der Mund leicht geöffnet, die erloschenen Augen auf den Wagenhimmel gerichtet.

Meier sah, wie Bernd sich dem Mann vorsichtig näherte, es sah aus, als schleiche er sich an, um ihn nicht zu wecken. Er hielt einen Moment inne und drehte sich dann zu seinen Kumpels um.

„Der ist tot,"

„Tot, tot, tot..." Andreas war ziemlich hinüber.

„Und das ist noch nicht alles..." Bernd winkte sie heran.

Meier ärgerte sich. Warum hatten sie nicht einfach auf ihn gehört, als noch Zeit genug gewesen war, um einfach zu verschwinden? Er wäre am liebsten immer noch in seinen Kadett gestiegen und davongefahren, aber irgendetwas war jetzt ins Rollen gekommen, dem er sich nicht entziehen konnte.

„Da..." Bernd deutete auf den Beifahrersitz, und Meier sah sofort, was er meinte. Eine blaue Adidas-Sporttasche mit aufgezogenem Reißverschluss, die bis obenhin mit etwas vollgestopft war. Meier musste sich ein Stück weiter in den Wagen beugen, wobei er versuchte, möglichst viel Platz zwischen sich und dem Toten zu lassen. Erst konnte er gar nichts erkennen, aber dann sah er die Haufen blausilberner Hunderternoten, die mit einer Banderole zu akkuraten Päckchen gebündelt waren. Vor der Tasche lag eine halbautomatische Pistole, wie er sie schon öfter in deutschen Krimis gesehen hatte, keine der angesagten amerikanischen Magnum-Revolver, sondern eine eher unscheinbare, schwarze Waffe, wie sie auch Streifenpolizisten trugen.

Meier zog seinen Oberkörper vorsichtig zurück und war erleichtert, als er wieder vor dem Wagen stand, ohne den Toten berührt zu haben. Er atmete zweimal tief durch. Jetzt war Andreas dran.

„Wir müssen zur Polizei!“ Bernd stemmte die Arme in die Hüften. „Sofort!“

Meier sagte nichts. Wieder hatte er das Gefühl, als beobachte sie jemand. Was war das? Polizei hatte Bernd gesagt. Und er mit rot unterlaufenen Augen, die Pupillen so groß wie Stecknadelköpfe.

„Was meint ihr, wie viel Geld ist da drin?“ Andreas tauchte wieder aus dem Wagen auf und hatte die Augen zu Schlitzen verengt.

„Scheißegal!“

„Das sind mindestens ... Ich meine, wenn die ganze Tasche wirklich voll ist mit ...“

„Egal!“ Bernd tobte. „Wir müssen die Polizei informieren, und zwar sofort!“

Andreas stand der Mund offen, er schien Bernd gar nicht zuzuhören.

Meier sah etwas neben dem Auto liegen, es musste herausgefallen sein, als Bernd die Tür aufgerissen hatte. „Ich gehe jedenfalls nicht zu den Bullen“, sagte er und freute sich über Bernds überraschten Gesichtsausdruck.

„Aber ...“

„Nee, nix aber, wir hauen jetzt ab, was wir schon längst hätten tun sollen, und wenn du's nicht lassen kannst, mach halt 'nen anonymen Anruf, aber halt uns da raus, ja?“

Bernd sah ihn ungläubig an, er schien zu überlegen, aber dann nickte er.

„Also gut. Dann los.“ Meier scheuchte die anderen zum Kadett zurück und stieß die Fahrertür mit dem Fuß zu. Er hörte das Klacken des Schließmechanismus, der gerade so weit einrastete, dass die Innenraumbeleuchtung erlosch.

Gummi schlief schnarchend auf dem Rücksitz, als sie wieder in den Kadett stiegen. Andreas zwängte sich neben ihn. „Mann, oh Mann, was für ein Ding…“

„Ja“, sagte Meier, „was für ein Ding.“ Bernd sagte nichts, sondern sah Meier interessiert an.

„Ist was?“

Bernd schüttelte den Kopf. „Fahr schon, damit ich den Notruf machen kann.“

„Aber anonym, am besten von einer Telefonzelle aus.“

„Ja doch.“

Meier ließ den Motor an und steuerte den Kadett langsam in großem Bogen um den BMW herum. Im Rückspiegel sah er das Fahrzeug mit dem Toten immer kleiner werden.

„Mann, oh Mann, oh Mann…“, murmelte Andreas auf der Rückbank immer wieder vor sich hin, dann hatten sie den Beschleunigungsstreifen erreicht und Meier gab Gas.

Samstag, 2. Oktober 1982

Der Filialleiter hatte seinen Komplizen mit der kleinen Automatik erwischt, so viel war mal klar. Jimmy dachte daran, wie Udo an dem BMW gestanden hatte, die Arme angewinkelt auf dem Autodach, die Pistole in der rechten Hand, sogar den Kopf hatte er einen Moment lang auf den Unterarm gebettet und die Augen geschlossen, das Arschloch. Er musste Atem schöpfen nach dem Spurt aus der Bank. Sich bereit machen fürs Finale. Das schwarze Hemd war ihm aus der Hose gerutscht und ein dunkler, feuchter Fleck hatte sich in Nabelhöhe ausgebreitet.

Jimmy nahm den Schlüssel für Zimmer 212 vom Tresen und stieg über die schmale Treppe in den zweiten Stock. Die Flure waren mit abgetretenen Teppichen gepolstert, die man, den verblichenen Farben und Mustern nach zu urteilen, irgendwann in den 60er Jahren angeschafft und seitdem nicht allzu oft gereinigt hatte. Jimmys Unterkunft lag am Ende des Flurs, er öffnete die Tür mit dem Schlüssel, an dem eine kleine Billardkugel als Beschwerung hing.

Das Fenster war geöffnet, eine leichte Brise wehte die Gardinen ins Zimmer. Trotz des Durchzugs roch es penetrant nach Mottenkugeln. Eine wacklige Garderobe hing gleich neben dem Eingang, darunter der Feuerfluchtplan, gegenüber die Tür zum Badezimmer. Im Hauptraum stand links das Bett und auf der anderen Seite ein einfacher Beistelltisch mit einem klobigen Münzfernseher. Kein Kleiderschrank. Kein Stuhl.

Jimmy ging ans Fenster und sah hinaus. Vollgestopfte Mülltonnen unten auf dem Gehsteig, ein Stück weiter die Straße hinunter parkte ein ramponierter Opel Ascona, die hohen Fenster der Altbauten auf der gegenüberliegenden Straßenseite waren zugemauert.

Er schloss das Fenster, zog sich bis auf die Unterwäsche aus und legte sich rücklings aufs Bett, den angewinkelten Arm über den Augen. Sofort stürmten die Bilder des Nachmittags auf ihn ein: Er sah noch einmal über das Wagendach des BMW und in die Mündung der Pistole, sah Udos entschuldigendes Lächeln. Er spürte keine Angst, weil er es noch gar nicht kapiert hatte. Kapiert, dass sein Kumpel die ganze Beute für sich wollte, kapiert, dass er dem Falschen vertraut hatte und gleich sterben würde. Aber dann war Udo einfach in den Wagen gestiegen und davongefahren.

Und Jimmy war stehen geblieben, wie damals, als er sieben Jahre alt gewesen war und allein der Blick des Krämerladenbesitzers gereicht hatte, ihn am Weglaufen zu hindern. Der Mann im weißen Edeka-Kittel mit seinen pomadisierten Haaren und der riesigen Hornbrille nahm ihm die beiden Brausebonbons, die er gestohlen hatte, noch nicht einmal ab, sondern legte ihm nur eine seiner knochigen Hände auf die Schulter und begleitete ihn dann schweigend nach Hause, wo Jimmys Mutter rauchend im Morgenmantel in der kleinen Küche saß und die Anschuldigungen des Krämers wegflirtete, so wie sie es auch immer tat, wenn sie mit der Miete im Rückstand war oder das Sozialamt jemanden schickte. Jimmy begriff sehr früh, dass dieses Flirten und Kokettieren mit Männern das einzige Mittel war, das seiner Mutter zur Verfügung stand, um sich aus unangenehmen Situationen zu retten oder sich hier und da einen kleinen Vorteil zu verschaffen. Nach einem kurzen Gespräch verabschiedete sie den gutmütigen Mann an der Wohnungstür, kam dann in die Küche zurück und schlug Jimmy zweimal so heftig ins Gesicht, dass ihm sofort die Tränen in die Augen schossen.

Sie wartete, bis er sich wieder einigermaßen gefangen hatte, dann beugte sie sich zu ihm herunter, sah ihn aus ihren großen müden Augen an, und sagte: „Entweder du hörst auf zu klauen, oder du lässt dich in Zukunft nicht mehr dabei erwischen."

Seine Mutter verschwand im Schlafzimmer und Jimmy stand in der Küche, verheult und mit brennenden Wangen. Die Bonbons in seiner verschwitzten Hand ekelten ihn auf einmal an, und so kam es, dass sein erstes Diebesgut in der Mülltonne landete. Das Klauen aber hatte er deshalb nicht aufgegeben.

Und nun, 20 Jahre später, hatte wieder ein Blick gereicht, ihn erstarren zu lassen. Es war nicht die Pistole, sondern der bedauernde Blick seines Kumpels gewesen, der ihn vollständig gelähmt hatte, dieselbe alte, mitleidige Herablassung im Blick des Kaufmanns war es, die ihn fast vollkommen taub und bewegungsunfähig in der Seitenstraße hatte verharren lassen, nachdem Udo sich schon längst davongemacht hatte.

Er wusste nicht, wie lange er dort abholbereit für die Polizei gestanden hatte, aber als er sich wieder bewegen konnte, war er immerhin schlau genug gewesen, nicht sofort in seine schäbige Einzimmerwohnung zurückzukehren, sondern hatte sich ein paar Stunden im offenen Kellerverschlag eines Mietshauses versteckt, sich hinter einem alten Sofa in die Ecke gekauert und im Dunkeln gewartet, bis das Pfeifen in seinem Kopf etwas leiser geworden war und er wieder ansatzweise etwas hören konnte.

Freitagnacht war das Geräusch in seinen Ohren weiter abgeflaut, dafür hatte ihn die Angst, entdeckt zu werden, gepackt und fast die ganze Nacht wach gehalten, sodass er schließlich ein paar Sachen in eine Sporttasche gestopft hatte und aus der Wohnung geflohen war. Er ging zum Bahnhof, ohne zu wissen, wohin er eigentlich wollte, irrte durch die Quadrate der Mannheimer Innenstadt, landete in einer Eckkneipe, in der er so früh der einzige Gast war, bestellte trotzdem ein Bier und musste, als er sich eine Zigarette anstecken wollte, feststellen, dass sein Feuerzeug verschwunden war. Er ließ sich vom Wirt Feuer geben, der ihn kurz ansah und ihm dann eine fast leere Schachtel Zündhölzer über den Tresen schob mit der Bemerkung, die könne er behalten. Im Radio liefen die Nachrichten: Helmut Kohl war am Vortag in Bonn zum neuen Bundeskanzler gewählt worden, in Hessen begannen die Herbstferien..., vor den Regional- und Lokalnachrichten warf er ein paar Münzen auf den Tisch, ließ das halbvolle Glas Eichbaum stehen und verschwand aus der Kneipe.

Das Hotelzimmer hatte er mit dem letzten Bargeld bezahlt, das er noch in der Tasche hatte, sein Konto war schon seit Wochen überzogen. Wenn er früher, als Kind, traurig oder verzweifelt war, was ziemlich oft vorkam, stieg er am Hauptbahnhof in die Straßenbahn und fuhr ohne Fahrschein raus nach Käfertal zu den Sullivan Barracks. Dort stellte er sich vor den Schlagbaum und beobachtete die US-Soldaten, die dort ein- und ausgingen. Die meisten ignorierten ihn, aber manchmal lächelte einer, strich ihm übers Haar oder gab ihm sogar einen Kaugummi. Chewing Gum war sein zweites englisches Wort, das erste war Daddy. Jimmys Vater war ein amerikanischer GI, das war alles, was er über ihn wusste. Als seine Mutter von Jimmys Fahrten zur Kaserne erfuhr, lachte sie nur humorlos und teilte ihrem Sohn mit, dass sein Vater schon längst wieder in den USA sei und dort wahrscheinlich eine andere Frau und einen anderen Sohn habe und Jimmy sich seine Ausflüge nach Käfertal in Zukunft sparen könne. Obwohl er bereits alt genug war, um zu verstehen, was das hieß, fuhr er trotzdem weiter zur Kaserne und stellte sich vor, wie einer der Soldaten ihn erkennen, ihm zuwinken und zu ihm rüberkommen würde. Er würde ihn an der Hand nehmen und dann würden sie nach Hause gehen.

Irgendwann hatte Jimmy natürlich damit aufgehört, er wusste allerdings nicht mehr, wann. Viel später hatte er schräge GI-Freunde, die ihm stangenweise Zigaretten und Kisten mit Whisky aus dem PX zum Weiterverkauf besorgten, und einmal hatte Jimmy einem von ihnen die Nase gebrochen, weil der grinsend behauptete, die deutschen Frauen seien alle leicht zu haben.

Jimmy nahm den Arm von den Augen und blinzelte in die Mittagsonne, die wie eingekeilt zwischen den Dachfirsten auf der anderen Straßenseite stand und jetzt genau in sein Zimmer schien. Er wollte aufstehen, um die Vorhänge zuzuziehen, konnte sich aber nicht aufraffen. Er roch den sauren Schweiß seiner Achseln, wollte duschen gehen, blieb aber liegen. So eine Scheiße, dachte er, so eine elende, gottverdammte Scheiße.

Er war kurz davor, einzunicken, als er Schritte hörte. Sofort war er wieder hellwach und richtete sich mit wild klopfendem Herz auf. Es konnte eigentlich nicht sein, nicht jetzt schon, aber die Schritte auf dem Flur kamen zweifellos näher. Jimmy hielt die Luft an. Sie waren mindestens zu zweit, jetzt hielten sie vor seiner Tür einen Moment inne, waren ganz ruhig, dann Flüsterstimmen und erneute Bewegung.

Jimmy ballte die Fäuste, spürte, wie ihm der Schweiß ausbrach und den Rücken hinunterlief. Er dachte an die Pistole, die in seine Lederjacke gewickelt unter dem Bett lag. Jetzt, dachte Jimmy, jetzt. Alle seine Muskeln waren angespannt, aber gleichzeitig war er unfähig, auch nur einen Finger zu rühren. Als nächstes hörte er, wie die Tür des gegenüberliegenden Hotelzimmers aufgeschlossen wurde. Der Mann flüsterte immer noch, aber die Frau sprach jetzt laut und deutlich.

„Soll sie doch…", sagte die Frau spöttisch und: „Jetzt stell dich doch nicht immer so an…" Jimmy hörte ihr kehliges Lachen und die beschwichtigenden Worte des Mannes, dann fiel die Tür hinter ihnen ins Schloss und alles war wieder ruhig. Jimmy ließ sich zurück auf die Matratze sinken und atmete auf.

* * *

Es war nicht unbedingt eine Glaubensfrage, welchen Schnellimbiss man bevorzugte, aber nahe dran. Allerdings war der Imbisswagen der Metzgerei Siefert am Marktplatz während des samstäglichen Wochenmarkts derart umlagert, dass Bernd zumindest diesmal den „City Grill" am Sandböhl vorgezogen hatte.

Er saß auf der niedrigen Mauer, die den Fußgängerbereich des Platzes von dem dahinter liegenden Parkstreifen und der Straße absetzte, und aß Pommes mit Mayo aus der Pappschale. Zwischen dem Imbiss, dem Zeitschriftenlädchen und der bereits für den Winter geschlossenen Eisdiele auf der einen und dem Kaufhaus auf der anderen Seite herrschte die übliche samstägliche Hektik kurz vor Ladenschluss: Frauen mit Einkaufskörben eilten mit großen Schritten über den Platz, um letzte Besorgungen fürs Wochenende zu machen, während ihre Männer rauchend vor den Geschäften auf und ab gingen. Ein paar Kinder machten sich an den Parkuhren zu schaffen und wurden von ihren Müttern zur Ordnung gerufen. Weiter vorne, wo sich der Platz zur Darmstädter Straße hin öffnete, hatten Atomkraftgegner einen Infostand aufgebaut und verteilten ihre gelbroten Sonnenaufkleber. Bernd hatte Andys Eltern, die dort jeden Samstag den atomaren SuperGAU verhindern halfen, nach ihrem Sohn gefragt und die lapidare Auskunft erhalten, der penne noch. War ja eigentlich klar.

Bernd hatte schlecht geschlafen. Die Geschehnisse der Nacht wollten ihn einfach nicht loslassen. Zuerst hatten sie Gummi nach Hause gebracht. Als sie vor dem Hochhaus am Europaring hielten, öffnete er kurz die Augen und sah sie an, als wäre er gerade auf dem Mond gelandet.

Gummi hieß eigentlich Thomas Grundmann. Seinen Spitznamen verdankte er dem Umstand, dass er in der Grundschule sommers wie winters immerzu grellgelbe Gummistiefel getragen hatte. So lange kannten Bernd und Andreas ihn nun schon. Die Gummistiefel hatte Thomas zwar schon längst gegen ausgetretene Cowboystiefel eingetauscht, aber den Spitznamen wurde er einfach nicht mehr los, was ihm aber ziemlich egal zu sein schien. Eine Zeit lang hatte er sogar behauptet, er habe seinen richtigen Namen vergessen und werde mit 16 verlangen, dass sein Perso auf den Namen Gummi Grundmann ausgestellt werde.

Bernd begleitete ihn nach oben. In der Aufzugskabine lehnte Gummi mit halbgeschlossenen Augen an der Rückwand und schwankte leicht mit dem Oberkörper vor und zurück, als sich der Fahrstuhl in Bewegung setzte. Vor der Wohnungstür im fünften Stock überzeugte sich Bernd, dass sein Kumpel auch wirklich die Tür aufbekam. Als er es nach zwei fehlgeschlagenen Versuchen mit dem Schlüssel endlich geschafft hatte, legte Gummi bedeutsam einen Finger vor die Lippen, machte „Psssst“ und torkelte in die dunkle Diele.

Unten ging Meier rauchend vor dem Kadett auf und ab, und Andy lehnte mit vor der Brust verschränkten Armen an der Beifahrerseite. Auf dem Rastplatz war Bernds erster Impuls noch gewesen, so schnell wie möglich die Polizei zu informieren, aber jetzt war er unsicher geworden. Was, wenn der Typ doch noch gelebt hatte, als sie ihn fanden? Wenn die Polizei nun irgendwelche Spuren von ihnen fand? Er dachte an die toten

Augen des Mannes, an das Blut, die verdrehten Glieder. Bernd wollte nach dem Abi Medizin studieren und Arzt werden wie sein Vater. Entweder das oder der beste Hardrock-Gitarrist der Welt. Wahrscheinlich also ein Arzt, der in seiner Freizeit Gitarre spielte, irgendwie war ihm das schon klar. Aber was war, wenn er vorhin etwas übersehen hatte? Wenn er den Mann hätte wiederbeleben müssen?

„Ich mach mich…" Andy gähnte, stieß sich vom Auto ab und trottete davon, er wohnte gleich um die Ecke, in einem modernen doppelstöckigen Einfamilienhaus direkt an der Fasaneriemauer. Er hatte den Schock offenbar schon ganz gut verdaut, zumindest war er wieder der alte wortkarge Andy, den man kannte.

Bernd musste noch ein ganzes Stück den Europaring runter, am Landratsamt und kurioserweise auch an der Polizei vorbei, um nach Hause zu kommen. Sein Elternhaus lag im Paracelsusweg direkt gegenüber vom Krankenhauspark, den seine Eltern nur zu durchqueren brauchten, wenn sie zum Dienst mussten. Meier setzte ihn vor der Tür ab, bevor er sich selbst auf den Heimweg in die Nordsiedlung machte. Als Bernd ausstieg, lehnte sich Meier nochmal im Schein der Innenraumbeleuchtung über den Beifahrersitz nach draußen, deutete mit ausgestrecktem Zeigefinger auf Bernd und sagte: „Anonym." Bernd nickte und schloss die Autotür, er war zu durcheinander und zu müde, um sich über Meiers aufgesetztes Film-Gehabe zu ärgern. Wen wollte der eigentlich darstellen? Den Hilfsarbeiter-Paten aus der Heimstättensiedlung mit der French Connection?

Er schlich sich ins Haus, obwohl seine Eltern gar nicht da waren, machte auch kein Licht, sondern legte sich im Dunkeln angezogen auf sein Bett und versuchte, sich einzureden, dass sie sowieso nichts hätten tun können, dass es am besten sei, die Sache einfach auf sich beruhen zu lassen.

Er war eingeschlafen und Stunden später wieder aufgewacht, weil er erbärmlich fror, und sofort waren die Gedanken wieder da. Die rote Digitalanzeige seines Weckers zeigte 3:15 Uhr und er wusste, dass er jetzt nicht mehr einschlafen würde, also war er zur Telefonzelle am Altenheim gelaufen, um doch noch den anonymen Anruf bei der Polizei zu machen. Danach kam er sich wie ein Idiot vor, und dann wie ein feiger Versager, aber als er wieder in seinem warmen Bett lag, schlief er fast augenblicklich ein.

Gegen halb neun wachte er auf, weil seine Blase drückte. Er ging zur Toilette und legte sich wieder hin, wurde aber fortan von bizarren Träumen gequält, aus denen er immer wieder aufschreckte, nur um kurz darauf erneut wegzudämmern. Um elf klingelte es an der Tür und Bernd ging mit klopfendem Herzen öffnen. Er stand in T-Shirt und Unterhose vor den beiden Polizisten, die ihn ernst ansahen und zu dem am Straßenrand geparkten Streifenwagen hinüberdeuteten, aus dem ihm der Tote von der Raststätte zuwinkte.

Bernd erwachte schlagartig und diesmal ging er kein Risiko mehr ein, stand auf und setzte sich in die Küche. Auf dem Tisch lag etwas Geld und eine Notiz seiner Mutter, die ihn noch einmal daran erinnern sollte, dass sie Nachtdienst hatte und jetzt schlief. „Musik nur Zimmerlautstärke, am besten Kopfhörer!“, hatte sie aus leidvoller Erfahrung hinzugesetzt und zweimal dick unterstrichen. Sein Vater schien noch gar nicht vom Bereitschaftsdienst zurück zu sein, was nicht weiter ungewöhnlich war. Pünktlich konnte er selten einen Dienst beenden, und dann ging er meistens noch mal auf Station, um nach „seinen“ Patienten zu sehen.

Bernd hatte das Geld vom Küchentisch eingesteckt und war nach einer kurzen Katzenwäsche im Bad mit dem Fahrrad zu seinem Pommes-Mittagessen aufgebrochen.

Sämtliche Bänke auf dem Sandböhl waren jetzt von alten Männern und Frauen mit Gehstöcken in Beschlag genommen, die entspannt in die Herbstsonne blinzelten. Die Atomkraftgegner packten langsam ihren Stand zusammen, die Geschäfte schlossen fürs Wochenende, und Bernd warf die leere Pommesschale in einen der Abfalleimer. Er saß schon halb auf seinem Fahrrad, als er Meier die Kirchstraße herunterkommen sah. Der kramte im Gehen nach Kleingeld in seiner Jeans und steuerte ebenfalls den „City Grill" an. Bernd stieg wieder ab, drehte sich um und schob sein Rad zügig in Richtung Kaufhaus, damit er seinen Kumpel im Rücken hatte und der ihn hoffentlich nicht sehen konnte. Keinen Bock auf Meier und seine dummen Sprüche heute früh, echt nicht.

* * *

Meier sah den langen Schlacks zügig das gelbe Rennrad am Kaufhaus vorbeischieben, sah, wie der Typ Andys Eltern am Anti-AKW-Stand kurz zuwinkte, auf seinen Drahtesel sprang und davonfuhr. Meier dachte sich seinen Teil. Er hatte Bernd sofort an dem silbernen Gibson-Patch auf seinem Jeansjackenrücken erkannt. Der sollte mal bloß nicht zu sehr den Obermacker raushängen lassen, nur weil er ganz gut Gitarre spielen konnte, bis zu Ritchie Blackmore war es auch für Doktor Bernd noch ein weiter Weg.

Keine fünf Minuten später saß Meier an fast derselben Stelle auf der Mauer, wo vor kurzem noch Bernd gesessen hatte, und schaufelte ebenfalls Pommes in sich rein. Zusätzlich gönnte er sich noch eine Curry-Wurst und ein Cola-Bier, es war ja Samstag. Ein Rentnerpaar saß links von ihm auf einer Bank und verabschiedete sich gerade von einem ebenfalls älteren Herrn, der beim Erzählen ständig mit seinem Stock in der Luft herumfuhrwerkte. Gegenüber rollte eine Verkäuferin gerade die Wühltische, die im Eingangsbereich des Kaufhauses standen, nach drinnen, als eine Frau mit wehendem Mantel angerannt kam und sich an ihr vorbei in den Verkaufsraum drängte. Meier konnte sehen, dass die Verkäuferin etwas zu der Frau sagte und diese daraufhin erbost die Arme in die Hüften stemmte, aber da hörte er plötzlich laute Musik hinter sich und drehte sich um.

Ein aufgemotzter Golf fuhr direkt hinter Meier auf den Parkstreifen. Der Fahrer hatte „The Look of Love“ von *ABC* so laut aufgedreht, dass man es durch die geschlossenen Scheiben hören konnte. Wie Meier das hasste, diese ganze Popperscheiße mit den Marco Polo-Shirts, den schmalen Lederschlipsen und den bescheuerten Frisuren. Kauend musterte er den Typ, der aus dem Golf stieg und sich davonmachte, ohne Meier eines Blickes zu würdigen. Er wandte sich wieder seinem Mittagessen zu, nahm einen großen Schluck Diesel und rülpste, stopfte sich drei Pommes auf einmal in den Mund und vergaß dann zu kauen. Irgendetwas stimmte nicht. Langsam drehte er sich noch einmal um: neben dem albernen Golf stand tatsächlich der schwarze BMW.

Meier legte vorsichtig die Schale mit den Pommes ab, stand auf und warf einen Blick über den Sandböhl. Die Frauen waren verschwunden, das Kaufhaus jetzt geschlossen. Auch das Rentnerpaar hatte mittlerweile die Bank geräumt, der Platz war leer. Eine Gänsehaut lief über seinen Rücken und das Schlucken fiel ihm schwer. Mühsam würgte er den Speisebrei hinunter, dann stieg er über die Mauer und ging mit weichen Knien und vorgetäuschtem Kennerblick um den Wagen herum. Der BMW hatte keine Kratzer, ein GG-Kennzeichen und Scheiben, die nicht abgetönt waren. Es war dasselbe Fabrikat wie der Wagen auf dem Rastplatz letzte Nacht, das war alles. Natürlich, hatte er wirklich eben gedacht …

Meier schüttelte erleichtert den Kopf, aber da überfiel ihn ein anderer Gedanke: Vielleicht war Bernd vorhin nur deshalb so schnell verschwunden, weil er den Anruf gar nicht anonym gemacht und jetzt ein schlechtes Gewissen hatte. Dann würden demnächst die Bullen bei ihm vor der Tür stehen. Und bei Andy und Gummi auch. Nein, Bernd konnte zwar ein arroganter Scheißkerl sein, aber wenn er etwas versprochen hatte, dann hielt er sich auch dran. Zumindest glaubte Meier das.

Seine restlichen Pommes waren im Ketchup ertrunken und auf die Wurst hatte er auf einmal keinen Appetit mehr. Er trank noch einen Schluck, zündete sich eine Zigarette an und dachte an den Abend. Auf die Jungs hatte er heute keine Lust, zumindest nicht auf alle. Gummi würde nach seinem Absturz gestern bestimmt nicht auf Tour gehen wollen, es sei denn er war auf den Geschmack gekommen und ließ sich jetzt jedes Wochenende zulaufen. Vielleicht konnte Meier ihn überreden, seinem Bruder Thorsten ein paar Videos aus den Rippen zu leiern, der hatte nämlich zwei Rekorder und überspielte geliehene VHS-Videokassetten, um sie dann als Schwarzkopien weiterzuverkaufen. Außerdem war er mit Sybille Krause zusammen, die beiden hatten ein Kind und wohnten drüben in Wallerstädten.

Mit Sybille war Meier zur Schule gegangen und eine Zeit lang hatte er auch versucht, bei ihr zu landen. Bille trug immer knallenge Jeans, hatte rabenschwarze, lange Haare und war vorne rum gut bestückt. Und nett war sie auch noch. Jedenfalls war sie damals eine der wenigen, die ihn immer noch Matthias nannten, als alle anderen ihn nur noch als Doofkopp-Meier, Weichhirn-Meier oder Spasti-Meier bezeichneten. Als sich der Witz irgendwann totgelaufen hatte, hieß er „der Meier“ und dann einfach nur „Meier“, und damit konnte er leben, das war in Ordnung. Gut, Mattes, oder noch besser, Matt, englisch ausgesprochen, versteht sich, hätte ihm besser gefallen, aber es war schon okay. Irgendwie. Seine Schulzeit war jedenfalls nichts, an das er gern zurückdachte. Er würde auch auf keinem Klassentreffen aufkreuzen, sollte jemand tatsächlich mal eines organisieren.

Meier drückte seine Zigarette in dem Pappschälchen mit den restlichen Pommes und der Currysoße aus, warf alles in den Abfall und machte sich auf den Heimweg.

Zehn Minuten später parkte er den Kadett in der Einfahrt seines Elternhauses und stieg aus. Er bewohnte eine kleine Kellerwohnung mit separatem Eingang. Zwei Zimmer, Miniküche, Minibad und Miniflur, dafür fast mietfrei. Seinen Wäschekorb stellte er einfach einmal in der Woche auf die Treppe, wo sich seine Mutter dann um den Rest kümmerte. Statt nach unten zu gehen, lief er ums Haus herum, wo seine Eltern dabei waren, den Garten winterfest zu machen. Seine Mutter untersuchte gerade einen Blumentopf auf Sprünge und sein Vater rechte Laub zusammen.

„Ich geh mal zu euch rein, telefonieren!“ Meier hatte die Klinke der Haustür schon in der Hand.

„Aber Schuhe aus, Matthias!“, rief seine Mutter und hielt sich dabei die Hände wie einen Trichter um den Mund, als müsse sie das Tosen eines aufgewühlten Meeres übertönen, um zu ihrem Sohn durchzudringen. Sein Vater sagte nichts, sah nicht mal von der Arbeit auf, sondern schüttelte nur den Kopf.

Meier betrat die Wohnung seiner Eltern, zog sich die Schuhe aus und lief auf Strümpfen in die Küche, wo das Telefon auf einem niedrigen Beistelltischchen stand. Der Frühstückstisch war natürlich schon seit Stunden abgeräumt, das Geschirr gespült und wieder in den rustikalen Hängeschränken verstaut, aber die „Heimat Zeitung" lag noch, nach der väterlichen Lektüre akkurat zusammengefaltet, auf dem Tisch. Meier blätterte die aktuellen Nachrichten durch und dann die Regionalseiten. Er war auf der Suche nach einer Meldung, die mit ihrer nächtlichen Entdeckung zu tun haben könnte, erst dann fiel ihm ein, dass es noch viel zu früh war, selbst wenn die Bullen schon alles untersucht hatten. Die „Bild am Sonntag" würde morgen ja wohl nicht darüber berichten, also musste er sich am Montag in der Frühstückspause gleich die neue „Heimat Zeitung" krallen.

Für einen Moment sah sich Meier wieder auf dem Rastplatz stehen, die Tür des BMW war geöffnet und der Mann mit dem Krater im Bauch lag ausgestreckt im Fahrersitz, das Gefühl, als beobachte sie wer, die Tasche voller Geld, die Pistole im Fußraum, sein Kopf so leicht wie ein mit Helium gefüllter Ballon. Meier schüttelte sich, um die Erinnerung loszuwerden, nahm den Hörer vom Apparat und wählte Gummis Nummer.

Nach dem dritten Klingeln wurde abgehoben.

„Grundmann?" Gummis Mutter sprach leise und betonte ihren Nachnamen immer wie eine Frage.

„Ja, hallo, Frau Grundmann, Meier hier ... also der Matthias ... Meier. Ist Gummi ... also Thomas ... ist der da?" Was red ich denn da für einen Scheiß zusammen, dachte Meier.

„Wer is'n das?" Die Stimme des Vaters im Hintergrund war laut und deutlich und klang nach Ärger, großem Ärger, aber dann drang dessen Stimme plötzlich nur noch gedämpft durch die Leitung.

Gummis Mutter hatte wahrscheinlich eine Hand über die Sprechmuschel gelegt, so dass Meier nicht hören konnte, was sie zu ihrem Mann sagte. Es raschelte und knisterte in der Leitung, dann war sie wieder da.

„Der schläft noch ..." Ihre Stimme war jetzt noch leiser, dafür konnte er Gummis Vater, der bestimmt über einen Meter vom Telefon entfernt stand, umso besser verstehen: „Der Tagdieb, der faule, nix schaffen, nur immer ein großes Maul und pennen bis in die Puppen, das ist alles was der kann."

„Soll ich ihn wecken?", schlug die Mutter vor und Meier beeilte sich zu sagen, dass das nicht nötig sei, er melde sich einfach später nochmal, dann legte er schnell auf und hoffte, dass er Gummi jetzt nicht irgendwie reingeritten hatte.

* * *

Ein Telefon klingelte, aber Gummi wusste nicht, welches. Die Welt schien voller Telefone zu sein. Graue Telefone, beigefarbene Telefone, Telefone, die in hässlichen Häkelbezügen steckten und Telefone, die man an die Wand geschraubt hatte. Und Wählscheiben! Wählscheiben so groß, dass man die ganze Hand durchstecken musste, um eine Nummer zu wählen. Und dann erst das Klingeln, das war so laut, so ätzend laut, so laut, dass es Gummi fast die Ohren abriss, und dann war es auf einmal wieder vorbei.

Die Luft im Zimmer war verbraucht, das Bettzeug durchgeschwitzt. Gummi erwachte und blinzelte in die Dunkelheit: Ein schmaler Streifen Licht unter der Tür und etwas Sonne durch die Rollladenschlitze, die Zunge im Mund schmeckte nach igittigitt. Gummi dachte an die Wasserflasche vor seinem Bett, aber noch bevor er die Hand danach ausstrecken konnte, wurde die Tür aufgerissen und sein Vater stürmte ins Zimmer, war mit zwei großen Schritten am Fenster und zog den Rollladen hoch. Gummi vergrub sich unter der Decke und simulierte Tiefschlaf.

„Schweinestall!“, schrie sein Vater. „So ein widerlicher Schweinestall hier drin.“

Ja, dachte Gummi, das Übliche halt. Unter der Decke roch es nach Schweiß und alten Fürzen, aber da musste er jetzt durch. Sein Vater würde ihm ordentlich einheizen, und er durfte um Gotteswillen nicht darauf reagieren, dann, und nur dann, würde sein Vater nach ein paar Minuten wieder verschwinden, in der Küche noch die Mutter zusammenscheißen und dann in die Kneipe abhauen oder sich gleich im Wohnzimmer mit einer Flasche Bier auf die Couch legen und warten, bis die Übertragung der Bundesligaspiele im Radio begann.

„Warum liegt hier eigentlich immer alles auf dem Boden, hä? Kannst du mir das mal erklären?“ Gummi hörte, wie sein Vater irgendetwas aufhob und gegen den Schrank warf, dem Geräusch nach zu urteilen, ein paar Trommelstöcke. „Gottverdammter Schweinestall hier!“

Gummi wusste, dass sein Alter jetzt die Zähne zusammenbiss, die Arme in die Hüften stemmte und sich im Zimmer umsah, weil er nach etwas suchte, woran er seine Wut auslassen konnte. Letzten Samstag hatte er ein *AC/DC*-Poster von der Wand gerissen und in der Woche davor sogar eines von Gummis T-Shirts zerrissen und aus dem Fenster geworfen.

Manchmal stellte er sich vor, wie sein Vater beim samstäglichen Rumtoben einen Herzkasper kriegen und umfallen würde. Und während sein Alter da zwischen den ungewaschenen Jeans seines Sohnes, zwischen leeren Chips-Tüten und Cola-Dosen, Mix-Tapes und zerknüllten Superman-Comics um sein Leben zappeln würde, während seine Mutter flennend nach einem

Krankenwagen telefonieren und im Hintergrund in der Küche vielleicht „Ein bisschen Frieden" von unserer zuckersüßen Grand-Prix-Siegerin Nicole im Radio laufen würde, da würde er nur faul daliegen und denken: Verreck jetzt einfach. Und dann dachte er wieder, dass man so was nicht dachte, nicht denken durfte, und dann versuchte er, an was anderes zu denken, an seinen älteren Bruder zum Beispiel, der es schließlich auch hier rausgeschafft hatte, dem konnte der Alte schon lange nix mehr.

Gummi merkte, wie sein Vater näher ans Bett herankam und sich über ihn beugte. Er schnupperte an ihm wie ein Hund, dann richtete er sich auf und brüllte: „Irmgard, dein Sohn stinkt! Dein Sohn stinkt wie ein alter Marktplatz-Penner nach Alk und Kippen!"

Du hast es nötig, dachte Gummi. Als nächstes hörte er seine Mutter den Vater beschwören, dass er sich doch bitte beruhigen solle. Hau doch ab, dachte Gummi, sonst fängst du dir noch eine. Aber offensichtlich war sein Vater schon erschöpft, grunzte nur noch missbilligend und verschwand nach drüben ins Wohnzimmer. Gummi spürte die Anwesenheit seiner Mutter und rührte sich nicht. Sie war ins Zimmer gekommen und saß jetzt auf der Bettkante. Die verbrauchte Luft unter der Decke setzte ihm arg zu, aber solange seine Mutter dasaß, konnte er unmöglich aus der Versenkung auftauchen. „Junge", flüsterte sie, „ach Junge." Gummi wurde schlecht. Wenn er nicht schon gestern Nacht auf dem Rastplatz alles rausgekotzt hätte, wäre es jetzt passiert.

Endlich stand seine Mutter auf und verließ das Zimmer, er hörte, wie sie leise die Tür hinter sich schloss, und zog sich sofort die Decke vom Kopf. Er kniff die Augen zusammen, atmete ein paar Mal tief durch, griff blind nach der Flasche vor seinem Bett und trank den Rest der abgestandenen, lauwarmen Mineralwasserbrühe in einem Zug aus.

Langsam öffnete er die Augen und blinzelte in das trübe Licht des scheinbar schon wieder abnehmenden Herbsttages. Sein Blick wanderte durchs Zimmer und blieb an seinem mit Aufklebern zugepflasterten Kleiderschrank hängen, die Türen waren geschlossen, auf dem Boden davor lagen seine Trommelstöcke.

Langsam rappelte er sich auf, setzte sich auf den Bettrand und wartete, bis das Hämmern in seinem Kopf etwas nachließ. Dann stand er auf und bahnte sich einen Weg zum Schrank. Gummi öffnete ihn, sah kurz hinein und schloss die Schranktür wieder. Heute war Samstag und morgen Sonntag. Heute oder morgen, dachte Gummi, dachte: Besser heute, aber wahrscheinlich eher morgen. Aber spätestens morgen. Sein Kopf dröhnte. Er dachte daran, den Rollladen wieder herunterzulassen, aber mittlerweile hatten sich seine Augen an die Helligkeit gewöhnt. Auf dem Boden vor ihm lag eine Schallplattenhülle, auf der die Füße seines Vaters deutliche Spuren hinterlassen hatten. Scheiße, ausgerechnet die. Gummi hob die leere Hülle auf und betrachtete den von Dämonen heimgesuchten Schlafenden auf dem zerknickten Cover, die Platte selbst lag Gottseidank noch auf dem Plattenspieler und war unversehrt.

„Sabbath bloody Sabbath" war eine von Andys Lieblingsscheiben, und er hatte sie Gummi nur widerwillig ausgeliehen, weil der nie genug Kohle hatte, um sich selbst Platten zu kaufen. Das würde jedenfalls ziemlichen Ärger geben. Soviel war mal klar.

* * *

Andreas hatte den ganzen Samstag in seinem Zimmer verbracht und Bass gespielt. Zwei Ausflüge zur Toilette und einmal runter in die Küche, um sich eine Tüte Chips und eine Flasche Cola zu holen, dann sofort wieder nach oben in sein Reich unterm Dach, das Brigitte und Peter nur nach Anklopfen und ausdrücklicher Erlaubnis seinerseits betreten durften.

Mit einem Besuch seiner Eltern war aber nicht wirklich zu rechnen, denn seit sein Vater für die Grünen im Landtag in Wiesbaden saß, waren auch die Wochenenden der politischen Arbeit gewidmet. Samstagmorgens Aktionsstand gegen Atomenergie am Sandböhl, danach kam seine Mutter, die als Religionspädagogin an einer Grundschule arbeitete, nach Hause gehetzt, um ihren Unterricht für die nächste Woche vorzubereiten. Sie saß dann eine Stunde in ihrem winzigen Arbeitszimmer im Erdgeschoss und bastelte Bibelfiguren aus Pappkarton. Dann kam sein Vater und brachte meistens einen Schwung Leute mit, die bis in die Nacht hinein diskutierten, französischen Rotwein tranken und selbstgedrehte Zigaretten rauchten. Auf die ganzen Ökos und Berufsdemonstranten hatte Andy absolut keinen Bock, weshalb er sich am Wochenende entweder aus dem Staub machte oder sich so gut es ging in seinem Zimmer verbarrikadierte.

Einmal war er samstags in seiner abgerissenen Bundeswehrjacke mit den Aufnähern in die Küche gestolpert, um sich was aus dem Kühlschrank zu holen, als ihn einer der Parteifreunde seines Vaters ansprach. Der Typ sah aus wie ein Hamster, trug Schlabberjeans und einen kackfarbenen Wollpullover. Er lehnte an der Fensterbank und biss gerade in ein Käsebrötchen, dessen Krümel in seinem Vollbart hingen. Andy nickte ihm kurz zu, nahm sich eine Flasche Cola und wollte schon wieder gehen, als der Typ mit vollem Mund fragte: „Warum huscht'n so wasch an?"

Andreas wusste erst gar nicht, was er meinte, und sah verwirrt an sich herunter. Der Hamster verputzte das Brötchen und deutete auf die kleine schwarzrotgoldene Fahne am Ärmel der Jacke.

„Das ist doch voll militaristisch und dann auch noch mit der blöden Flagge und so."

Andy betrachtete kurz das kleine Fähnchen an seinem Ärmel. „Die war schon drauf", sagte er dann achselzuckend und deutete auf die beiden Patches, die er selbst über den Brusttaschen aufgenäht hatte: rechts Black Sabbath, links Ozzy Osbourne. „Die hier sind ja wohl eh wichtiger."

Der Typ sah ihn einen Moment lang forschend an, dann sagte er: „Sag mal, weißt du nicht, was das bedeutet, Krieg?"

Nee, dachte Andy, weiß ich nicht, du aber auch nicht.

Er war in sein Zimmer gegangen, hatte „War Pigs" von *Black Sabbath* aufgelegt und die Anlage so weit aufgedreht, dass es im ganzen Haus zu hören war, aber der pazifistische Krümel-Hamster in der Küche kapierte den Witz wahrscheinlich eh nicht.

Seitdem achtete er jedenfalls darauf, möglichst keinem von den Parteifreunden seines Vaters über den Weg zu laufen. Ökologisch, sozial, gewaltfrei. Ja, ja, natürlich – dachte Andy – und: legal, illegal, scheißegal.

Gestern Nacht auf dem Rastplatz, das hatte ihn fast umgehauen, der übel zugerichtete Tote im Auto, die Tasche mit den Geldbündeln und die Knarre. Er war wie weggetreten, als die anderen wild rumdiskutierten, was zu tun sei. Aber dann, später, als Bernd den besoffenen Gummi nach oben brachte und Meier vor seinem Kadett wie ein aufgeschrecktes Huhn auf und ab ging und in die Nacht hineinfluchte, da hatte er sich wieder gefangen und war auf einmal ganz ruhig geworden.

Von unten drang Stimmengewirr durchs Treppenhaus, jemand hatte eine Platte aufgelegt, es wurde gelacht. Andreas wusste, dass keiner unangemeldet bei ihm reinplatzen würde, trotzdem schloss er die Tür ab, bevor er unter sein Bett kroch und den blauweißen Adidas-Schuhkarton hervorholte. Er hob den Deckel ab und sah hinein. Es war alles noch da.

Sonntag, 3. Oktober 1982

Auf dem Flur waren keine Schritte zu hören gewesen, keine Stimmen, nichts. Er lag auf dem Bett und rauchte eine Zigarette, als die Tür aus den Angeln getreten wurde. Sofort schreckte er hoch, aber die Wucht des Angreifers warf ihn fast augenblicklich wieder zurück auf die Matratze. Spitze Knie bohrten sich in seine Oberarme, sodass er vor Schmerz laut aufschreien wollte, aber der massige Unterarm, der ihm zeitgleich gegen den Hals gedrückt wurde, sorgte dafür, dass außer einem erbärmlichen Röcheln kein Laut seine Kehle verließ.

Die halbgerauchte Zigarette war aus seiner Hand auf den Boden neben dem Bett gefallen. Der zweite Eindringling, den er bisher nur als schemenhafte Bewegung hinter seinem Peiniger wahrnehmen konnte, trat nun vor und hob die glühende Kippe auf. Er war hager, trug einen zerknitterten, cremefarbenen Leinenanzug und hatte seine langen schwarzen Haare zu einem Zopf gebündelt. Der Typ, der ihm die Luft abstellte, war ein glatzköpfiges Muskelpaket mit kalten blauen Augen. Er trug ein eng anliegendes T-Shirt mit dem Aufdruck eines Frankfurter Boxstudios. Der Zopfträger hielt die Kippe geziert zwischen Daumen und Zeigefinger, so wie es Nichtraucher tun, wenn sie in das zweifelhafte Vergnügen kommen, eine Zigarette anfassen zu müssen. Er gab seinem Partner ein Zeichen, woraufhin der den Druck auf Jimmys Kehle etwas verminderte.

„Und? Wo ist das Geld?“, fragte der Hagere und sah sich im Zimmer um, als wolle er die Bude kaufen.

Jimmy wollte antworten, musste aber husten und würgte etwas Schleim hervor. Der Glatzkopf, der ihm gerade genug Luft zum Atmen ließ, gab ein angeekeltes Brummen von sich.

„Ich ... hab ... es ... nicht."

„Das ist doch Scheiße." Der Hagere schüttelte den Kopf, beugte sich langsam zu Jimmy hinunter und hielt ihm die Zigarette so dicht vors Gesicht, dass ihm die Augen zu tränen begannen.

„Das ist doch Scheiße", sagte er noch einmal. Es klang eher enttäuscht als bösartig.

Jimmy schloss die Augen, um dem beißenden Qualm zu entgehen, weshalb er nicht sehen konnte, was als nächstes geschah.

Jimmy schleppte sich ins Bad, knipste das Licht an und stützte sich mit den Armen auf dem Rand des Waschbeckens ab, dann hob er langsam den Kopf, um sein Gesicht im Spiegel zu betrachten. Ein paar Äderchen in den Augen waren geplatzt und hatten auf der weißen Lederhaut rötliche Spuren hinterlassen. Die Verbrennung unterhalb des linken Wangenknochens sah aus wie ein kleiner Vulkankrater aus rohem Fleisch. Jimmy betastete die Stelle von innen mit seiner Zunge und zuckte zusammen. Er legte den Kopf schräg unter den Wasserhahn und ließ kaltes Wasser über seine linke Gesichtshälfte laufen. Mit geschlossenen Augen genoss er das angenehm kühlende Gefühl, bis nicht nur die Wunde, sondern seine ganze Wange taub wurde, als habe man ihm ein Betäubungsmittel gespritzt. Jedes mal, wenn er schlucken musste, schmerzte sein gequetschter Kehlkopf.

Der Zettel mit der Telefonnummer war mit einem durchsichtigen Streifen Klebeband auf die Mattscheibe des Münzfernsehers geklebt. Eine Nummer mit Frankfurter Vorwahl, sonst nichts. Er solle nach Jablonski fragen, hatte der Hagere gesagt und dass er bis nächsten Freitag Zeit habe, die Kohle abzuliefern. Mit Zinsen und ohne Ausreden, sonst würden sie ihn das nächste Mal die Kippen samt Glut fressen lassen. Ob er das verstanden habe? Jimmy hatte versucht, etwas zu sagen, brachte aber lediglich ein heißeres Krächzen zustande, also nickte er nur. Der Boxer hatte gelacht und ihm die unversehrte Wange getätschelt, dann waren die beiden endlich abgehauen.

Die Tür war natürlich nicht wirklich aus den Angeln getreten, wie er es zuerst befürchtet hatte, nur das Schloss war hinüber. Jimmy drückte die Tür so gut es ging zu, legte sich aufs Bett und schloss die Augen. Er hatte keine Ahnung, wo er bis Freitag 8.000 Mark hernehmen sollte.

Angefangen hatte die ganze Scheiße vor einem Jahr, als er Udo wieder begegnet war. Jimmy war damals 23 und hatte außer einem miesen Hauptschulabschluss und einer abgebrochenen Ausbildung zum Koch nichts vorzuweisen, wenn man von diversen Jugendstrafen wegen Diebstahls und Körperverletzung einmal absah. Jeden Samstag fuhr er mit einem VW-Bus voller Zeug von Mannheim nach Frankfurt und verkaufte Schallplatten, Videos und Leerkassetten auf dem Flohmarkt am Mainufer in Sachsenhausen. Das meiste davon war vom Laster gefallene Neuware, zumindest behaupteten das die Typen, von denen er das Zeug bekam, und Jimmy fragte nicht nach, wenn der Preis stimmte.

Er mochte diese Samstage. Die Fahrt über die so früh am Wochenende kaum befahrene A5, einen dampfenden Kaffee neben sich auf dem Beifahrersitz. Erst am Frankfurter Kreuz nahm der Verkehr regelmäßig zu und Jimmy durfte die richtige Abfahrt nicht verpassen. Dann kam er am Waldstadion vorbei und fuhr schließlich durch Sachsenhausen runter zur Musemsmeile am Mainufer. Wenn er früh genug war und ein bisschen Glück hatte, konnte er am Straßenrand parken, die seitliche Schiebetür des VWs aufmachen und direkt davor seine in alten

Obstkisten gestaffelten Waren auf den Boden stellen. Die Jungs, die hier vorbeikamen und nach Platten suchten, bückten sich gern, um zu stöbern. Er musste einfach nur in der offenen Schiebetür sitzen, rauchen und in die Sonne blinzeln. Leicht verdiente Kohle.

An dem Samstag, als er Udo wiedertraf, hatte er allerdings kein Glück. Er musste etwas weiter entfernt parken und seine Kisten bis in das Gedränge am Eisernen Steg schleppen, wo er für ein Schweinegeld einen schmalen Standplatz angewiesen bekam. Die Hälfte seiner Ware konnte er überhaupt nicht auspacken und als er zum zweiten Mal an seinen Bus kam, klemmte bereits ein Strafzettel hinter dem Scheibenwischer. Der Verkauf lief nur schleppend, das Wetter war schlecht, und die zugekifften Rastas neben ihm, die überteuerte Reggae-Bootlegs verkauften, gingen ihm von Anfang an auf die Nerven. Als er schon drauf und dran war, den Tag abzuschreiben und seinen Krempel wieder einzupacken, stand auf einmal Udo vor ihm.

Er trug löchrige Jeans und ein gebatiktes T-Shirt, hatte sich einen Bart wachsen und eine Tätowierung mit dem Eintracht-Adler auf den Unterarm stechen lassen, aber Jimmy erkannte ihn trotzdem gleich wieder. Sie waren beide im Mannheimer Jungbusch aufgewachsen und zur Schule gegangen, und natürlich waren die alten Geschichten und Namen aus dem Viertel sofort wieder da. Jimmy verkaufte ihm zwei Led Zeppelin-LPs zum Freundschaftspreis, dann machte er den Stand dicht und setzte sich mit seinem alten Kumpel in eine Sachsenhäuser Kneipe, wo ihre Zukunft mit jedem Bier, das sie tranken, rosiger aussah.

* * *

Eine Woche später zog er nach Frankfurt und hauste mit Udo in einer zugigen kleinen Kellerwohnung im Bahnhofsviertel. Als ihr eigentlicher Plan, mit ein paar schnellen Geschäften das große Geld zu machen, nicht aufging, begann Jimmy wieder, geklaute Platten zu verkaufen und arbeitete stundenweise bei Burger King in der Kaiserstraße direkt gegenüber vom Hauptbahnhof. Nach jeder Schicht Tische abwischen und Klos putzen musste er sich – zurück im Keller, wo Udo seine Sozialhilfe versoff und jeden Tag eine neue, noch verrücktere Idee hatte, wie sie todsicher ans große Geld kämen – jedes Mal zusammenreißen, um seinem alten Kumpel nicht ohne Ansage die Fresse zu polieren. Stattdessen trieb er sich im Bahnhofsviertel herum, hielt sich von den Nutten fern, aber warf ein Vermögen an Kleingeld in Spielautomaten. Wenn er am Ende des Monats seine Schulden beglichen hatte, blieb ihm kaum mehr was zum Leben übrig.

Er hätte damals schon nach Mannheim zurückgehen sollen, sich wieder arbeitslos melden, auf Stütze leben oder eben einfach so weitermachen sollen wie bisher, aber dann kam sie doch noch, die vermeintlich große Chance. Jimmy lernte einen Typen kennen, der in Pferdewetten machte und ihn mit auf die Galopprennbahn nach Niederrad nahm, er gab ihm ein paar Tipps und Jimmy, der weder Ahnung von Pferden noch vom Wettgeschäft hatte, gewann eine nette, kleine Summe nach der anderen. Es war der älteste Trick der Welt, aber Jimmy wollte einfach daran glauben, dass es bei ihm anders laufen würde. Als er zu verlieren begann und seine Schulden schon nicht mehr begleichen konnte, war er kurz davor, aufzuhören, aber dann kam der unvermeidliche letzte, todsichere Tipp: Ein getürktes Rennen, die große Möglichkeit mit einem Schlag aus allem raus zu sein. Udo kannte jemanden, der die richtigen Kontakte hatte und Jimmy zu Wucherzinsen die nötige Summe lieh. Die Sache ging in die Hose, und Jimmy verschwand aus Frankfurt, ging zurück nach Mannheim und versuchte unterzutauchen, was ihm nicht besonders gut gelang. Schon nach ein paar Wochen stand Udo vor seiner Tür mit zwei Pistolen und einem Plan, den Jimmy erst als vollkommen hirnverbrannt bezeichnete, der ihm aber immer besser gefiel, je öfter er ihn hörte.

Jetzt, auf der verwanzten Matratze liegend und mit einem Gesicht, das nur noch aus Schmerzen bestand, fragte er sich zum x-ten Mal, ob Udo ihn von vornherein hatte linken wollen oder ob er einfach durchgedreht war, nachdem ihn der Sparkassenheld angeschossen hatte. Noch mehr interessierte ihn aber die Frage, wohin er sich abgesetzt hatte. Er war verletzt und in Panik. Er brauchte medizinische Hilfe. Weit konnte er nicht sein.

Jimmy griff mit einer Hand unter das Bett und zerrte seine Lederjacke hervor. Die Pistole und das Ersatzmagazin fielen heraus, er legte beides neben sich aufs Bett, schloss die Augen und versuchte nach Kräften, den schmerzhaft pochenden Krater in seiner Wange zu ignorieren.

Montag, 4. Oktober 1982

Das Jugendzentrum „Anne Frank“ war ein zwischen Kindergarten, Schule und Sportplatz eingekeilter Eckbau, zu dem auch einige kleinere Pavillons gehörten. Bernd stellte den Gitarrenkoffer mit seiner Gibson SG neben der Eingangstür zum ersten Pavillon ab und schloss auf. Drinnen roch es nach muffiger Heizungsluft, durch die Oberlichter fiel nur wenig Tageslicht in den mit Verstärkern und Musikinstrumenten vollgestellten Raum.

Seit einem guten halben Jahr durften Gummi, Andreas und er mit ihrer Band *Metal Dust* hier proben. Den Bandnamen hatten sie sich vor einem Jahr ausgedacht, da war Bernd noch der einzige, der überhaupt ein Instrument spielen konnte. Gummi kaufte sich ein paar Drumsticks und malträtierte damit das Schlagzeug seines älteren Bruders, der seine eigene Musikerkarriere zugunsten einer frühen, nicht ganz freiwilligen Familiengründung aufgegeben hatte, und Andreas investierte den Rest seines Konfirmationsgeldes in einen Bass mit schiefem Hals und einen Miniverstärker.

Ein halbes Jahr lang probten sie zweimal in der Woche bei Andreas' Eltern im Keller, bis Andys Mutter sie schließlich mit Kopfwehgesicht darum gebeten hatte, sich nun doch nach was anderem umzuschauen. Sie fände das zwar richtig gut – mit der Musik und der Band und der ganzen kreativen Energie und so, aber sie halte den Lärm einfach nicht mehr aus. Meier, der kein Instrument spielte, aber trotzdem bei jeder Probe anwesend war, verkündete daraufhin großspurig, dass er da jemanden kenne, der ihnen helfen könnte. Bernd glaubte nicht eine Sekunde daran, dass Meier wirklich jemanden kannte, der ihnen einen Proberaum vermitteln würde, und war deshalb ziemlich überrascht, als Meier sie eine Woche später tatsächlich mit einem Typ zusammenbrachte, der Bass in einer regional bekannten Band spielte, die ihren regelmäßigen Proberaum im Pavillon 1 des Jugendzentrums hatte.

Bernd schlug damals eine symbolische Miete in Höhe von einer Mark im Monat vor, damit *Metal Dust* an ein bis zwei Tagen in der Woche den Raum mitbenutzen durften. Der Bassist, den alle nur Balu nannten, dachte kurz darüber nach, schüttelte den Kopf und sagte: „Gegenvorschlag, wir lassen das mit der Mark, dafür steht hier an jedem Ersten im Monat ein Kasten Bier. Aber nicht bloß symbolisch, sondern von Pfungstädter."

Gummi und Andreas waren sofort einverstanden, nur Bernd wollte protestieren, er ließ sich nicht gern vorführen, hielt aber die Klappe.

Damit war es beschlossene Sache, und *Metal Dust* hatten wieder einen Proberaum. Dass sie diesen nun indirekt Meier zu verdanken hatten, der sich von da an immer wieder ungefragt als Manager der Band aufspielte, gefiel Bernd zwar überhaupt nicht, war aber nicht zu ändern.

Er stimmte seine Gitarre, klinkte sie in den Verstärker ein und schlug einen Akkord an. Seit er als 13-Jähriger von der akustischen Wanderklampfe zur E-Gitarre gewechselt war, hatte er unzählige Stunden damit verbracht, mit dem Kopfhörer auf den Ohren die Alben seiner Lieblingsbands zu studieren, bis er die meisten Sachen einigermaßen mitspielen konnte. Mit Ian Paice und Roger Glover von *Deep Purple* oder dem wie ein Metronom spielenden Drummer von *AC/DC* im Rücken klappte das auch jedes Mal ganz gut, aber mit Gummi und Andy als Rhythmusgruppe fühlte er sich zuweilen wie amputiert.

„Alles bereit zum Gefecht, Herr Kaleu!" Gummi betrat den Proberaum und salutierte grinsend. „Das Boot" gehörte zu seinen Lieblingsfilmen, die er sich mehrmals die Woche ansah. Er trug eine grüne Bomberjacke und darüber nochmal eine ausgefranste Jeansjacke mit abgeschnittenen Ärmeln, die wahrscheinlich nur noch von dem riesigen *AC/DC*-Patch auf dem Rücken zusammengehalten wurde. Außerdem hatte er eine Plastiktüte voller Zeug dabei und die fettigen Haare hingen ihm in die Stirn. Bernd mochte dieselbe Musik wie sein Freund und trug ebenfalls vorzugsweise ausgewaschene Jeans, aber ein bisschen weniger asozial durfte es schon sein. Gummi kletterte hinter seine Schießbude und begann, sich die Trommeln und Becken einzustellen. Bernd fragte sich, was er wohl noch von Freitagnacht wusste. Wahrscheinlich nicht mehr allzu viel.

„Blues in C zum Warmwerden?" Eine Stimme riss Bernd aus seinen Gedanken. Er hatte gar nicht bemerkt, dass Andreas gleich hinter Gummi den Raum betreten hatte. Andy schnallte sich seinen Bass um, stöpselte ihn ein und zupfte die dicken Saiten durch, dann begann er ein Bluesschema zu spielen und nach zwei Durchläufen stieg Gummi mit einem Schlag auf die Becken ein. Bernd wartete noch, bis die beiden halbwegs im Takt waren, dann griff er ebenfalls in die Saiten und versuchte, sich vom Rhythmus davontragen zu lassen.

Er improvisierte gerade ein Solo, als er sah, wie die Tür erneut aufgestoßen wurde und Meier sich schnaufend mit einem Kasten Bier in den Raum zwängte. Er setzte den Kasten ab, lehnte sich mit verschränkten Armen an die Wand und wartete, bis die Band mit dem Aufwärm-Blues durch war.

„Der tote Typ ist in der Zeitung."

Gummi sah Meier an und lachte. „Klingt nach NDW."

„Was?"

„Na, das mit dem toten Typ. Neue Deutsche Welle. Könnte ein Song von *Trio* sein.“

Meier verdrehte genervt die Augen, aber noch bevor er etwas sagen konnte, stand Gummi hinter seinen Trommeln auf, schlug im Stehen einen einfachen Rhythmus auf der Snare Drum und imitierte Sprechgesang: „In der Zeitung, in der Zeitung, der tote Typ in der Zeitung, in der, in der, in der Zeitung, da, da, da, ich les' dich nicht, du liest mich nicht ...“

„Mann, bist du bekloppt oder was!“

Gummi zuckte mit den Achseln und setzte sich wieder. Bernd sah zu Andy rüber, der damit beschäftigt war, seinen Bass zu stimmen und so tat, als ginge ihn das alles nichts an.

„War doch klar, dass da was kommt“, sagte Bernd und hoffte, dass es möglichst beiläufig klang.

Er musterte Meier, der ein Päckchen Camel hervorgeholt und sich eine Kippe zwischen die Lippen gesteckt, sie aber noch nicht angezündet hatte. Er hatte mal wieder seine schwarze Motorradjacke mit der roten Schulterklappe an, obwohl er gar nicht Motorrad, sondern immer nur seinen alten Kadett fuhr. Wahrscheinlich, so mutmaßte Bernd, hatte er noch nicht mal einen entsprechenden Führerschein, geschweige denn eine richtige Maschine.

„Ich mein ja nur“, fuhr Meier fort, „weil heute in der Zeitung was von einem Banküberfall in Mannheim steht und so. Aber von dem Geld, das wir da im Auto gesehen haben, schreiben die nix, ist doch komisch, oder?“

„Toter Typ? Banküberfall? Geld? Ich raff ja hier langsam überhaupt nix mehr.“

„Na, das ist ja mal was ganz Neues“, brummte Andy.

Gummi zeigte ihm den Mittelfinger und sah sich ratlos um. „Klärt mich mal bitte einer von euch auf?“

Meier nahm die Zigarette aus dem Mund und erzählte, was in der Nacht passiert war. Als er fertig war, steckte er sich die Kippe wieder zwischen die Lippen.

„Und die Bullen?"

„Die hab ich später angerufen." Bernd drehte sich kurz zu Gummi um, der die Stirn in Falten gelegt hatte, seine Sticks anstarrte und offensichtlich vergeblich versuchte, seinem Fadenriss von Freitagnacht auf die Spur zu kommen.

Meier steckte sich die Zigarette an, warf das Zippo von einer Hand in die andere und ließ es dann wieder in seiner Lederjacke verschwinden. Für einen Moment durchzuckte Bernd etwas: Das hatte er doch schon mal gesehen oder erlebt, ganz sicher, aber dann war es schon wieder vorbei, und Meier stieß Zigarettenrauch aus Mund und Nase. Bernd zeigte auf die Tür und sagte: „Rauchen nur draußen."

„Oh ja", rief Gummi, „ich komm mit! Meier, gib' mal eine aus, meine sind noch im Automaten."

Meier machte ein beleidigtes Gesicht und nickte zu dem Bierkasten hinüber. „Ach ja, apropos Geld: Ich hab' euch die Bude hier beschafft, aber die Miete zahle ich nicht."

„Da mach dir mal keine Sorgen." Bernd zog seine Brieftasche aus der Jeans und hielt sie vor sich in die Luft. „Kriegst sogar noch was extra fürs Transportieren, bar auf die Kralle, oder Andy?"

Andreas sah von seinem Bass auf und nickte.

„Komm jetzt, rauchen ..." Gummi drängelte zum Aufbruch. Er litt offenbar unter akutem Nikotinentzug.

Als die beiden den Proberaum verlassen hatten, wandte sich Bernd an Andy, der heute noch stiller als sonst war.

„Der Meier geht mir manchmal so was von auf den Sack ..."

Andy nickte.

„Sag mal, haste was?"
„Nee, was soll sein?"
„Weiß nicht, sagst heute gar nix."

Andreas sah Bernd an und gähnte. „Ich bin eigentlich hergekommen, um Musik zu machen und nicht, um rumzulabern."

Bernd wollte etwas entgegnen, ließ es aber sein. Irgendwie hatte Andreas ja recht, mit der Band ging es nicht voran. Zwei alte *AC/DC*-Nummern, einen schnellen und einen langsamen Blues sowie eine mit drei Akkorden zu spielende Eigenkomposition, das war alles, was sie an guten Tagen halbwegs hinbekamen. Jetzt in den Herbstferien wollten sie so oft wie möglich proben. Bernd und Andreas übernahmen abwechselnd den Gesang, aber auch das war nur eine Probenlösung, keiner von beiden würde das jemals auf einer Bühne vor Publikum machen wollen.

Als hätte Andy die Gedanken seines Freundes erraten, sagte er: „Außerdem brauchen wir endlich einen richtigen Sänger, das geht so einfach nicht."

„Wir können ja mal unseren Manager drauf ansetzen ...", antwortete Bernd und machte eine wegwerfende Bewegung in Richtung Tür. Draußen lachte Gummi gerade über irgendeinen von Meiers dummen Sprüchen und bekam sich nicht mehr ein. Jedes Mal, wenn für einen Moment Ruhe war, hörten sie Meier erneut etwas brummeln und gleich darauf wieherte Gummi wieder los.

Bernd schüttelte den Kopf. Andreas schraubte schon wieder an seinem Bass herum.

* * *

Gummi war gut drauf, als sie nach der Probe noch vor dem Pavillon standen und rauchten. Er hatte jetzt schon die dritte

Kippe von Meier geschnorrt. Als sein Kumpel allerdings herumging und von jedem die Kohle für den Bierkasten einsammelte, schüttelte Gummi nur den Kopf. „Dafür hab ich dir am Samstag die Videos von meinem Bruder besorgt", murmelte er und Meier nickte.

„Wir brauchen einen Sänger", sagte Bernd und verschränkte herausfordernd die Arme vor der Brust. Für Gummi hörte es sich eher wie eine allgemeine Feststellung an, die an niemand bestimmten gerichtet war, aber Meier fühlte sich natürlich sofort angesprochen: „Ich bin schon dran, jetzt nervt mich nicht."

„So 'ne Mischung aus Bon Scott und Ronnie James Dio würd' gut zu uns passen." Gummi grinste und zog an seiner Zigarette. Er mochte Meier, konnte aber dem Impuls nicht widerstehen, ihn ein bisschen auf die Schippe zu nehmen.

„Bon Scott und Dio? Meint ihr, so Typen trifft man Samstagabends im Jugendclub in Wallerstädten oder im Deul in Dornheim? Sagt mal, habt ihr sie noch alle?" Er tippte sich mit dem Zeigefinger an die Stirn.

„War doch nur Spaß, Ozzy würden wir auch nehmen." Gummi schlug Meier auf den Rücken und lachte.

„Ach, leckt mich doch."

„Apropos Ozzy, hast du meine *Sabbath*-LP dabei?" Andy lehnte mit dem Rücken an der Pavillonmauer und sah Gummi an, dem augenblicklich das Lachen verging.

Andy war komisch heute, redete kaum was und vorhin, als Gummi zweimal seinen Einsatz verpasst hatte, wäre er fast ausgeflippt. Die Sache mit der Platte kam ihm daher eher ungelegen. Gummi griff in die Plastiktüte, die zwischen seinen Beinen stand und in der er neben ein paar Videos auch die *Sabbath*-LP hatte, und zog das arg ramponierte Stück heraus.

„Das Cover ist ein bisschen … naja, ist ja nur das Cover, die Platte selbst ist völlig in Ordnung." Gummi sah Andy nicht an. Er überlegte kurz, ob er von seinem Vater und dem ganzen Mist erzählen sollte, hielt aber dann doch die Klappe. „Tschuldigung …"

„Tschuldigung?" Andy riss ihm die LP aus der Hand und betrachtete sie ungläubig von allen Seiten. „Tschuldigung? Ist das alles, was du dazu zu sagen hast?"

Gummi hob die Schultern. „Ich kauf dir 'ne Neue, wenn ich wieder Kohle hab', ehrlich …", sagte er leise und war völlig überrascht, als ihm Andy mit der flachen Hand zweimal so heftig gegen die Schulter schlug, dass er zurücktaumelte und beinahe umgefallen wäre. Als er den Blick hob, sah er in das wutverzerrte Gesicht seines Freundes.

„Und wann wird das sein, hä? Wann?"

„Mensch, Andy …" Gummi wusste nicht, was er sagen sollte.

„Jetzt ist's aber mal gut." Bernd schob sich zwischen die beiden. Er war gut einen halben Kopf größer als Andreas, der immer noch stinksauer war, jetzt aber einen Schritt zurückwich. „Schau dir die Platte an, schau sie dir an …"

Gummi sah, wie Andreas die Platte flach vor sich hielt wie eine Opfergabe. Dann ließ er sie einfach auf den Boden fallen und ging mit großen Schritten zu seinem Fahrrad, schulterte seinen E-Bass und fuhr davon.

„Mann, war der sauer." Meier blies die Backen auf und ließ die Luft langsam durch den Mund entweichen. Er hatte sich die ganze Zeit im Hintergrund gehalten.

Gummi bewegte sich nicht. Immer war er derjenige, der Scheiße baute. Immer er. Er sah vor sich auf den Boden, unfähig den Kopf zu heben. Zigarettenkippen lagen da im Dreck, zerknülltes Stanniolpapier und der plattgetretene Kronkorken einer Cola-Flasche. Eine Zeit lang sagte keiner was. Erst war es okay, aber dann wurde ihm das Schweigen unangenehm.

„Kommt, ich fahr euch heim."

Gummi blickte kurz auf und sah, dass Meier seine Autoschlüssel in der Hand hielt.

„Bin mit dem Rad da, lass mal gut sein."

„Dann eben nicht." Meier zuckte die Achseln und wandte sich ab, drehte sich aber gleich darauf wieder um, anscheinend war ihm noch etwas eingefallen. „Morgen kann ich nicht. Muss meine Eltern an den Bahnhof bringen, die fahren auf Besuch in die Ostzone."

Gummi sah, wie Bernd beiläufig nickte, bevor er sich, schon im Gehen, auch noch einmal zu ihm umdrehte. „Aber wir proben morgen wieder. Um elf, denk dran!"

Gummi hob kurz die Hand zum Zeichen, dass er verstanden hatte. Er hörte, wie sich die beiden entfernten, und war erleichtert, endlich allein zu sein. Ein paar Minuten stand er einfach nur so da, dann hob er die Platte auf und steckte sie zurück in die Tüte, klemmte sie auf den Gepäckträger und schob sein Rad über den Sportplatz.

Als er in Richtung Stadtmitte fuhr, läuteten die Glocken der Stadtkirche zur Mittagszeit. Zuhause wartete seine Mutter jetzt mit dem Essen, aber die Vorstellung, mit seinem Vater, der in der Mittagspause immer nach Hause kam, an einem Tisch sitzen und essen zu müssen, war ihm unerträglich.

Als er am Kreiskrankenhaus vorbeikam, verdichteten sich die Wolken über der Stadt, es sah nach Regen aus. Gummi trat in die Pedale, bog rechts ab und folgte dem Europaring, bis er den unauffälligen Durchlass zwischen zwei Bungalows erreicht hatte, der auf den Weg nach Wallerstädten führte. Der sogenannte Apfelweinpfad, von den Gerauern nur Ebbelwoipäädsche genannt, war die kürzeste Strecke in den südwestlich gelegenen Gerauer Ortsteil, wenn man mit dem Rad oder zu Fuß unterwegs war. Die Querfeldeinidylle mit freiem Blick in die Natur interessierte Gummi allerdings nicht besonders, er wollte einfach nur so schnell wie möglich nach Wallerstädten, das war alles. Entlang des Wegs plätscherte ein kleiner Bach, und einmal, als er nachts auf dem Nachhauseweg von einer Party sämtliche Laternen am Wegesrand ausgetreten hatte, war er das leicht abschüssige Ufer hinuntergestolpert und bäuchlings im Wasser gelandet. Heute sah es allerdings immer mehr danach aus, als würde er von oben nass werden, denn schon auf halbem Weg trafen ihn die ersten dicken Regentropfen. Gummi legte einen Zahn zu und kämpfte gegen den stärker werdenden Wind an, aber als er es schon fast geschafft hatte und die ersten Häuschen sehen konnte, legte der Wettergott über den tiefhängenden, dunklen Wolken den Schalter um und öffnete alle Schleusen. Binnen einer Minute war Gummi klatschnass.

Fluchend und frierend kam er schließlich bei dem Mehrfamilienhaus an, in dessen Souterrainwohnung sein Bruder mit Familie wohnte. Er lehnte sein Fahrrad gegen die Hausmauer, obwohl das verboten war und er wieder Ärger kriegen würde, ging an der Haustür mit den Klingelschildern vorbei und spähte auf der Rückseite des Gebäudes durch ein Kellerfenster.

Er sah seine Schwägerin in der kleinen Küche unterhalb des Fensters am Tisch sitzen und eine Zigarette rauchen. Gummi klopfte leise, dann lauter. Beim dritten Klopfen sprang Sybille auf und fuchtelte mit ihren Händen wild in der Luft herum. Ihren überraschten Schrei konnte Gummi durch die doppelverglasten Fenster bis nach draußen hören.

Kurz darauf stand er schnatternd im engen Flur der Wohnung und tropfte auf den Teppich, die Tüte mit den Videos und

Andys Platte, die nun endgültig hinüber war, weil der Regen das Pappcover aufgeweicht hatte, vor sich haltend.

„Du hast doch bestimmt wieder die Klingel abgestellt, weil der kleine Headbanger mittags schläft …"

„Sag ich doch, du bist gar nicht so doof", flüsterte Sybille süffisant, „du tust nur immer so. Erschreckt hast du mich trotzdem." Sie knuffte ihn in die Seite und nickte in Richtung Badezimmertür.

„Du weißt ja, wo alles ist, ich leg dir was von Thorsten zum Anziehen raus."

Frisch geduscht kam Gummi nach einer Viertelstunde im grauen Jogginganzug seines Bruders in die Küche und setzte sich zu Sybille. Sie trug schwarze Leggings und ein weißes Schlabber-T-Shirt mit roter Rolling-Stones-Zunge, ihre Haare hatte sie zu einem praktischen Zopf geflochten.

„Siehst ganz schön fertig aus." Gummi nahm sich eine von ihren Zigaretten aus der Schachtel, die sie ihm einladend über den Tisch geschoben hatte.

„Danke für das Kompliment, du Arsch." Sybille zeigte ihm den Stinkefinger. „Ich krieg nicht viel Schlaf momentan."

„Zu viel Partys und Drogen, was?" Gummi grinste.

„Nee, zu viel Timmy, vor allem nachts, der kriegt nämlich gerade Zähne, außerdem hat er Blähungen und was weiß ich nicht alles."

Gummi nickte. Bille war schwer in Ordnung, und bevor sein Bruder sie geschwängert hatte, war sie auch mal ein echt heißer Feger gewesen. Jetzt hatte sie dunkle Ringe unter den Augen und Babykotze auf dem T-Shirt.

„Willste was essen?

Gummi schüttelte den Kopf.

„Kaffee?"

„Kaffee wäre gut, ja.“

Sybille stand auf und befüllte den Wassertank der Kaffeemaschine. „Und, schon überlegt, was nach der Schule ist?“

Gummi stöhnte, darauf hatte er nun gar keinen Bock.

„Schon kapiert, vergiss es einfach.“

Auch deshalb mochte er Bille, sie ließ ihn in Ruhe und erteilte ihm keine tantenhaften Ratschläge. An diesen ganzen Zukunftsscheiß dachte Gummi nun mal nicht gern. Bernd und Andreas würden nach der zehnten Klasse auf die Oberstufe des Gymnasiums wechseln, und er konnte froh sein, wenn er seinen Realschulabschluss schaffte und nicht auf die Hauptschule zurückfiel. Dabei war er so einer, dem die Lehrer in der Schule aus unerfindlichen Gründen immer wieder eine neue Chance gaben. Letzte Chancen. Allerletzte Chancen. Manchmal nutzte er sie und manchmal nicht, am Ende hatte es bisher immer irgendwie gereicht. Auf das Strebergymnasium am Wasserturm und nochmal drei Jahre Schule hatte er eh keinen Bock. Dann schon lieber irgendwo als Produktionshelfer malochen gehen wie Freund Meier, zumindest so lange, bis es mit *Metal Dust* richtig abging. Auf Tour gehen, erst in den Jugendclubs natürlich für wenig Patte, schon klar, aber dann vielleicht auch mal auf 'nem Festival oder so. Und natürlich 'ne Platte aufnehmen. Platte muss schon sein, und dann mit ein bisschen Glück ins Vorprogramm von irgendwem kommen. *Iron Maiden* wäre gut. Oder *Priest.* Die *Scorpions.* Scheißegal. Ja, das wär's doch, das wär's. Und wenn alles nix wird, dann einfach nur weg von hier, weg, weg, weg.

* * *

Andy stand vor der Gartentür seines Elternhauses, wusste aber nicht, wie er dorthin gekommen war. Er hätte sich doch an den

Marktplatz erinnern müssen, an die Post, die Tanke, den Übergang auf den Rad- und Fußweg an der Kreuzung, die Dornberger Pforte, Autohaus Heiland. Er musste daran vorbeigefahren sein, aber alles, was er vor seinem geistigen Auge sah, war das erschrockene Gesicht seines Freundes, als er ihn vor die Brust gestoßen hatte. Gummis naiv-dümmliches Glotzen, das hatte er vor Augen gehabt, den ganzen langen Weg bis hierher. Die Wut hatte er gespürt und dann die Scham. Was hätte er gemacht, wenn Bernd nicht eingegriffen hätte? Andy blinzelte in die Sonne, die immer wieder hinter dunklen Regenwolken verschwand. Nichts. Er hätte nichts gemacht. Gummi hatte das Cover seiner Lieblings-LP ruiniert und er war ein bisschen ausgeflippt, das war alles. Er hätte sich auch ohne Bernd wieder eingekriegt. Ganz sicher. Auf Gummi war halt kein Verlass, das wusste doch jeder, selber Schuld, wenn man dem Platten auslieh, da kam dann eben sowas bei raus und man hatte Lehrgeld bezahlt, wie sein Opa sagen würde.

Er schob sein Rad in den Schuppen und schlich sich so leise wie möglich durch den Keller ins Haus. Wenn er Glück hatte, war seine Mutter in ihrem Arbeitszimmer beschäftigt, in ein Buch vertieft oder gar nicht da. Aber Andy hatte kein Glück. Er konnte es bereits riechen, als er die Tür zum Hausflur öffnete.

Seine Mutter stand in der Küche und rührte in einem Topf, aus dem Dampfschwaden aufstiegen, auf dem Küchentisch lagen die Überreste verschiedener Gemüse, ausgeweidete Brokkoli- und Blumenkohlstrünke.

„Ich dachte, in den Ferien könnten wir beide mittags wieder öfter mal zusammen essen." Seine Mutter gab sich fröhlich und lächelte. Als Andy nicht gleich reagierte, setzte sie einen Blick auf, den sie wohl selbst für schelmisch hielt und fügte hinzu: „Ich mach auch noch Kartoffelpfannkuchen."

Ihm schoss durch den Kopf: Die hast du doch früher so gern gegessen. Seine Mutter war natürlich schlau genug, es nicht auszusprechen, aber das machte die Sache in Andys Augen nicht besser.

„Na komm schon, du hast doch bestimmt einen Riesenhunger nach eurer Probe."

Andy schüttelte den Kopf. „Nein. Eigentlich nicht."

„Naja", sagte seine Mutter leise und hob die Schultern, „zwingen kann ich dich natürlich nicht."

Nein, dachte Andy. Aber du könntest es doch wenigstens mal versuchen. Könntest mich anbrüllen und sagen, dass du den ganzen verdammten Vormittag mit dem Scheißfraß hier beschäftigt warst und jetzt von mir verlangst, dass ich mich wenigstens fünf Minuten lang hinsetze und ein bisschen was mit dir esse und Ende der Diskussion.

Andy stand im Türrahmen und sah seiner Mutter herausfordernd in die Augen. Komm schon, dachte er, jetzt werd' doch endlich mal sauer. Für einen Moment glaubte er auch tatsächlich, ein verräterisches Zucken in ihrem Gesicht zu erkennen, aber dann war sofort das nachsichtige Lächeln wieder da: „Du, ich würde mich aber wirklich sehr freuen, wenn ..."

Andy stieß sich vom Türrahmen ab und ging durchs Treppenhaus nach oben. Sie schrie ihm noch nicht einmal hinterher. Noch nicht einmal das. Seine Eltern schrien nicht. Nie.

In seinem Zimmer nahm er als Erstes den Bass aus dem Transportsack und platzierte ihn wieder auf seinem Ständer neben der Musikanlage. Draußen zerrte der Wind an Büschen und Bäumen und trieb gelbes Herbstlaub vor sich her, und noch während Andy am Fenster stand, klatschten die ersten Regentropfen gegen die Scheibe. Er hoffte, dass es nur ein vorübergehender Schauer war, ein vorübergehender Schauer wäre sogar optimal. Er stöpselte den Kopfhörer in seine Anlage, legte das letzte Album von *AC/DC* auf und drehte den Lautstärkeregler nach rechts.

Nach einer halben Stunde ließ der Regen nach. Andy öffnete das Fenster und streckte den Kopf hinaus. Vom Dach tropfte es noch, aber der Himmel hatte schon wieder aufgeklart. Die Luft roch frisch und der Wind hatte sich gelegt.

Andy schloss das Fenster wieder und lauschte einen Moment in die Stille des Hauses, dann verschloss er seine Zimmertür, kroch unter das Bett und holte den Schuhkarton hervor.

Er kannte die perfekte Stelle. Sein Vater hatte ihn schon früh zu Ausflügen in die Natur mitgenommen und dabei versucht, ihm mit langatmigen Erklärungen über die hiesige Flora und Fauna und vor allem über die bedrohten Ökogebiete ein geschärftes Umweltbewusstsein zu vermitteln. Am Anfang hatten ihm die Exkursionen auch wirklich Spaß gemacht, aber nach der Grundschule fand er es zunehmend peinlich, mit seinem langbärtigen Vater in olivgrünen Parkas und kniehohen Gummistiefeln durch den Matsch zu waten und nach Kröten und anderem glitschigen Getier Ausschau zu halten. Auch wenn er sich den Ausflügen irgendwann verweigert hatte, kannte er heute doch immer noch genügend abgelegene Stellen, die sich für sein Vorhaben eigneten.

Andy fuhr auf einem Teppich aus nassem Laub und kleinen Ästchen über den Hauptweg in der Fasanerie und überquerte schließlich am Dornberger Schloss die B44. Er trug seinen US-Army-Rucksack auf dem Rücken und hatte auf dem Gepäckträger des Fahrrads einen kleinen Kanister mit einem Expandergurt festgeschnallt. Nach wenigen Metern bog er rechts ab und ließ die Häuschen Dornbergs hinter sich. Links erstreckte sich jetzt eine weitläufige Pferdekoppel und ein Stück weiter vorne bog der gut ausgebaute Landwirtschaftsweg nach rechts ab. Linkerhand führte ein Pfad, der im Grunde genommen nur aus zwei breiten Traktorspuren bestand und nach dem Regen völlig verschlammt war, an der Koppel vorbei in Richtung Bahngleise.

Andreas musste vom Rad steigen und schieben. Er versuchte auf dem schmalen Streifen zwischen Acker und Reifenfurche zu bleiben, rutschte aber immer wieder in die verschlammte Spur und war froh, die alten Gummistiefel angezogen zu haben. Dann stand er einen Moment lang auf freiem Feld, in der Ferne konnte er die Hochhäuser am Europaring sehen. Andreas steuerte weiter auf die höhergelegene Bahntrasse zu, eine schmale Unterführung war in den Damm gegraben und stand vollständig unter Wasser. Unwahrscheinlich, dass aus dieser Richtung jemand kommen würde. Der Weg unterhalb der Gleise war in beide Richtungen gut einsehbar und wurde nach vorne zu den Äckern hin durch eine Baumschonung begrenzt, die einen vor neugierigen Blicken schützte.

Andreas lehnte das Rad an einen Baum und sah sich um. Selbst bei gutem Wetter kam hier kaum mal jemand her. Und heute, wo alles nass und aufgeweicht war, erst recht nicht. Er nahm den Kanister vom Gepäckträger, ging einige Meter und platzierte den Behälter auf einem Baumstumpf am Wegesrand, dann kehrte er in die Ausgangsposition zurück, setzte den Rucksack ab, sah sich noch einmal um, und holte schließlich die Pistole hervor.

Es war eine halbautomatische Walther P1, wie sie auch bei der Bundeswehr in Gebrauch war. Andreas hatte das Modell in der Nacht auf dem Rastplatz sofort erkannt. Er wusste einiges über Gewehre und Handfeuerwaffen aus dem *Deutschen Waffen-Journal*, das er sich immer wieder mal kaufte.

Die Pistole lag kalt und schwer in seiner Hand. Das Magazin steckte und die Waffe war durchgeladen. Andy wusste, dass er jetzt nur noch den kleinen Sicherungshebel in die waagerechte Position bringen und den Hahn spannen musste, um die Walther schussbereit zu machen. Er richtete den Lauf auf den Kanister. Die linke Hand als Unterstützung, Daumen nach vorne, der Abzugshahn auf einer Linie mit dem gestreckten Ellenbogen. Er kannte das alles in der Theorie, atmete ein und hielt die Luft an, spürte sein Herz schlagen und ein Kribbeln in seinen Fingern und ermahnte sich, jetzt ruhig zu werden, ganz ruhig zu werden, denn nun begann der schwerste Teil, das Warten.

Andreas atmete aus, ließ die Pistole sinken, sodass der Lauf auf den Boden zwischen seinen Füßen gerichtet war, schloss die Augen und lauschte. Regentropfen, die von Blatt zu Blatt fielen. Ein unsichtbarer Vogel zwitscherte irgendwo im Gehölz. Das gleichmäßige, ferne Rauschen der Autobahn. Sonst nichts. Lange Minuten vergingen, dann schälte sich endlich das Geräusch eines näher kommenden Zuges aus der Stille, begannen die Gleise zu singen. Andreas hob die Waffe erst, als der Triebwagen des Güterzugs durch war. Er entsicherte die Pistole mit dem Daumen, spannte den Hahn und nahm den Kanister ins Visier. Als der Lärm des vorbeidonnernden Zuges am größten war, drückte er ab: Der Schuss verfehlte sein Ziel nur knapp, der Schlitten fuhr zurück, die Hülse des abgefeuerten Projektils sprang heraus und der Hahn wurde erneut gespannt, sodass die Pistole sofort wieder schussbereit war. Andreas feuerte zum zweiten Mal. Diesmal traf er den Kanister, der in einer Explosion aus Wasser und Kunststofffetzen zerbarst und ins Gebüsch geschleudert wurde.

Als der Zug vorbeigefahren war, schien der letzte Schuss noch einen Moment lang in der Luft zu vibrieren, aber dann wurde es auf einmal so still, als habe jemand die Welt abgeschaltet. Andreas hielt die Luft an und zählte die Sekunden. Eins, zwei, drei, vier ... der Vogel begann wieder zu zwitschern. Zögerlich zunächst, als wolle er um Erlaubnis fragen. Dann forscher, fröhlicher. Andreas ließ die Waffe sinken und sah auf das todbringende Stück Metall in seinen Händen. Er lächelte und fühlte sich zum ersten Mal an diesem Tag vollkommen ruhig und entspannt.

Dienstag, 5. Oktober 1982

Der Jungbusch hatte sich verändert. In Jimmys Kindheit war die alte Kaufmannsmühle am Neckarufer noch in Betrieb, die jetzt schon seit Jahren brachlag. Die Italiener, die früher in der Nachbarschaft gewohnt hatten, waren Türken gewichen, und in den Untergeschossen der Altbauten hatten Peepshows und Bordelle Einzug gehalten. Das mehrstöckige Mietshaus, in dem er aufgewachsen war, hatte einen neuen Anstrich erhalten.

Jimmy ging durch die Toreinfahrt und musste feststellen, dass ansonsten aber noch alles beim Alten zu sein schien: die Mülltonnen gegenüber der Eingangstür, die ramponierten Briefkästen, die Klingelanlage mit den verwischten Namensschildern. An den beiden oberen Schlitzen fehlten die Deckplättchen und ein paar Kabel quollen hervor. Auch die gebogenen Stangen zum Teppichausklopfen im Innenhof gab es noch, nur der Sandkasten war verschwunden. Wahrscheinlich weil sowieso nie ein Kind darin gespielt, dafür aber jeden Tag ein anderer Köter aus der Nachbarschaft seine Duftmarke hinterlassen hatte.

Als Jimmy vor der Tür seinen alten Schlüssel suchte, bewegte sich etwas hinter der Milchglasscheibe. Eine Frau in seinem Alter, mit toupierten Haaren und etwas zu viel Farbe im Gesicht bugsierte gerade einen Kinderwagen durch den Flur. Das Kind brabbelte zufrieden vor sich hin, aber die Mutter fluchte. Jimmy hielt ihr die Tür auf und lächelte, aber sie sah ihn nur missmutig an und lächelte nicht zurück. Wortlos schob sie den Wagen an ihm vorbei und verschwand durch den Torbogen auf die Straße.

Im Hausflur roch es nach aufgewärmtem Essen und Putzmitteln. Jimmy stieg die Treppe hinauf in den zweiten Stock. Erst wollte er sich mit dem Schlüssel gleich Zugang zur Wohnung verschaffen, überlegte es sich dann aber anders und klingelte. Er konnte das Schellen in der Wohnung hören, aber niemand kam, um zu öffnen. Durch ein halbgeöffnetes Fenster im Treppenhaus drang gedämpfter Straßenlärm zu ihm herauf, irgendwo lief ein Radio. Jimmy stand vor der Tür und lauschte, aber aus der Wohnung war kein Laut zu hören. Der Schlüssel passte noch.

Er betrat die enge Diele und war schlagartig wieder sechs Jahre alt. Der süßliche Geruch, vermischt mit kaltem Zigarettenrauch. Das verschmutzte Linoleum. Die verblasste Tapete. Und dann war da noch die Wohnzimmertür am anderen Ende des Ganges, in deren Mitte einmal eine Glasscheibe eingelassen war...

Es war sein Geburtstag gewesen, aber gefeiert hatten eigentlich nur die Erwachsenen: seine Mutter und ihre Freundin Karin, zu der er „Tante" sagte und die ihm wenigstens ein Matchbox-Auto mitgebracht hatte, sowie zwei Männer, deren Namen er längst vergessen hatte und die ihm mit einem Schulterklopfen gratulierten, als sei er ihr neuer Saufkumpan. Irgendwann in der Nacht war er aufgewacht und auf den Flur gegangen, wo einer der beiden Männer durch die Glasscheibe in der Tür gestürzt war und nun mit dem Rücken in den Scherben lag. Sein Freund versuchte, ihn aufzurichten, kippte aber bei dem Versuch, aus der Hocke aufzustehen, immer wieder selbst nach hinten um. „Wir machen nur Spaß...", hatte Tante Karin damals mit schwerer Zunge zu ihm gesagt und ihn zurück in sein Zimmer geschickt.

Auf die grobe Sperrholzplatte, die seitdem die Scheibe ersetzte, hatte seine Mutter neuerdings ein großes rotes Herz der

Aktion „Ein Herz für Kinder" geklebt. Jimmy schloss für einen Moment die Augen und spürte, wie müde er war.

Im Wohnzimmer stand ein voller Aschenbecher umringt von unzähligen Bier- und Weinflaschen auf dem niedrigen Tisch. Die Möbel waren größtenteils noch dieselben wie zu seiner Kindheit, nur der Fernseher schien neu zu sein, sogar ein Videogerät hatte sich seine Mutter angeschafft. Auf dem Teppich vor dem alten TV-Schrank lagen ein paar Leihvideos. Jimmy bückte sich und hob sie auf. Ein Western mit Clint Eastwood und „Apocalypse now", was entweder bedeutete, dass seine Mutter schon ziemlich hinüber gewesen war, als sie in der Videothek die Filme geliehen hatte, oder, schlimmer noch, dass sie wieder einen Freund hatte, mit dem sie jetzt gerade nebenan ihren Rausch ausschlief. Das könnte natürlich ein Problem werden. Jimmy schlich zurück in den Flur, verharrte einen Moment mit der Hand auf der Klinke der Schlafzimmertür und betrat dann leise den Raum.

Seine Mutter lag schwer atmend auf dem Rücken, nur mit einem leichten Bettbezug über dem Körper. Das Augen-Makeup war ihr in langen schwarzen Schlieren über die teigig glänzenden Wangen verlaufen. Die Haare wucherten wie blond gefärbtes Gestrüpp um das aufgedunsene Gesicht, und obwohl die Vorhänge zugezogen waren, konnte Jimmy den grau nachwachsenden Haaransatz auf ihrem Kopf erkennen. Merkwürdigerweise wurde ihm ausgerechnet bei diesem Anblick klar, dass seine Mutter früher einmal das gewesen sein musste, was man gemeinhin eine gut aussehende Frau nannte. Der Typ, der mit halb offenem Mund schnarchend neben ihr lag, hatte einen kahl rasierten Schädel und eine tätowierte Knastträne auf der Wange. Ohne sich umzudrehen, verließ er das Schlafzimmer wieder und zog vorsichtig die Tür zu.

In der kleinen Küche türmte sich schmutziges Geschirr in der Spüle und auf dem Tisch. Eine dicke Schmeißfliege zog brummend ihre Kreise über den Essensresten. Jimmy musste sich einen Augenblick lang am Türrahmen festhalten, um einen plötzlich in ihm aufsteigenden Brechreiz niederzukämpfen.

Zum Glück war seine Mutter nicht der Typ für große Veränderungen, die Autoschlüssel hingen noch immer dort, wo sie immer gehangen hatten: an einem kitschigen Schlüsselbrett in Form eines Schwarzwaldhäuschens hinter der Küchentür. In einer der Schubladen im Küchenschrank fand er einen Notizblock und einen Kugelschreiber. Ein paar Zeilen sollten genügen, damit seine Mutter nicht auf die Idee kam, ihren Wagen als gestohlen zu melden. Sie würde sich natürlich trotzdem von ihm beklaut fühlen, aber zur Polizei würde sie deshalb nicht gehen. Jimmy steckte die Schlüssel ein, nahm die Sporttasche mit seinen Sachen, die er im Flur abgestellt hatte, und verließ die Wohnung.

Der alte VW Polo stand eine Straße weiter im Parkverbot, eine Politesse hatte bereits einen Strafzettel unter den Scheibenwischer geklemmt. Jimmy entsorgte das Knöllchen im Rinnstein, schloss die Beifahrertür auf und platzierte seine Tasche auf dem Sitz. Dann ging er um den Wagen herum und setzte sich hinters Steuer. Am Rückspiegel baumelte ein Duftbäumchen, das den Kampf gegen den Gestank des überquellenden Aschenbechers schon vor langer Zeit verloren hatte. Im offenen Handschuhfach lagen mehrere Einmalfeuerzeuge und ein Päckchen mit steinharten Wrigleys Kaugummistreifen. Auf der Rückbank des Wagens saßen Hasen, Bären und Elefanten, auch ein Krokodil und Wum, der singende Hund aus der „Der große Preis", waren mit von der Partie. Allesamt Billigplüschtiere und geschmacklose Rummelplatztrophäen, das passte zu seiner Mutter. Jimmy verspürte den starken Impuls, die Tierparade einfach abzuräumen und auf den Gehsteig zu werfen, beherrschte sich aber. Stattdessen holte er noch einmal die Ausgabe des *Mannheimer Morgen* aus der Sporttasche, die er sich heute früh gekauft hatte.

Eine kleine Meldung im Innenteil berichtete über den Banküberfall. Sein Kumpel war also auf halber Strecke zwischen Mannheim und Frankfurt auf einem Autobahnrastplatz verblutet. Jimmys Mitleid hielt sich in Grenzen. Was ihn mehr beunruhigte, war die Tatsache, dass nichts von dem Geld erwähnt wurde. Was ja nur heißen konnte, die Bullen würden vermuten, dass er die Beute hatte. Nach dem zweiten Täter werde gefahndet, hieß es lapidar in dem Artikel. Hatte Udo also die Kohle vorher noch irgendwo verstecken können? Oder war das Geld längst sichergestellt und die Bullen hielten dicht, um ihn, den noch flüchtigen Komplizen, aus der Deckung zu locken?

Für einen Moment verließ Jimmy die Kraft, er schloss die Augen erneut und sank mit der Stirn aufs Lenkrad. Sein Körper schrie nach Schlaf, aber sein Hirn war in fiebriger Alarmbereitschaft. Er griff in seine Jacke, holte ein zerknautschtes Päckchen Camel hervor und steckte sich eine zwischen die Lippen. Dann suchte er sein Feuerzeug, bis ihm wieder einfiel, dass er es verloren hatte, wahrscheinlich bei Udo im Wagen. Er öffnete erneut das Handschuhfach und probierte die Einmalfeuerzeuge durch, das dritte und letzte gab schließlich ein blaugelbes Miniflämmchen von sich, an dem er vorsichtig seine Zigarette anzünden konnte. Jimmy zog an dem Glimmstängel und atmete den Rauch tief ein, die wunde Stelle in seiner Wange brannte, aber es war ihm egal. Was sollte er nur tun? Sich stellen? Oder abhauen und hoffen, dass man ihn möglichst lange nicht finden würde?

Es gab noch eine dritte Möglichkeit, einen Strohhalm, an den er sich klammern konnte. Jimmy suchte mit dem Finger auf den Zeilen nochmal den Zeitungsartikel ab, bis er gefunden hatte, was er suchte. Dann startete er den Wagen und sah, dass der Tank noch fast bis zur Hälfte gefüllt war. Ein gutes Omen.

Wenig später verließ er Mannheim im einsetzenden Nieselregen auf der A67, beschleunigte den Polo bis auf 120 km/h und begann, sich etwas besser zu fühlen. Bensheim flog vorbei, und als er die Darmstädter Abfahrt passiert hatte, ging er vom Gas, um den Rastplatz bei Büttelborn nicht zu verfehlen.

Die Wolkendecke über Südhessen brach auf und die Sonne kam durch, als Jimmy auf dem Parkplatz ausstieg. Auffrischender Wind kam von den Feldern herübergezogen und zerrte an seiner Jacke. Auf der gegenüberliegenden Seite, durch die beiden Fahrspuren der A67 getrennt, konnte er den bewirtschafteten Rasthof erkennen, aber hier auf dieser Seite gab es nichts außer ein paar Picknicktischen aus Beton, grünen Mülltonnen und einem LKW mit niederländischem Kennzeichen, der wie gestrandet am Ende des Parkplatzes stand. Jimmy suchte den Boden ab und fand schwarzen Gummiabrieb und Bremsstreifen auf dem Asphalt. Nichts was ihn auch nur einen Millimeter weiter gebracht hätte, aber irgendetwas sagte ihm, dass er auf der richtigen Spur war.

* * *

Bernd sah seinen Vater an, aber der war schon wieder mit einem der alten Super-8-Filme beschäftigt, hatte ein Stück Zelluloid von der kleinen Rolle abgewickelt und hielt es prüfend unter den Lichtschein der Klemmleuchte, um zu sehen, was sich auf dem Filmstreifen befand.

„Ich glaube, das bist du …“ Bernds Vater runzelte die Stirn. „Mit deinem ersten Fahrrad.“

Bernd lächelte gequält. Seine ganze Kindheit war auf diesen kleinen Spulen festgehalten, vom Wickeltisch bis zur Einschulung. Die Filmerei war das große Hobby seines Vaters, ein Ausgleich zu seinem anstrengenden Beruf im Krankenhaus. Es verging kein Abend mit Freunden oder Verwandten, an dem sein Vater nicht irgendwann aufstand, sich die Hände rieb, den Projektor und die ausziehbare Leinwand aus dem Hobbyraum holte und seine neuesten Aufnahmen vorführte. Früher hatte Bernd seinem Vater dabei assistiert, die Filme aus dem Karton geholt, den Projektor an die Steckdose angeschlossen und am Lichtschalter gewartet, bis er den Raum verdunkeln durfte, um sich dann im Schneidersitz auf dem Teppich vor der Couch, auf der die Erwachsenen saßen, niederzulassen. Bernd fand die Filmchen, auf denen zumeist er selbst zu sehen war, einfach klasse. Während seine Freunde höchstens mal ein paar Polaroidfotos aus dem Urlaub mitbrachten, wo sie vor Meer oder Bergen posierten, konnte Bernd bereits in der Grundschule auf eine steile Filmkarriere zurückblicken.

Jedes Mal, wenn sein Vater die Kamera hervorholte, ließ er sich was einfallen, kletterte auf einen Baum, machte Kopfsprünge vom Einmeterbrett oder strengte sich bei der Schlittenabfahrt auf dem Rodelberg in der Fasanerie ganz besonders an. Dass seine Begeisterung dafür, gefilmt zu werden, irgendwann deutlich nachgelassen hatte, schien für seinen Vater eine natürliche Folge der Pubertät zu sein. Bernd hingegen setzte den Zeitpunkt, an dem seine kindliche Begeisterung in Abneigung umgeschlagen war, viel früher an.

Zum Abschluss der Grundschulzeit hatte es ein Fußballturnier der vierten Klassen gegeben und Bernd, der schon aufgrund seiner Körpergröße im Tor immer eine gute Figur machte, durfte als Nummer 1 seiner Klasse antreten. Sein Vater bezog mit der Kamera Stellung hinter dem Tor und filmte ihn, wie er vor seinem Kasten auf und ab tigerte, in Erwartung eines Angriffs. Den ersten Torschuss parierte er, warf den Ball einem Mitspieler zu und drehte sich grinsend zu seinem Vater, winkte in die Kamera, machte Faxen und war einen Moment zu lange abgelenkt, um zu bemerken, dass der Ball sofort wieder vom Gegner zurückerobert worden war. Als er sich umdrehte, sah er nur noch den sommersprossigen Markus aus der Parallelklasse an sich vorbeispurten und den Ball lässig ins Tor schieben. Sein Vater hatte aber nicht nur die peinliche Szene selbst aufgenommen, sondern auch den Ärger seiner Mannschafts- und Klassenkameraden, die ihn sofort danach umringten, ihm den Vogel zeigten und beschimpften. Der Lehrer musste auf den Platz kommen und schlichten, aber Bernds Vater filmte einfach weiter. Als sich die Gemüter wieder beruhigt hatten, sah man Bernd ins Tor zurücktrotten, sein herangezoomtes Gesicht füllte später fast die ganze Leinwand aus, sodass jeder sehen konnte, wie er den Kampf gegen die Tränen verlor.

Seitdem hielt sich Bernd lieber im Hintergrund, wenn sein Vater mit der Kamera auftauchte. Er wusste, dass es keine böse Absicht war. Sein Vater dachte sich nichts dabei und hätte Bernd auch nie Vorwürfe gemacht, wie Gummis Vater das zum Beispiel tat: Du hast versagt, du bist eine Null, jetzt streng dich doch mal an! Aber wie grausam die gefilmte Bloßstellung für seinen Sohn damals gewesen war, hatte er wohl nie begriffen.

Auch so eine Sache, über die man mal reden müsste, dachte Bernd und sah seinem Vater dabei zu, wie er den Film in den Projektor fädelte. Das Gerät ratterte, die Auffangspule begann sich zu drehen und auf der Leinwand erschien der vierjährige

Bernd in kurzen Hosen und Ringelshirt, wie er auf einem feuerroten Fahrrad ohne Stützräder die Straße auf und ab fuhr. Naja, eher auf und ab wackelte.

„Wusste ich's doch!" Bernds Vater notierte etwas auf einem kleinen Zettel, den er nachher auf die Spule kleben würde.

„Ich geh dann mal", sagte Bernd und stand auf, „wir haben Probe."

„Ja, ja, bis später..." Sein Vater hob kurz die Hand, nahm aber den Blick nicht von der Leinwand.

Als er aus der Dunkelheit des Hobbyraums in den taghellen Flur kam, musste er einen Moment die Augen schließen. Er schnappte sich seinen silbernen Gitarrenkoffer mit der Gibson, den er vorhin unter der Garderobe abgestellt hatte, und machte sich auf den Weg.

Eine halbe Stunde hatte er mit seinem Vater in dem dunklen Raum verbracht und trotzdem keine Antworten bekommen, vielleicht hatte er ja auch die falschen Fragen gestellt. Oder sein Vater merkte einfach mal wieder nix, so wie damals. Aber wie denn auch, wo er das Eigentliche ja gar nicht erwähnt hatte. Wo er gehofft hatte, dass sein Vater nachfragen und bohren würde. Aber das tat sein Vater nicht, das wusste er doch. Das war doch einer seiner Vorzüge, dass er nicht wie andere Väter ständig alles von einem wissen wollte.

Die Sache mit dem toten Typ ließ ihn einfach nicht los. Nachts wachte er auf, lag da und starrte in die Dunkelheit. Er hatte keine Albträume oder sowas, nein, er wachte einfach mitten in der Nacht auf und grübelte.

Heute Nacht war er zweimal wach geworden, aber immer wieder eingeschlafen. Er hatte im Morgengrauen kurz auf den Wecker geschaut und war erneut in einen oberflächlichen Schlummer geglitten, aus dem er gegen 10 Uhr endgültig erwacht war. Dann ging er nach unten, wo er seinen Vater mit den Super-8-Filmen im Hobbyraum vorfand.

Eine Weile hatten sie schweigend im Halbdunkel gesessen und sich die alten Filme angesehen. Einmal hatte sein Vater die Ausfahrt des Notarztwagens gefilmt, wie er mit Blaulicht die Wilhelm-Seipp-Straße hinunterfährt und die Pkw eine Gasse bilden, um dem Rettungsdienst den Weg freizugeben.

„Woran erkennt man eigentlich, dass jemand wirklich tot ist?“ Bernd hatte sich bemüht, seiner Frage einen möglichst beiläufigen Ton zu verleihen, und das war ihm offenbar auch gelungen, denn sein Vater begann einfach unbeteiligt, die sicheren Todeszeichen aufzuzählen.

„Ausbleibender Pupillenreflex, Totenflecke, Totenstarre ...“

„Nein, das meine ich nicht ...“

„Sondern?“

„Naja, wenn ich irgendwo jemanden finde, sagen wir mal mit einer blutenden Bauchwunde, und der hat die Augen auch schon so starr verdreht ...“

„Atem- und Pulskontrolle.“

„Ja, klar, aber ...“ Bernd brach ab.

Sein Vater beugte sich zu ihm über den Tisch, im Hintergrund schob sich der NAW auf der Leinwand durch die Fahrzeuggasse. „Sag mal, gibt es da was, was du mir erzählen willst?“

Ja, dachte Bernd, ja, verdammt nochmal. Der Mann. Der Mann im Auto auf dem Rastplatz. Der hat vielleicht noch gelebt, aber ich habe nichts gemacht. Gar nichts. Noch nicht mal versucht, den Puls zu fühlen, nicht mal das. Atem- und Pulskontrolle, Atemwege freimachen, bei Bewusstlosigkeit in die stabile Seitenlage bringen, ich weiß das doch alles, aber ich habe nichts davon gemacht. Noch nicht mal einen sofortigen Notruf habe ich gemacht. Noch nicht mal das! Einfach abgehauen bin ich und habe erst Stunden später die Polizei gerufen, weil ich mich von dem beknackten Meier habe belabern lassen.

Das alles schoss Bernd durch den Kopf, und für einen Moment fühlte er es schon aus sich herausplatzen, aber dann schüttelte er nur den Kopf. „Nein, nein, nur so."

Einen Moment lang blieb der Blick seines Vaters noch misstrauisch, dann wandte er sich wieder seinen Filmen zu.

Bernd stellte den Gitarrenkoffer noch einmal vor der Haustür ab und knöpfte seine Jeansjacke zu. Es war kühl und windig geworden, die Bäume im gegenüberliegenden Krankenhauspark warfen allmählich ihre Blätter ab. Er holte sein Rennrad aus dem Schuppen, klemmte den Koffer auf den Gepäckträger und schwang sich in den Sattel.

* * *

Licht aus. Licht aus. Lights out. Lights out. Die Musik vom Band verstummt, die Lichter gehen aus, und die Fans in der Halle schreien auf. Trockeneisnebel. Blinklichter. Bühnenbeleuchtung. Das sind Tausende da draußen, Tausende, verstehst du? Und Andy mit dem Bass und Bernd an der Leadgitarre, rennen jetzt auf die Bühne, recken die Fäuste in die Luft, und das Publikum explodiert. Das Publikum explodiert, das Publikum tobt, dabei ist noch nicht ein Ton gespielt, der Sänger trinkt nämlich noch einen, hat sich *Metal Dust* auf den kleinen harten Bizeps tätowieren lassen. Der Sänger ist cool, der hat schon jetzt kein T-Shirt mehr an und zeigt seine Brusthaare, der Sänger grinst, der Sänger säuft, der Sänger ist Bon Scott. Mann, du bist doch tot, sagst du, aber der Sänger sagt: Hell ain't a bad place to be. Nur, das ist ja jetzt gar nicht die Hölle hier, das ist doch der Himmel, der reinste Hardrock-Himmel ist das, das

Heavy-Metal-Paradies, und das sind Tausende da draußen, Tausende, verstehst du, die rufen euren Namen, hör nur, wie sie euren Namen rufen, die sind ready for rock sind die, und du auch, du lässt die Trommelstöcke zwischen den Fingern kreisen wie Propeller, du erklimmst das Podest mit dem Schlagzeug, drei Stufen, die immer wieder drei Stufen sind, du denkst schon, du kommst da nie rauf, weil es immer noch drei Stufen sind, und unten stehen Andy, Bernd und Bon Scott auf der schummrigen Bühne und warten auf deinen Einsatz. Das Publikum grölt und zerreißt sich fast, alle warten, du kannst es schon sehen, ein auf und ab wogendes, dunkles Menschenmeer, noch drei Stufen, noch drei, du hast auf einmal keine Drumsticks mehr, wo hast du nur die verdammten Stöcke gelassen? Jetzt aber nur noch zwei und dann eine und dann gar keine Stufe mehr und dann bist du oben, der Saal tobt, jetzt hast du auch deine Trommelstöcke wieder, du hebst die Arme, lässt die Sticks noch einmal kreisen, und dann lässt du sie auf die beiden großen Crash-Becken heruntersausen, und mit einem ohrenbetäubenden Sound gehen auf der Bühne alle Lichter an.

Das Licht schmerzte allerdings. In den Augen. Und zwischen den Augen. Im Kopf. Gummi schloss die Augen wieder, aber die Bühne war weg, Bon Scott auch, dafür sah er jetzt kleine gelbe Sterne explodieren, die beständig um sich selbst kreisten, dann also doch lieber die Augen auf. Milchiges Tageslicht fiel durch das schmale Souterrainfenster in den Wohnraum, wurde sogar noch durch einen dünnen Vorhang gefiltert und war dennoch unerträglich. Gummi brauchte ein paar Minuten, dann ging es einigermaßen, zumindest, wenn er den Kopf nicht ruckartig bewegte.

Er lag in Unterhose und T-Shirt auf der Couch im Wohnzimmer seines Bruders und fror erbärmlich, weil er irgendwann in der Nacht die Decke auf den Boden gestrampelt hatte. Aus seiner liegenden Position heraus überblickte er den niedrigen Couchtisch, auf dem eine Armada aus leeren braunen Bierflaschen, eine halbvolle Flasche Korn und ein überquellender Aschenbecher stand. Die Luft im Zimmer war verraucht und abgestanden. Zum Atmen nicht geeignet, dachte Gummi und musste husten. Er rappelte sich auf, die Arme um den Oberkörper geschlungen. Mann, du zitterst ja, dachte er, wirst doch nicht krank werden?

Bruchstückhaft kehrte die Erinnerung an den gestrigen Tag zurück. Alles war okay, Bille und er hatten geredet, den ganzen Nachmittag lang, mit Bille konnte man das. Dann war sein Bruder von der Opel-Schicht gekommen, mit dem konnte man auch reden. Nicht so wie mit Bille, anders halt, aber immerhin. Timmy war aufgewacht und krakeelte, weil er einen Haufen in der Hose hatte, und Gummi sah beim Wickeln zu. Sein Bruder machte das, der wechselte tatsächlich verschissene Babywindeln und puderte dem Kleinen den Hintern, so schnell kann's gehen. Alles war okay. Bille machte später Abendessen und rief bei seinen Eltern an: Der Thomas bleibt bei uns, macht euch keine Sorgen, der pennt heute hier. Als ob die sich Sorgen machen würden. Lass dir von unserem Alten bloß nix gefallen, sagte sein Bruder und dann …

Dann kam das erste Bier und dann das zweite und danach war irgendwie nix mehr in Ordnung. Nicht mehr so richtig zumindest. Er kriegte noch mit, wie Bille sich furchtbar über die Sauferei aufregte und mit seinem Bruder zu streiten anfing, was Gummi ganz schrecklich fand. Er wollte unbedingt etwas sagen, das die Situation entschärfte, aber ihm fiel nichts ein, wie meistens. Bille war jedenfalls ziemlich angesäuert. Später brachte sie den Kleinen ins Bett und tauchte danach nicht mehr auf. Und sein Bruder stellte mit dem dritten Pils auch die Flasche Korn auf den Tisch. Sie erzählten sich von früher, wie sie im Urlaub auf Usedom gewesen waren und den Dialekt der Nordlichter nachgeäfft hatten, bis ihnen mal ein alter Mann mit dem Stock drohte. Wie sie die langweiligen Sonntagsausflüge überstanden hatten. Und die Verwandtenbesuche. Onkel Herbert und Tante Hannah. Und Cousine Katharina, die immer ihr Zeugnis vorzeigen musste. Und dann natürlich jedes Mal ihr Vater auf der Heimfahrt: „Die meinen auch, sie sind einem Edelmann aus dem Arsch gefallen, was Jungs?" Wann hatte ihr Vater eigentlich aufgehört, von ihnen als von „meinen Jungs" zu sprechen? Das hätte Gummi gern gewusst, aber sein Bruder schüttelte nur den Kopf, sagte „Scheiß drauf" und schenkte nach.

Irgendwann hatten sie sich umarmt. Gummi hatte auch ein bisschen geflennt, wenigstens glaubte er das. Ganz schön peinlich, das alles. Gegen Mitternacht war sein Bruder ins Schlafzimmer getorkelt, und er hatte sich in die Decke gewickelt und war auf der Couch eingeschlafen. Daran, dass er sich vorher noch ausgezogen hatte, konnte er sich gar nicht mehr erinnern.

Er fand die Jogginghose, die Tennissocken und das Sweatshirt zusammengeknüllt unter dem Couchtisch. Kopf und Magen rebellierten gegen jede Bewegung, aber er musste dringend mal ins Bad, seine Blase drückte.

Die Tür zur kleinen Küche war geschlossen, Gummi konnte dahinter aber das Radio dudeln hören und wie Bille mit Timmy sprach, der vor Vergnügen jauchzte. Thorsten war bestimmt schon wieder auf Maloche beim Opel. Die arme Sau, schließlich hatte der ja mindestens genauso viel gesoffen wie er.

Im Bad entleerte er zuerst seine Blase und klatschte sich danach am Waschbecken mit der hohlen Hand kaltes Wasser ins Gesicht. Im Spiegel sah er mitgenommen aus, aber bei weitem nicht so schlimm wie am Samstagmorgen. Er wusste nicht, ob das ein gutes oder ein schlechtes Zeichen war. Offensichtlich vertrug er den Alk aber schon besser. Über der Heizung hingen immer noch seine Klamotten, die mittlerweile getrocknet waren. Er schlüpfte aus den Trainingssachen seines Bruders, legte sie so ordentlich er konnte auf dem Klodeckel zusammen, zog seine Jeans an und verließ das Badezimmer.

Gummi öffnete die Tür zur Küche nur einen Spaltbreit und linste hinein. Timmy saß auf Billes Schoss und streckte sofort seine Fingerchen nach ihm aus: „Da!"

„Hey, Headbanger, alles klar?" Gummi machte mit dem Zeige- und dem kleinen Finger die Pommesgabel, den Heavy-Metal-Gruß.

„Kaffee?" Bille wartete nicht auf eine Antwort, sondern schenkte ihm schon mal ein.

Erst jetzt fiel Gummi auf, dass auch sein Bruder am Tisch saß, den Kopf in die Hände gestützt. Die Haare standen ihm wild vom Kopf ab und er hatte die Augen geschlossen.

„Hey, Thorsten, ich dachte, du bist schon wieder arbeiten ..."

Sein Bruder machte eine vage Handbewegung.

„Dem Herrn hier geht's nicht so gut, wie du siehst, da hat er sich heute früh einfach mal krankgemeldet." Bille beugte sich über den Tisch und sprach jetzt direkt in Thorstens linkes Ohr: „Wie so oft, wenn er sich abends einen ansäuft und morgens noch breit ist wie ein Scheunentor. Was, mein Schatz?"

„Bitte, Bille, ist ja gut, nicht so laut ..." Thorsten hielt sich die Ohren zu.

Gummi nippte an seinem Kaffee, die Stimmung zwischen den beiden war ja nicht gerade besser geworden.

„Und du", sagte Bille, „machst mit dem Alk besser auch mal langsam."

Gummi zuckte mit den Achseln. „Ich hab's schon im Griff."

„Einen Scheiß habt ihr, alle beide." Bille knöpfte ihr Nachthemd auf, so dass Gummi ihre Brust sehen konnte. Sie legte den vor sich hin glucksenden Timmy an, der sofort andockte.

„Glotz gefälligst woanders hin."

„Ja, ja, schon gut..."

Gummi sah sich in der Küche um. Vor der Waschmaschine stand ein Korb Wäsche, an der gegenüberliegenden Wand hing ein Plakat mit dem Indianerspruch, dass man Geld nicht essen kann, darüber Billes Teeregal mit den verzierten Chinadosen. Auf der Anrichte neben der Kaffeemaschine stand das Radio, aus dem F. R. David gerade zuckersüß verkündete, dass es ihm nicht leichtfiel, die richtigen Worte zu finden. Auch das noch, dachte Gummi, dann doch lieber keine Musik als solche Musik.

Musik. *Metal Dust*. Oh Mann. Verdammt.

„Wie spät ist es eigentlich?"

„Gleich halb zwölf."

„Scheiße..."

„Hattest du was vor?"

„Probe um elf, hab' ich ganz vergessen." Gummi kratzte sich am Hinterkopf.

„Aber ihr beide habt's voll im Griff, was?" Bille verdrehte die Augen und strich Timmy übers Köpfchen, der sich gerade zufrieden schmatzend von ihrer Brust löste.

* * *

Andy öffnete die Tür zum Proberaum und sah einen missmutig grüßenden Bernd auf dem kleinen Gitarrenverstärker sitzen.

„Sonst noch keiner da?"

Bernd schüttelte den Kopf.

„Die kommen schon noch ..." Andy zog die Armeejacke aus, setzte seinen Rucksack und den Bass ab und begann, die dicken Saiten durchzustimmen. „Ist ja noch früh."

„Elf war ausgemacht, jetzt ist es schon fast halb zwölf."

Andy hob die Schultern. „Komm schon, wir haben schließlich Ferien. Außerdem sind wir 'ne Hardrock-Band und keine Beamten oder sowas."

Bernd sagte nichts, sondern schnaubte nur verächtlich. Andy wusste, dass er Unpünktlichkeit nicht leiden konnte, und da er selber auch ziemlich spät dran war, beschloss er, einfach die Klappe zu halten. Als der Bass stimmte, stöpselte er ihn in den Verstärker, drehte die Lautstärke auf und improvisierte einen Blueslauf. „Na komm", sagte er, „wir jammen ein bisschen, bis die anderen kommen. Blues in C mal wieder?"

Bernd saß immer noch auf dem Verstärker, die Gibson auf dem Schoss und reagierte nicht.

„Bernd?"

„Hm?"

„Alles klar?"

„Das bringt doch alles nix hier." Bernd schüttelte den Kopf.

„Die kommen schon noch, Gummi hat bestimmt wieder verpennt und Meier ..."

„Ach, scheiß doch auf den blöden Meier, der fährt seine Alten an den Bahnhof, wer braucht den denn?"

Andy hob die Hände. „Ist ja gut, Mann, ist ja schon gut ..."

„Nix ist gut, wir machen eine Zeit aus und keiner ist da, nur ich, verstehst du? Immer nur ich! Ich glaub' es hackt!"

„Versteh' ich ja, ist alles ganz schön herbe, aber deswegen musst du doch nicht gleich so ausflippen ..."

Bernd nagte an seiner Unterlippe und starrte vor sich auf den Boden. Der hat was, dachte Andy, irgendwas hat der doch. Die beiden schwiegen. Gedämpft drang fröhliches Geschrei aus dem Kindergarten, der an die Pavillons angrenzte, zu ihnen in den Raum.

Auf einmal sagte Bernd: „Hörste die?"

Andy nickte.

„Da war alles noch einfach."

„Für dich vielleicht. Mich haben die Großen immer geärgert."

„Und was hast du gemacht, als du selbst bei den Großen warst?"

„Die Kleinen geärgert."

Andy sah, dass Bernd versonnen lächelte. Dann stand er auf und begann, vor dem Schlagzeug auf und ab zu gehen. „Wir haben einen Fehler gemacht, Andy, wir haben richtig Scheiße gebaut am letzten Freitag."

Andy war überrascht. Er dachte sofort an die Pistole in seinem Rucksack und daran, wie er in der Nacht nochmal zu dem Rastplatz gefahren war, und für einen Augenblick war er sicher, dass Bernd ihn dabei beobachtet hatte.

„Wie meinst'n das?" Andys Stimme zitterte ein bisschen, aber Bernd schien es nicht zu bemerken. Er war mit dem Rücken zu seinem Freund stehen geblieben und starrte das große Crashbecken an, das Gummi in der Mitte über den Toms postiert hatte.

„Der Typ im Auto. Wir hätten dem helfen müssen."

„Der war doch tot..."

„Sicher?"

Andy zuckte mit den Schultern. „Naja, für mich sah der ziemlich tot aus."

Bernd drehte sich um und schüttelte wie in Zeitlupe den Kopf. Das war es also, was ihn beschäftigte. Andy kam sich ein bisschen mies vor, weil er sofort erleichtert war. Keiner hatte ihn gesehen. Niemand wusste, was er gemacht hatte. Alles war gut.

„Du hast doch die Bullen angerufen."

„Aber zu spät! Und als wir vor dem Auto standen, haben wir nichts gemacht, weil Meier ..." Bernd schlug mit der Faust gegen die Wand.

„Sag mal", begann Andy langsam, weil er wusste, dass er vorsichtig sein musste, um sich nicht zu verraten. „Sag mal, hast du dich eigentlich schon mal gefragt, was aus dem Geld geworden ist?"

Bernd sagte nichts, sondern nahm seine Gitarre und packte sie in den Koffer.

„In der Zeitung stand nichts von dem Geld, aber die Kohle war doch noch im Auto, als wir ..."

Bernd zog sich seine Jeansjacke an, reckte den Arm aus dem Ärmel und sah demonstrativ auf die Uhr an seinem Handgelenk. „Es ist gleich viertel vor zwölf und ich hab' einfach keinen Bock mehr, verstehste?"

„Ja, klar ..."

„Nee, ich meine so richtig keinen Bock mehr. Ich mach' nicht mehr mit."

„Ach, komm schon ..."

Bernd schüttelte den Kopf, steckte kurz die Hand in seine Jeans und warf Andy den Schlüssel zu, der zu überrascht war, um rechtzeitig zu reagieren. Der Schlüssel segelte also an ihm vorbei und landete vor der großen Basstrommel auf dem Boden. Andy bückte sich und hob ihn auf, und als er sich wieder zu Bernd umdrehen wollte, war der bereits verschwunden.

Na super, was für ein Schrott, dachte Andy. Er blieb noch einen Moment sitzen, hörte das monotone Brummen seines Bassverstärkers und die aufgeregten Kinderstimmen von draußen, die sich immer weiter zu entfernen schienen, nur um dann auf einmal lauter und deutlicher als zuvor zu ihm durchzudringen: Wer sich umdreht oder lacht …

… der wird ins faule Ei gebracht, dachte Andy und musste grinsen, weil er das noch aus seiner eigenen Kindergartenzeit kannte. Damals war alles noch einfach, hatte Bernd vorhin gesagt, aber nicht, wenn man ein ängstliches Kind war, und die Zwillinge mit den Sommersprossen einen auf dem Kieker hatten. Es stimmte auch nicht, dass er später, als er selbst zu den Großen gehörte, die Kleineren mitgeärgert hatte. Er hatte allerhöchstens die anderen aus sicherer Entfernung dabei beobachtet, heilfroh, selbst kein Opfer mehr zu sein.

Während ihm das alles durch den Kopf ging, begann er schon mit dem Zusammenpacken. Er machte die Verstärker aus, löschte das Licht und schloss den Raum ab, stand dann mit dem Rucksack und seinem Bass auf dem Rücken in dem schmalen Gang zwischen JUZ und Kindergarten und hörte die Kleinen, die drüben im Kreis standen, wieder den Reim vom faulen Ei aufsagen. Der Tag war sonnig und frühherbstlich mild, der Himmel blau, nur vereinzelt waren noch Pfützen vom gestrigen Regen zurückgeblieben.

Andy schob sein Rad am Eingang des Jugendzentrums vorbei, die Tür stand offen und er konnte Musik hören, jemand hatte *AC/DC* aufgelegt. Trotzdem wäre er nie auf die Idee gekommen, reinzugehen. Im JUZ gab es verschiedene Cliquen, die sich meistens um den Billardtisch und den Tischkicker formierten, und wer nicht dazugehörte, wurde erstmal nur dumm angegafft und hatte eh nix zu melden, und darauf hatte er nun wirklich keinen Bock. Genau wie Bernd keinen Bock mehr auf die Band hatte.

Er musste unbedingt mit Gummi und Meier reden, und dann mussten sie gemeinsam Bernd überreden, weiterzumachen. Naja, vielleicht nur Gummi und er. Mit Meier konnte Bernd ja nicht so. Trotzdem hatte er vorhin ganz schön ätzend reagiert und wegen der Sache mit dem Geld ... warum war er ihm da ausgewichen?

Andy erreichte die kleine Fußgängerbrücke über den Mühlbach am Ende des „Grünen Wegs". Zu seiner Grundschulzeit hatten sie hier in der Nähe gewohnt, weshalb er jeden Tag die Brücke überqueren musste, um in die Schwenkschule zu kommen. Es war der kürzeste Weg. Mittags saßen manchmal Jugendliche rechts und links auf dem Geländer, ihre Jeansbeine bildeten nur eine schmale Gasse, durch die man sich hindurchzwängen musste, wenn man über die Brücke wollte. Als mickriger Grundschüler musste man dabei immer ein paar Kopfnüsse einstecken oder wurde am Ranzen gezogen, sodass man im schlimmsten Fall nach hinten umfiel und schmerzhaft auf dem Rücken landete. Einmal hatten sie sogar angeblich einem Erstklässler den Ranzen abgenommen und in den Bach geworfen.

Andy schob sein Rad auf die Brücke, beugte sich übers Geländer und sah hinunter in die trübe Brühe. Wenn die Jugendlichen damals auf dem Geländer saßen, war er jedes Mal umgedreht und lieber einen weiten Umweg gelaufen, voller ohnmächtigem Zorn und Wut auf seine eigene Schwäche und Unterlegenheit.

* * *

Meier schloss die Tür zu seiner kleinen Wohnung hinter sich, schlurfte die Treppe hinauf und ging ums Haus herum nach vorne, wo seine Eltern bereits reisefertig parat standen. Seine Mutter trug einen altmodischen Hut und eine ihrer beigefarbenen Übergangsjacken und sah ständig auf die Uhr an ihrem Handgelenk. Sein Vater, im dunklen Anzug mit gedeckter Krawatte, den Mantel überm Arm, starrte mit zusammengekniffenen Augen auf einen unsichtbaren Punkt in der Ferne. Er machte den Eindruck eines Mannes, der für immer von etwas Abschied nehmen musste.

Jedes Mal dasselbe Drama, dachte Meier, der alljährliche Verwandtenbesuch in der Ostzone. Obwohl seine Eltern schon x-mal drüben bei Tante Mette gewesen und unversehrt wieder in den Westen zurückgekehrt waren, rechnete sein Vater bei jedem erneuten Besuch damit, in der DDR verhaftet und eingesperrt zu werden. Am liebsten wäre er deshalb überhaupt nicht mehr in die Zone gefahren, aber Tante Mette durfte nun mal nicht raus.

„Warum sollen die uns denn einsperren wollen, wir sind doch ganz harmlose Leute…", versuchte Meiers Mutter jedes Mal ihren Mann zu beruhigen, aber der schüttelte dann nur den Kopf und murmelte: „Die brauchen dafür keine Gründe, die machen da drüben mit einem, was sie wollen."

Meier selbst hatte einige Kindheitssommer bei der Tante in Thüringen verbracht. Als er älter wurde und ihm drei Wochen lang schwimmen, schaukeln und Pilze sammeln zu langweilig wurden, durfte er in den Ferien zu Hause bleiben. Seine Eltern waren fortan allein auf Besuch nach drüben gefahren. Immer mit dem Zug. Nie mit dem eigenen Auto. Meiers Vater wollte keinesfalls Aufsehen erregen.

„So, alles Paletti?" Meier grinste.

„Wie redest du denn, Junge ...“ Seine Mutter verzog den Mund, als habe sie auf eine Zitrone gebissen.

Meier hob die Schultern und half seinem Vater, das Gepäck im Kofferraum des Opel Rekords zu verstauen. Der dunkelblaue Viertürer war der ganze Stolz seines alten Herrn, und als er ihm die Schlüssel übergab, seufzte er gottergeben.

„Mach dir mal bloß keine Sorgen“, sagte Meier, „ich fahr' euch zum Bahnhof und danach stelle ich dein Schätzchen sofort wieder hier in die Garage.“

Sein Vater sagte nichts, sondern brummte nur etwas Unverständliches und stieg auf der Beifahrerseite ein. Die Mutter saß bereits mit der Handtasche im Schoß auf dem Rücksitz und zählte halblaut noch einmal alle Elektrogeräte auf, deren Stecker sie gezogen hatte.

Meier fuhr, als müsse er noch einmal seine Führerscheinprüfung ablegen. Beide Hände am Lenkrad. Innenspiegel, Außenspiegel, Schulterblick, das ganze Programm. Und immer deutlich unter der zulässigen Höchstgeschwindigkeit. Sein Vater saß vollkommen erstarrt neben ihm, die Hände auf den Oberschenkeln zu Fäusten geballt und den Blick stur geradeaus durch die Windschutzscheibe gerichtet.

„Kaffeemaschine ...“, sagte seine Mutter schon zum zweiten Mal, da waren sie schon fast am Bahnhof. Sie wartete einen Moment, dann sagte sie noch einmal, diesmal etwas lauter und mit deutlich verzweifeltem Unterton: „Die Kaffeemaschine ...“

„Ja doch, Mama, als Erstes schaue ich nachher, ob du die Kaffeemaschine ausgemacht hast.“

Seine Mutter atmete hörbar auf. Sein Vater verharrte in vollkommener Bewegungslosigkeit, nur sein Kopf fuhr auf einmal ruckartig zu seinem Sohn herum: „Aber vorher kommt der Wagen in die Garage und die Garage ...“

„... wird abgeschlossen und bleibt es auch, Papa, ist doch selbstverständlich."

Als Meier eine knappe halbe Stunde später wieder nach Hause kam, ließ er den Wagen auf der Straße stehen und ging sofort nach unten in seine Wohnung, wo er sich am Küchentisch niederließ, eine Marlboro aus dem Päckchen schüttelte, die Zigarette auf der Tischplatte festklopfte, anzündete und den ersten Zug so tief wie möglich in seine Lungen inhalierte. Weg, endlich waren sie weg.

Die letzten Tage seines Resturlaubs opferte er der Band und die wussten es nicht mal zu schätzen. Gestern Nachmittag hatte er einen Handzettel entworfen und sich später mit seinem alten Kumpel Müller getroffen, der beim Hausmeister im Landratsamt arbeitete und dort an einen Kopierer kam. Meier und Müller, das war eine Zeitlang in der Berufsschule der Bringer. So ein bisschen wie Starsky und Hutch. Naja, für alle anderen waren sie wohl eher Dick und Doof.

„Zweihundert Stück?" Müller hatte sich zuerst gefreut, ihn mal wieder zu sehen, ihm dann aber ziemlich schnell den Vogel gezeigt. „Das kann mich meinen Job kosten, weißte das?"

Meier hatte schon mit sowas gerechnet und vorsorglich ein Sixpack Römer-Pils mitgebracht. Nachdem jeder zwei Flaschen geleert hatte, spielte er seinen letzten Trumpf aus: Er legte Müller eine VHS-Schwarzkopie von „Blues Brothers" auf den Tisch.

„Für deine Dienste ..."

„Echt jetzt? Geschenkt?"

Meier nickte.

„Geil ..."

„Ich brauch die Kopien aber schon morgen."

„Morgen? Haste 'se noch alle? Wie soll ich das denn hinkriegen?

Müller stand der Mund offen und Meier sagte: „Leg' das Band doch mal rein und ich besorg uns noch was zu trinken."

Gott sei Dank hatte er heute ausschlafen können. Er war gerade rechtzeitig aus dem Bett gekrochen, um seine Eltern an den Bahnhof zu bringen. Müller hatte ihm die Kopien dann doch noch für heute versprochen, spätestens nach Feierabend. Er würde einfach mit dem Stoff vorbeikommen. Stoff. Als hätten sie einen Drogendeal am Laufen, dabei ging es nur um einen Stoß kopierter Handzettel mit der Aufschrift „*Metal Dust* sucht Sänger". Meier hatte sie mit schwarzem Edding als Hardrock-Band beschrieben, die Telefonnummer seiner Eltern daruntergesetzt und überlegt, ob er seine Funktion (Manager) noch in Klammern dazusetzen sollte, es aber dann lieber gelassen. Er wollte sich auch nicht lächerlich machen, das wollte er eigentlich nie.

Morgen würde er ganz Groß-Gerau damit zupflastern, dann würden sie schon sehen, wie wichtig er für die Band war. Ohne ihn lief doch eigentlich gar nix, noch nicht mal einen Proberaum hätten sie ohne ihn. Da wäre dann vielleicht sogar mal die eine oder andere Entschuldigung fällig, zum Beispiel von Bernd, dem arroganten Besserwisser.

Dass seine Eltern allerdings gerade jetzt für zwei Wochen in der Zone waren, hatte er dummerweise vergessen einzuplanen. Wenn nämlich oben das Telefon klingelte, würde er es hier unten nicht hören. Er würde also in den nächsten Tagen viel Zeit in der Wohnung seiner Alten verbringen müssen.

Scheiß drauf, dachte Meier und drückte die Zigarette im Aschenbecher aus, dann ging er nach draußen, um den Wagen in die Garage zu fahren. Sein Vater hatte bestimmt einen der Nachbarn darauf angesetzt, alles im Blick zu behalten.

* * *

Der Ortskern Groß-Geraus war so langweilig, wie Jimmy es erwartet hatte: Der Marktplatz war mit Autos zugeparkt, es gab einen Imbisswagen und einen mobilen Informationsstand von Portas, vor dem ein Mann in grüner Latzhose versuchte, Türen zu verkaufen. Neben dem Rathaus das unvermeidliche Kleinstadt-Café, eine AOK-Geschäftsstelle und schräg gegenüber auf der anderen Straßenseite der Gummibahnhof. Das Gefühl, auf der richtigen Spur zu sein, das ihn noch auf dem Rastplatz beflügelt hatte, war wie weggeblasen. Was hatte er hier zu finden geglaubt?

Jimmy lehnte sich im Fahrersitz zurück und schloss die Augen. Die Innenseite seiner Wange schmerzte bei der geringsten Berührung, aber er konnte es einfach nicht lassen, mit der Zunge das verbrannte Fleisch zu betasten. Er hatte noch drei Mark und etwas Rotgeld in der Tasche, das Auto musste betankt werden und Hunger bekam er langsam auch.

Auf der anderen Seite der Bushaltestelle befand sich ein Aldi-Markt. Die aufgerissenen Pappkartons mit den vertrauten Billigwaren erinnerten Jimmy an seine Kindheit. Die nachgemachten Kinderriegel in goldenem Stanniolpapier hatte seine Mutter früher ab und zu vom Einkaufen mitgebracht, die richtige edle Kinderschokolade von Ferrero mit dem zahnweiß lächelnden Vorzeige-Jungen (viel Milch, wenig Kakao) gab es bei Aldi nicht und wäre ohnehin viel zu teuer gewesen. Mit der Schokolade in der Hand sah er sich im Laden um, es herrschte einigermaßen Betrieb: Hausfrauen und Rentner, dazwischen ein paar ältere Schüler, die schwänzten oder eine Freistunde hatten. Jimmy sah in die Einkaufswagen der anderen Kunden, aber er war schon fast an der Kasse, als er fand, wonach er suchte.

Die Frau drehte ihm den Rücken zu und unterhielt sich mit einem Schlipsträger im schwarzen Anzug, der immer wieder sichtlich nervös auf seine Armbanduhr sah. Die Frau schien das nicht zu stören, sagte, der Michael habe es nun wohl auch endlich kapiert, dass es ohne Lernen eben nicht gehe, und schimpfte dann auf einen Lehrer, der den jungen Leuten nur Flausen in den Kopf setze wegen der Atomkraftwerke und der Startbahn West. Das ginge den doch gar nichts an, sagte die Frau, das habe der doch nicht zu entscheiden und dann auch noch die Schüler aufzuwiegeln. Also nein. Jimmy ließ den Schlipsträger nicht aus den Augen, an der Kasse standen zwei Kunden. Er ging am Einkaufswagen der Frau vorbei, stellte sich in die kurze Schlange und spürte sein Herz schlagen. Die Frau redete immer noch, dann sagte der Mann auch mal was, dann noch mal die Frau, dann lachte der Mann und verabschiedete sich, dann verabschiedete sich die Frau, und dann war Jimmy an der Reihe, bezahlte seine Schokolade und verließ den Aldi-Markt.

Draußen blieb er stehen, klopfte seine Jacke nach Zigaretten ab, sah sich um: Gegenüber stiegen Leute in den Bus, eine Horde Schulkinder tobte vorbei, unter der Sitzbank im Wartehäuschen stand eine leere Flasche Pennerglück. Jimmy runzelte die Stirn. Das Feuerzeug war weg, richtig. Mit der Kippe zwischen den Lippen ging er weiter, zwischen Busfahrplänen und Passanten hindurch, dann öffentliche Toiletten, ein Kiosk mit Trinkhalle „Zum Stadtbrunnen". Die Frau im Aldi dürfte jetzt gleich an der Reihe sein. Ein alter Mann kam ihm rauchend entgegen, Jimmy lächelte und fragte nach Feuer, aber der Mann verstand nicht gleich, hielt sich eine Hand ans Ohr: „Was wollen Sie?"

„Feuer."

„Ach so!"

Die Hand des Mannes verschwand in den unendlichen Tiefen seines ausgebeulten Sakkos. Jetzt, dachte Jimmy, jetzt will sie bezahlen, schaut in ihren Korb, den sie in den Einkaufswagen gestellt hat, und versteht die Welt nicht mehr. Der alte Mann zauberte ein Päckchen Ernte 23 hervor, schüttelte den Kopf und begann erneut zu suchen, fand schließlich eine Schachtel Streichhölzer, riss ein Zündholz an, das sofort wieder ausging, riss ein zweites an und schützte die Flamme diesmal mit zitternder Hand. Jimmy beugte sich ein Stück nach vorne und hielt die Zigarettenspitze ins Feuer, zog, paffte den ersten Zug, bedankte sich. Der alte Mann nickte. Und jetzt, dachte Jimmy, als er zwischen zwei wartenden Bussen rauchend die Straße zum Marktplatz überquerte, jetzt beginnt sie zu suchen. Die Kassiererin wartet, die Kunden in der Schlange recken die Hälse.

Auf dem Marktplatz stieg er in den Wagen, die Kuscheltierparade auf der Rückbank machte Knopfaugen. Glotzt nicht so doof, murmelte Jimmy, legte den ersten Gang ein und fuhr davon.

Er verließ die Kleinstadt auf demselben Weg, den er gekommen war, fuhr in Büttelborn auf die A67 und steuerte die Raststätte an, die er heute früh von der gegenüberliegenden Seite aus gesehen hatte. Eine breite Treppe führte zur Cafeteria, durch deren voll verglaste Wände man auf die Autobahn und ins Umland sehen konnte. Es gab einen Selbstbedienungsbereich und einen Gastraum mit abwaschbaren weißen Tischen, die mit Metallplatten im Boden verschraubt waren. Ein müder Lkw-Fahrer saß mit aufgestützten Ellenbogen gegenüber der Selbstbedienungstheke, das massige Gesicht in die Hände gelegt. Ein älteres Ehepaar hatte sich Kaffee geholt und verzehrte dazu nun selbstmitgebrachte Brote, das Mädchen hinter dem Tresen räumte Geschirr ein und tat so, als sehe sie dies nicht. Jimmy entschied sich ebenfalls für Kaffee, zahlte mit seinem letzten Kleingeld und setzte sich an einen der hinteren Tische, sodass er die anderen Gäste und den Eingang im Blick hatte. Er aß zwei Schokoriegel und nippte ein paar Mal vorsichtig an dem heißen

Kaffee, bevor er in der Toilette verschwand und sich in einer der Kabinen einschloss.

Auf dem heruntergeklappten Klodeckel sitzend holte er das Portemonnaie der Frau hervor und öffnete es. Zuerst kamen zwei Passbilder im Einsteckfach der Börse zum Vorschein. Auf dem einen erkannte er die Frau mit frisch gelegter Dauerwelle, auf dem anderen blickte ihm ein käsegesichtiger Teenager mit abstehenden Ohren entgegen: Michael, der kapiert hatte, dass es ohne Lernen eben nicht geht. Jimmy grinste und öffnete den Geldbeutel, fand etwas Kleingeld und fast hundert Mark in Scheinen. Er stopfte die Münzen in seine Jackentasche und steckte die Scheine gefaltet in sein fast leeres Päckchen Zigaretten, verstaute das Portemonnaie der Frau wieder im Inneren der Lederjacke und kehrte zu seinem Platz zurück.

Der Kaffee war jetzt soweit abgekühlt, dass er ihn ohne Probleme trinken konnte, dennoch versuchte er, die warme Flüssigkeit von seiner verwundeten Wange fernzuhalten. Der Lkw-Fahrer hatte das Lokal in der Zwischenzeit verlassen und das Rentnerpaar war ebenfalls aufgestanden. Der alte Mann half seiner Frau umständlich in die Jacke, sie stocherte ein paar Mal hilflos mit dem Arm in der Luft herum, bis sie den Ärmel traf, dann trotteten die beiden hintereinander nach draußen. Das Mädchen, das vorhin hinter der Theke gearbeitet hatte, war nirgends mehr zu sehen. Jimmy wartete noch ein paar Minuten, saß einfach nur da und sah durch die Vollverglasung auf die andere Seite der Autobahn, wo sich der Parkplatz befand, auf dem sein alter Kumpel Udo vor nicht ganz fünf Tagen elend verblutet war.

Wenig später verließ er die Raststätte und warf das Portemonnaie in einen Mülleimer, der am Fuß der Treppe eigens auf ihn zu warten schien.

Mittwoch, 6. Oktober 1982

Bernd konnte nicht mehr schlafen. Ständig nagte etwas an ihm. Die Band. Gummi. Der tote Mann. Sein Versagen ...

Erst war er immer nur aufgewacht, jetzt hatte er auch Albträume, nein, eigentlich eher ... merkwürdige Träume mit wirren, in sich selbst verwickelten Dramaturgien, die ihn weniger erschreckten als überraschten. Träume, aus denen er mit der Frage aufwachte, wie Derartiges in seinem Hirn überhaupt entstehen konnte.

Einmal hatte er geträumt, die Band hätte beschlossen, untereinander die Köpfe zu tauschen. Er wollte unbedingt mit Andy tauschen, aber der hatte es schon Gummi versprochen, und so blieb nur noch Meier übrig, aber Meier war gar nicht Meier, sondern der tote Typ und im Traum fand Bernd das alles vollkommen logisch. Dass er nun den Kopf des Toten statt seines Kopfes tragen würde, weil er als angehender Student der Medizin diese Erfahrung doch ohnehin machen musste, sich mal in einen Toten hineinzuversetzen. Er setzte also seinen Kopf ab, zog einfach mit beiden Händen über den Ohren an seinem Schädel, der sich mit einem Geräusch, als würde man seinen Finger aus einem engen Flaschenhals ziehen, vom Hals löste.

Danach war er aufgewacht und hatte sich gefragt, ob er vielleicht schon ein bisschen verrückt war, so grotesk und fremd empfand er, was sich da in seinem Kopf zusammengebraut hatte. Sein Vater hatte neben einigen Fachzeitschriften auch *PM* abonniert, „Peter Moosleitners interessantes Magazin". Die Titelgeschichten über „den Dinosaurier in uns" und wie aus Affen noch Menschen werden könnten, hatte Bernd mit Interesse gelesen und auch einen kürzeren Abriss über Traum und Wahn, in dem der Autor des Artikels behauptete, dass jeder Mensch beim Träumen tatsächlich eine Art vorübergehenden Wahnsinn erlebe. Demnach waren wir alle verrückt, wenn wir träumten, und er musste sich keine Sorgen machen. Die Träume bereiteten ihm heute Nacht allerdings sowieso keine Probleme.

Er war mal wieder mit dem Kopfhörer auf den Ohren eingeschlafen. Abends legte er sich immer eine Platte auf, meistens die 20 Minuten Live-Version von „Catch the Rainbow", diesen schwermütig schwebenden Geniestreich, und schlief darüber ein. Diesmal wollte es erst nicht funktionieren. Zweimal musste er aufstehen und die Nadel wieder an den Anfang der Platte setzen, bis er schließlich in einen traumlosen Schlaf dämmerte, aus dem er morgens um halb vier erwachte. Die blauen Funktionslämpchen seiner Hifi-Anlage leuchteten in der Dunkelheit des Zimmers, den Kopfhörer hatte er sich im Schlaf von den Ohren gestreift, er lag vor dem Bett auf dem Flokati. Bernd spürte die flauschige Oberfläche des Teppichs an seinen nackten Fußsohlen, als er aus dem Bett stieg, den Kopfhörer auf den Deckel des Plattenspielers legte und die Anlage ausschaltete. Die Lämpchen glühten noch eine Sekunde nach, bevor sie endgültig verloschen.

Im Zimmer war es kühl, aber nicht kalt. Bernd stand in Boxershorts und einem alten T-Shirt, das er zum Schlafen trug, am Fenster und starrte nach draußen. Durch die entlaubten Bäume im Park konnte er die Lichter des Krankenhauses sehen. Seine Gedanken drehten sich im Kreis. Es war, als habe er sich selbst geweckt, weil noch etwas erledigt werden musste, zumindest in seinem Kopf. Diesmal war es zunächst gar nicht der Tote und die Nacht auf dem Rastplatz. Diesmal war es die Band. Es war Andy. Es war Gummi. Es war sogar irgendwie der bescheuerte Meier. Dass alles nicht mehr … nicht mehr richtig zu funktionieren schien. Das war es. Seit Freitagnacht schien er alles, was vorher nie ein Problem war, nicht mehr geregelt zu kriegen. Gummi war Gummi, chaotisch und unzuverlässig. Aber das war er schon immer, das war nix Neues. Genauso wie Andys seltsame Ausraster, sonst immer der Stille, Nachdenkliche und so, und dann regte er sich über irgendeinen Mist auf und kam nicht mehr runter. Seit dem Kindergarten ging das schon so. Aber warum nervte ihn das auf einmal alles? Warum konnte er Meiers Fresse einfach nicht mehr sehen? Das ging doch bisher immer irgendwie, und Spaß hatten sie auch noch dabei ...

Bernd öffnete das Fenster und spürte, wie die kalte Nachtluft ins Zimmer drang. Er schlang die Arme um seinen Oberkörper und atmete ein paar Mal tief ein und wieder aus. Irgendetwas veränderte sich. Er veränderte sich.

Nachdem er das Fenster wieder geschlossen hatte, legte er sich auf sein Bett und beobachtete die Lichtflecken, welche die Straßenlaterne vor dem Haus an seine Zimmerdecke malte. Irgendwo in der Nachbarschaft schlugen Autotüren. Ein Motor wurde angelassen, der erste Gang eingelegt, dann schwoll das Motorengeräusch an und der Wagen entfernte sich. Bernd lauschte ihm nach, bis sich die Fahrgeräusche in der Ferne vollständig verloren, es nichts mehr zu hören gab. Wie er dem Wagen hinterhergerannt war. Der Mann war noch ein paar Meter weit gefahren, hatte also zu diesem Zeitpunkt definitiv noch gelebt. Immer wieder musste er daran denken. Er hatte alles richtig gemacht, bis zu dem Moment, in dem er die Fahrertür aufgerissen und den Mann mit überstrecktem Kopf im Fahrersitz gesehen hatte. Puls- und Atemkontrolle. Sofortige Puls- und Atemkontrolle. Stattdessen hatte er den Mann nur angestarrt. Er erinnerte sich genau an die dunklen Bartstoppeln auf seinem Kinn, den getrockneten Schweiß auf der Stirn, das vulkanartige Loch in seinem Bauch. Und auch der ganze Rest stand ihm so deutlich vor Augen, als habe er ein fotografisches Gedächtnis: Die Tasche im Fußraum war blau und trug das Adidas-Zeichen, der Reißverschluss war aufgezogen, sodass er die Geldbündel sehen konnte, die Pistole lag daneben ... die Pistole war pechschwarz.

Bernd schloss die Augen und versuchte, zurück in den Schlaf zu finden, aber es gelang ihm nicht. Immer wieder riss er vor seinem inneren Auge die Fahrertür des BMW auf, das Licht der Innenraumbeleuchtung sprang an und etwas klackte, es fiel aus dem Wagen auf den Boden. Er sah es nur kurz, weil der Mann fast im gleichen Augenblick seine ganze Aufmerksamkeit fesselte, aber es war ein silbernes Benzinfeuerzeug, das da aus dem Wagen gefallen war, ein ramponiertes Zippo, das der Mann in der Hand gehalten haben musste oder das eingeklemmt zwischen Tür und Sitz gesteckt hatte, genau konnte er das natürlich nicht wissen. Aber jetzt, wo er zum ersten Mal seine ganze Aufmerksamkeit nur auf das alberne Feuerzeug richtete, auf dieses unbedeutende Detail, das der Mann mit den erstarrten Augen und dem blutverkrusteten Loch im Bauch in seiner Erinnerung die ganze Zeit verdeckt hatte, da fühlte es sich auf einmal so an, als löse sich ein dicker Knoten in seinem Denken, und dann wurde ihm auch klar, wo er das Zippo später noch einmal gesehen hatte.

Bernd riss die Augen auf. An Schlaf war nicht mehr zu denken.

* * *

„Andreas, Besuch!"

Andy hörte seine Mutter durchs Treppenhaus rufen und erschrak. Die Pistole lag auf dem Bett, das Ersatzmagazin daneben. Er hatte geübt, die Waffe auseinanderzunehmen und wieder zusammenzubauen. Bei der Bundeswehr musste man das mit verbundenen Augen schaffen. Er hatte es so schon kaum hinbekommen, obwohl er in einem alten *Waffen-Journal* eine bebilderte Anleitung gefunden hatte. Die Zimmertür war natürlich verschlossen, aber gleich würde jemand daran rütteln und dumme Fragen stellen.

Andy ließ die Pistole schnell wieder in dem Schuhkarton unter seinem Bett verschwinden. Als er gerade wieder auftauchte, sah er, wie sich die Türklinke bewegte. Wer auch immer versuchte, in sein Zimmer zu kommen, hielt einen Moment inne, dann drückte er erneut die Klinke nach unten.

„Moment", rief Andy, zog noch schnell die Tagesdecke über den Bettrand und kam mit einem Sprung aus der Hocke in den Stand. „Komme schon, komme schon …"

Er öffnete die Tür und sah ein breites Grinsen.

„Ach, du bist das nur, komm rein …"

Gummi betrat, immer noch grinsend, das Zimmer seines Freundes und sah sich interessiert um.

„Na, wo haste 'se versteckt?"

„Versteckt?"

Gummi nickte. „Deine Playboy-Sammlung oder was auch immer du dir grade angeguckt hast."

Andy schüttelte den Kopf, aber Gummi ließ nicht locker. „Schließt sich am helllichten Tag im Zimmer ein und ist ganz außer Atem, meinste ich raff nicht, was da abgeht?"

„Gar nix geht ab." Andy verschränkte die Arme vor der Brust und funkelte Gummi böse an. Wieder merkte er, wie er dabei war, die Kontrolle zu verlieren, wie vorgestern nach der Probe. Er musste sich jetzt unbedingt zusammenreißen, sollte Gummi doch denken, was er wollte.

„*Playboy* is' ja ganz schön teuer…", sinnierte Gummi und sah sich weiter neugierig im Zimmer um. „Mein Alter kauft sich manchmal die *Neue Revue* wegen der interessanten Artikel und so…" Er suchte Andys Blick und zwinkerte ihm zu.

Andy lächelte gequält und setzte sich aufs Bett. „Irgendwelche Wichsblättchen wirste bei mir nicht finden."

Erst sah Gummi so aus, als wolle er darauf noch etwas entgegnen, aber dann nickte er bloß. „War ja nur Spaß, nur Spaß."

Einen Moment lang schwiegen beide, dann deutete Andy auf die Plastiktüte, die sein Freund schon die ganze Zeit in der Hand hielt.

„Was'n da drin?"

„Jaaaaa…", Gummi machte es spannend. „Das ist der eigentliche Grund meiner frühen Aufwartung…"

Andy verzog das Gesicht zu einer Grimasse. „Mensch, mach' dich doch nicht immer so zum Kasper, das geht mir voll auf die Eier."

Gummis Gesicht fror ein. Er weiß nicht, was er sagen soll, oder wie er das, was er sagen will, am besten rauskriegt, dachte Andy und auf einmal tat ihm sein Kumpel furchtbar leid.

„Also…", begann Gummi vorsichtig und griff in die Tüte, „das mit deiner Platte war richtig Scheiße, und deshalb…"

Andy nahm die nagelneue LP entgegen und betrachtete sie eingehend von allen Seiten. Das Cover war makellos.

„Ist die neu?"

Gummi sah auf seine Schuhe. „Mhm."

Damit hatte Andy nicht gerechnet. Wenn Gummi was durchbrachte oder ruinierte, konnte man es eigentlich abschreiben.

„Nigelnagelneu?"

„Ja."

„Die hat dich doch mindestens 18 Mark gekostet."

„Ich hab' sie jedenfalls nicht gestohlen, falls du das meinst." Gummi hob den Kopf und sah ihn an. Andy wurde etwas mulmig zumute. Fast wäre es ihm lieber gewesen, sein Freund hätte wieder wie üblich einen auf Kasper gemacht, rumgealbert, eine dumme Bemerkung abgelassen. Stattdessen sah er ihm mit einer traurigen Entschlossenheit in die Augen, als habe er gerade einen Mord gebeichtet.

„Danke, Gummi, damit hätte ich jetzt echt nicht..." Andy schüttelte den Kopf. Er war vom Bettrand aufgestanden und boxte seinem Kumpel freundschaftlich gegen den Oberarm. „Danke."

Gummi nickte und lächelte.

„Es gibt da allerdings ein anderes Problem."

„Wegen gestern?"

Andy nickte.

„Ich hab' bei meinem Bruder in Wallertown geknackt und morgens nicht so richtig die Kurve gekriegt." Gummi hob die Schultern.

„Also von mir aus vergessen wir den Scheiß und machen einfach weiter, aber Bernd ist stinksauer und will nicht mehr."

„Mhm, denk' ich mir." Gummi biss sich auf die Unterlippe. „Kannst du nicht mal mit ihm reden?"

Andy ließ sich wieder aufs Bett fallen und verschränkte die Hände im Nacken. „Hab' ich schon versucht, aber der hat was wegen der Sache Freitagnacht."

Gummi sah ihn kurz an, dann ließ er sich neben Andy auf dem Bett nieder und sagte: „Ich weiß nur, was ihr mir erzählt habt, war ganz schön weggetreten..."

Andy lachte humorlos auf. „Besoffen warste, sonst nix."

So als sei damit alles geklärt, saßen die beiden schweigend nebeneinander und hingen ihren Gedanken nach.

„Okay…“ Nach einer Weile stand Gummi auf. „Ich will nach Frankfurt ins Cream-Music, Schlagzeuge checken, kommste mit?“

„Und was machen wir wegen der Band? Und Bernd?“ Andy sah seinen Freund aus halbliegender Position an.

„Wir reden nochmal mit ihm. Später. Wir zwei. Und Meier müssen wir auch noch einweihen.“

„Meier?“ Andy lachte. „Nee, nee, lass den mal lieber da raus.“

„Okay. Und was ist jetzt mit Frankfurt?“

Gummi holte sein Portemonnaie hervor, das mit einer Kette an der hinteren Gürtelschlaufe seiner Jeans gesichert war. Zu Andys Überraschung hatte er tatsächlich ein paar große Scheine einstecken, und die LP musste er ja auch von was bezahlt haben. Gummi schien seinen Blick bemerkt zu haben, denn er sagte: „Hab mir was von meinem Bruder geliehen…“

Andy nickte und dachte einen Moment lang nach. „Geh schon mal runter, ich komm’ gleich.“

„Willst doch noch ’nen ungestörten Blick in den *Playboy* werfen, was?“ Gummi machte eine eindeutige Handbewegung und verließ kichernd das Zimmer, bevor Andy noch etwas dazu sagen konnte.

Er hörte, wie sich die Schritte seines Freundes auf der Treppe verloren. Andys Mutter stand wohl am Fuß der Treppe, sie sagte etwas, dann sein Kumpel. Die kurze Unterhaltung drang nur gedämpft nach oben. Er trat ans Fenster und wartete, bis Gummi unten aus der Tür herauskam und in den Garten trat, sich eine Zigarette ansteckte und den Trampelpfad zwischen den Kräuterbeeten auf und ab ging.

Die Lederjacke mit den tiefen Innentaschen bot Platz für seine Brieftasche und das angebrochene Päckchen Camel ohne

Filter. Er hatte kein Feuerzeug, aber Gummi schien ja bestens ausgerüstet zu sein.

Andy zögerte einen Moment, dann kroch er unters Bett und zog den Schuhkarton hervor. Er legte die Pistole in einen kleinen Rucksack, stopfte seine alte Regenjacke dazu und zog den Reisverschluss vollständig zu. Er schulterte den Rucksack und spürte das Gewicht der Waffe. Dann verließ er sein Zimmer und ging nach unten.

* * *

Die Frau im Bäckerladen an der Ecke Darmstädter- und Otto-Wels-Straße lächelte und half Meier sogar mit ein paar Streifen durchsichtigem Klebeband aus. Er befestigte den Zettel an der Scheibe oberhalb eines gedruckten Flyers, der zum Orgelkonzert in die Stadtkirche einlud. Draußen checkte er noch mal seinen Aushang, ob auch alles gut sicht- und lesbar war.

Meier bewegte sich langsam in Richtung Marktplatz, wo die Bauern bereits dabei waren, ihre Gemüse- und Kartoffelstände abzuschlagen, weil es schon auf die Mittagszeit zuging. Seit neun Uhr war er unterwegs, um seine Handzettel loszuwerden, was sich schwieriger gestaltete, als gedacht. Von seinem ehrgeizigen Plan, ganz Groß-Gerau damit zuzupflastern, war er schon bald abgekommen. Wenn er die Zettel irgendwo „wild" an Bäume oder Mauern klebte, musste er damit rechnen, dass sie nach kurzer Zeit wieder abgerissen wurden. Am sichersten waren Geschäfte, die seinen Aushang von innen gegen die Schaufensterscheiben klebten, aber da musste er jedes Mal bitten und betteln und fragen, und noch dazu gab es einige Läden, die für sein Anliegen ungeeignet waren: Potenzielle Hardrock-Sänger kauften nun mal eher nicht im Reformhaus ein oder frequentierten regelmäßig die Parfümerie Lochmann.

Andererseits: Der perfekte Sänger könnte ja durchaus ein Zivildienstler sein, der tagaus, tagein alte Omis zum Einkaufen in die Stadt begleitete. Vielleicht sollte er doch nochmal beim Reformhaus fragen ...

Meier kratzte sich am Hinterkopf und ließ sich auf einer der Bänke zwischen den Platanen am Marktplatz nieder. Er beugte sich nach vorn und starrte in die Aldi-Tüte, die noch gut gefüllt war. Die stoßweise aufgefächerten Zettelpacken machten ihn auf einmal furchtbar müde. Fast drei Stunden hatte er sich jetzt die Füße abgelaufen, und es sah so aus, als könnte er noch drei weitere dranhängen und hätte dann immer noch genug Handzettel übrig, um auch am nächsten und übernächsten Tag weiterzumachen. Meier hatte keinen Bock mehr, außerdem bekam er langsam Hunger. Sein Magen knurrte vernehmlich und gegen ein Cola-Bier hätte er auch nichts einzuwenden gehabt. Konnte auch nur Cola sein, egal.

Er spähte über die Rückenlehne der Bank in Richtung Imbisswagen, der schon jetzt, bevor die Stadtkirche zwölf geschlagen hatte, von ungeduldigen Mittagspäuslern umlagert wurde wie eine Wagenburg von Indianern. Dazwischen boten noch ein paar Bauern ihre letzten Kopfsalate zu Schleuderpreisen an, die meisten Stände aber waren bereits geräumt und abgefahren. Auf der Straße vor ihm wälzte sich der Verkehr durch den Ort: Busse und Kleinwagen, Laster und Radfahrer, dazwischen huschten Passanten über die Fahrbahn, wenn sie eine Lücke im Strom der Fahrzeuge ausmachen konnten.

Meier gähnte und streckte sich. Noch einmal drehte er sich in Richtung Imbiss, aber immer, wenn ein hungriger Kunde abgefüttert war, schienen zwei neue hinzuzukommen. Jetzt schlug es auch noch zwölf vom Kirchturm herüber, was die Sache nicht besser machen würde. Keine Pommes, keine Currywust heute. Auch kein Cola-Bier. Aber Meier hatte eine Idee.

Mit der Tüte in der Hand schlurfte er an der Kreissparkasse vorbei durch die Friedrich-Ebert-Anlage und gelangte zur Helwigstraße, wo in einer Hofeinfahrt ein Pizzawagen stand. Auch das zurückgebaute dazugehörige Restaurant hatte geöffnet, aber Meier wollte sich nicht setzen, sondern einfach nur im Stehen eine Pizza „Vier Jahreszeiten“ verdrücken.

Auf dem Kopfsteinpflaster vor dem Wagen standen bereits eine Frau mit einem Jungen an der Hand und zwei Kerle im Blaumann, denen der Mann im Wagen gerade die geschnittenen Pizzen in Kartons zum Mitnehmen servierte. Die Männer zahlten und grunzten zum Abschied, dann war die Frau dran, die nur eine Mini-Pizza für ihren Sohn bestellte, sodass der Italiener gleich darauf Meier zunickte, der sich hinter ihnen angestellt hatte.

„Prego?“

„Eine Vier Jahreszeiten und ’ne Cola.“

Meier bekam eine Dose Pepsi über den Tresen geschoben, die er sofort knackte, einen großen Schluck trank und dann vor sich auf das Ablagebrett stellte.

„Ach, äh, darf ich das hier auslegen?“ Er griff in die Tüte und holte ein paar seiner Handzettel hervor. Der Pizzabäcker verteilte gerade die Zutaten auf dem Teig und schaute nur kurz auf. „Si, si, kannst du auslegen …“

Meier nickte zufrieden und fächerte drei der kleinen Aushänge vor sich auf das Brett.

Erst jetzt bemerkte er, dass noch ein dritter Kunde auf seine Pizza wartete. Der Mann lehnte an der Seite des Wagens und hatte die Augen halb geschlossen. Entweder schon wieder besoffen oder noch Rest-Alk von gestern im Blut, dachte Meier.

Der Typ trug eine abgewetzte Lederjacke, hatte ein Loch in der Backe und sah auch sonst ziemlich fertig aus. Meier drehte sich langsam um und sah vorsichtshalber in die andere Richtung, bei so einem wusste man nie, ob er Stress suchte, und darauf hatte er nun wirklich keinen Bock.

Die Mini-Pizza des Jungen kam zeitgleich mit der Mix für den abfuckten Typ aus dem Ofen, und kurz darauf dampfte auch Meiers Vier Jahreszeiten vor ihm auf der Ablage. Die beiden aßen schweigend, bis der Typ auf einmal fragte: „Bist du von hier?“

Meier nickte kauend und sah ihn nur kurz an. Allerdings lange genug, um festzustellen, dass er sich vorhin getäuscht hatte: Der Mann war zwar übernächtigt und unrasiert, hatte wohl auch ’ne Dusche dringend nötig, aber besoffen war er definitiv nicht. Seine Augen waren glasklar und fixierten Meier mit ruhigem Blick.

„Weißt du, wo man hier billig übernachten kann?“

Meier nahm einen Schluck aus der Dose und überlegte. „Vielleicht am Niederwaldsee?“

„Vielleicht? Was heißt vielleicht?“

„Da ist ein Campingplatz, die vermieten auch Wohnwagen, glaube ich ...“

Der Typ schien nachzudenken, er hielt ein Stück Pizza vor seinen Mund, ohne reinzubeißen. Dann nickte er. „Und wie komm ich dahin?“

Meier erklärte ihm den Weg. „Am See ist auch ’ne Disco, heißt Tusculum, kann man eigentlich gar nicht verfehlen.“

Als er mit der Pizza fertig war, zündete sich Meier eine Zigarette an. Der Typ ihm gegenüber hatte noch ein paar Pizzaecken vor sich auf dem Teller liegen, griff aber fast zeitgleich in die Innentasche seiner Jacke, holte ein Päckchen Camel hervor und puhlte mühsam die letzte Zigarette aus dem Softpack. Mit der Kippe zwischen den Lippen begann er in seinen Taschen nach Feuer zu suchen, verdrehte dann genervt die Augen und sah Meier an.

„Haste mal Feuer?"

Meier nickte und ließ sein Zippo aufschnappen. „Klar doch."

Der Mann beugte sich langsam zu der Flamme herunter, zog, und als seine Camel brannte, behielt er sie im Mund und sah Meier abschätzend an.

„Schönes Benzinfeuerzeug haste da."

Meier zuckte mit den Achseln. Der Typ war ihm nicht ganz geheuer. Er spürte, wie er von ihm gemustert wurde.

Der Rauch der Zigarette stieg dem Mann ins Gesicht, er petzte die Augen zusammen, nahm die Kippe schließlich aus dem Mund und lächelte Meier freundlich an. „Wirklich sehr schön ..."

„Hab ich schon lange ...", log Meier und wurde prompt rot. Der Mann nickte nur, ließ ihn aber nicht aus den Augen.

„Ja dann, ich mach mich mal wieder ..." Meier drückte seine erst halbgerauchte Zigarette in dem kleinen Pappaschenbecher aus, schnappte sich seine Plastiktüte und ging.

„Ciao!" rief der Pizzabäcker aus seinem Wagen und der Mann, der rauchend davor stand, sagte: „Tschüss."

Meier hob nur kurz die Hand und verließ die Einfahrt. Als er noch einmal einen schnellen Blick über seine Schulter warf, bevor er um die nächste Ecke bog, konnte er deutlich sehen, dass der komische Typ sich einen der Handzettel gegriffen hatte und interessiert studierte, was drauf stand.

* * *

Frankfurt am Main. Taunusstraße 49. Gummi sah auf die Anzeige, die er aus dem *Fachblatt Musikmagazin* ausgeschnitten hatte, und dann wieder auf das breite blassgelbe Tor mit dem kreisrunden Halteverbotsschild. Hier sollte eigentlich der Musikladen mit der größten Auswahl an Schlagzeugen und Zubehör im Rhein-Main-Gebiet sein.

„Echt jetzt, ich kapier das einfach nicht ..." Gummi schüttelte den Kopf.

Sie waren mit dem Zug gekommen und über die B-Ebene im Handumdrehen hier gewesen. Die Adresse stimmte, aber von einem Schlagzeugladen war hier weit und breit nichts zu sehen. Ein Fotogeschäft, ein paar asiatische Restaurants, An- und Verkaufsschuppen und ein Stück weiter die Straße hinunter schon die ersten Peep-Shows und Bars, war ja klar, Bahnhofsviertel, Rotlichtmeile, und am Ende überragte ein silbern in der Herbstsonne glitzernder Bankenturm die Altbauten. Gummi hatte sich das anders vorgestellt, er wusste nicht wie, aber anders. Nicht so nah beieinander alles.

„Das gibt's doch nicht, ich bin doch nicht bescheuert!" Er sah seinen Kumpel mit offenem Mund an.

„Zeig' mal her." Andy nahm ihm die Anzeige ab, warf einen schnellen Blick darauf und sagte: „Der Laden mit den Gitarren ist da vorne, lass uns mal dahin gehen, vielleicht haben die ja alles zusammengelegt oder so."

Gummi folgte ihm die Straße hinunter, und als sie vor dem „Cream Music" standen, wurde seine Stimmung nicht besser, denn in dem kleinen Lädchen schien es zwar jede Menge Gitarren, Bässe und Zubehör zu geben, aber kein Schlagzeug.

„Weißte was?" Gummi linste durchs Schaufenster in den

Laden und dreht sich dann zu Andy. „Guck du mal da drin nach Basssaiten und Kram, ich geh solange in die Peep-Show…"

„Jetzt red' mal keinen Scheiß und komm mit."

Sie betraten das Geschäft und Gummi sah sich missmutig um. Ein Verkäufer mit langen grauen Haaren, die er zu einem Zopf gebündelt hatte, stand hinter dem Tresen. Er trug ein weißes T-Shirt mit der Aufschrift „Fender Stratocaster", schraubte an einem Gitarrenhals herum und hatte sich einen Telefonhörer zwischen Ohr und Schulter geklemmt.

„Ja, aber nicht vor Montag…", sagte er in den Hörer und blinzelte den beiden Jungs zu, als teilten sie ein Geheimnis. „Am späten Vormittag kannste vorbeikommen, ja klar doch. Logo. Natürlich. Joh. Tschüss."

Der Verkäufer nahm den Hörer vom Ohr, legte auf und sah seine beiden neuen Kunden fragend an. „Kann ich was für euch tun?"

„Ja, wir suchen die Abteilung mit den Schlagzeugen", sagte Gummi und sah sich zum x-ten Mal in dem winzigen Laden um, als habe er die riesige Auswahl an Komplettsets nur die ganze Zeit übersehen.

„Da müsst ihr die Straße runter, Nummer 49." Der Grauhaarige deutete nach draußen.

„Da waren wir schon, da is' nix, nur ein Tor!"

Der Verkäufer grinste. „Genau, und neben dem Tor ist 'ne Klingel, da steht „Drums" drauf, das ist Englisch und heißt Schlagzeuge!"

Klugscheißer, dachte Gummi, bedankte sich aber freundlich und verließ mit Andy im Schlepptau den Laden.

Sie fanden die Klingel, die unauffällig neben der Einfahrt angebracht war. Kurz nachdem Gummi auf den entsprechenden Knopf gedrückt hatte, ratterte der Türsummer.

Hinter dem Tor lag eine breite Zufahrt, die auf einen tristen Innenhof führte. Im Hinterhaus stand eine Tür weit offen und eine Treppe führte hinunter. Ein Schild wies den Weg nach unten.

„Ganz schöner Abstieg hier", sagte Andy, als sie die steile Treppe nach unten gingen.

Als sie unten waren, öffnete Gummi eine schwere Tür und betrat einen Raum, in dem Becken, Fußmaschinen und einiges andere an Zubehör ausgestellt waren. Hinter einem Holztresen stand ein junger Typ in Jeans und T-Shirt und begrüßte sie nachlässig mit einem Kopfnicken.

„Wir wollten bisschen nach Drumsets gucken?"

„Da drin, aber bitte nicht spielen!"

„Okay."

Sie folgten einem schmalen, mit Schallschutzmatten verkleideten Gang und gelangten in einen größeren Raum, in dem mindestens 20 Schlagzeuge konzertfertig aufgebaut waren.

Gummi lief wie in Trance zwischen den Sets herum, allein die Becken, die hier das kleinste Jazz-Kit ergänzten, waren teurer als sein komplettes Schlagzeug im Proberaum in Groß-Gerau.

Am anderen Ende des Raums, auf einem kleinen Podest, war ein Set mit zwei Bassdrums aufgebaut, und Gummi konnte einfach nicht widerstehen. Er setzte sich dahinter und versuchte mit beiden Füßen die Bassdrums durchlaufen zu lassen, was schwieriger war, als er gedacht hatte.

„Nimm mal die Snare und ein Becken mit dazu", forderte ihn Andy auf, und Gummi gab sein Bestes, bis der Verkäufer in den Raum kam, eine Grimasse zog und ihm bedeutete aufzuhören.

„Irgendwoher kenn ich den." Andy legte die Stirn in Falten und sah dem Typ nach, der den Ausstellungsraum schon wieder verlassen hatte. Gummi saß immer noch hinter dem Megaset und war hin und weg.

„So eins hol ich mir, was denkste, wie das abgeht."

„Lern erstmal richtig drauf spielen, außerdem wirste da 'ne Zeitlang für sparen müssen...", sagte Andy gedankenverloren. „Ich hab den schon mal gesehen..."

Nach einer weiteren halben Stunde Probespielen im Kopf kaufte sich Gummi ein Paar Drumsticks, dann stiegen sie die Treppe wieder hinauf ans Tageslicht. Der Himmel hatte sich zugezogen, dunkle Wolken hingen über dem Bahnhofsviertel, und es sah aus, als würde es jeden Moment anfangen zu regnen.

Gummi blinzelte in die Wolken. „Jetzt erstmal Burger-King, oder?"

Andy nickte.

Der Burger-King in der Kaiserstraße, direkt gegenüber vom Hauptbahnhof, war mäßig besucht, als die beiden sich an der kürzesten Schlange anstellten. Gummi wartete schon mit seinem Tablett voller Burger und Pommes neben der Kasse auf Andy, der gerade bezahlte, als es vom Eingang her laut wurde. Eine Horde Bundeswehr-Abgänger stürmte singend und johlend in das Schnellrestaurant. Die meisten hatten schwarze Sweatshirts mit einem aufgedruckten Foto ihrer Kompanie an und waren schon ziemlich besoffen. Einer trug einen bunten Pappstahlhelm, ein anderer einen Indianerfederschmuck, wie es ihn an Fasching für Kinder gab. Sie sammelten sich hinter der verschreckten Restkundschaft und drängten nach vorne zu den Kassen.

Ein großer, bulliger Typ stieg auf einen Stuhl und brüllte: „Was bringt uns die Bundeswehr?", und aus einem Dutzend heiserer Kehlen brüllte es zurück: „Die Russen sind doch eh viel mehr!"

Ehe der Vorsänger erneut loslegen konnte, kam eine Frau im schwarzen Hosenanzug und weißer Bluse mit großen Schritten um den Bedientresen herum und zog ihn vom Stuhl herunter.

Sie mochte um die vierzig sein, trug eine schnittige Kurzhaarfrisur und hatte einen resoluten Zug um den Mund. Gummi konnte nicht hören, was sie sagte, aber der Typ hielt sofort die Klappe. Die Frau deutete nach draußen und führte dann ein imaginäres Telefon an ihr Ohr, woraufhin der Abgänger beschwichtigend nickte und den Zeigefinger vor den Mund legte.

Gummi besah sich die kahlgeschorene Meute und dachte mit Grausen daran, dass er in ein paar Jahren auch zur Musterung einbestellt werden würde. Er suchte Andys Blick, der mit seinem Rucksack auf dem Rücken und dem Tablett in den Händen neben ihm stand und die feiernden Jungs, die sich gerade etwas ruhiger verhielten, misstrauisch beäugte. „Lass uns mal lieber hochgehen, da haben wir unsere Ruhe."

Tatsächlich waren sie in dem kleineren Gastraum im Obergeschoss die einzigen Gäste. Andy wickelte gerade seinen Cheeseburger aus, als ihm etwas einzufallen schien. Er hielt in der Bewegung inne, schlug sich mit der flachen Hand gegen die Stirn und sagte: „Jetzt weiß ich, woher ich den Typ im Schlagzeugkeller kannte!"

„Und, woher?", fragte Gummi mäßig interessiert und verteilte Ketchup auf der Papierunterlage des Tabletts, um dann ein paar Pommes darin zu ertränken.

„Der spielt Schlagzeug bei diesen Frankfurter Punkrockern, den *Straßenjungs*, die waren letztens im Fernsehen."

Gummi nickte kauend. Ja, die kannte er. Dieses Deutschpunk-Zeug war aber nichts, worauf er wirklich abfuhr. Deutsche Texte und dann auch noch mehr gegrölt als gesungen, die sollten sich mal *Dio* oder den neuen Sänger von *Iron Maiden* anhören. Er dachte an das Schlagzeug mit den beiden Bassdrums, der tiefen Metal Snare, den vier Toms und dem Beckenwald von Paiste. Was er dafür wohl hinblättern musste?

Jemand kam lärmend die Treppe herauf und riss ihn aus seinen Gedanken, drei der Abgänger hatten sich aus irgendeinem Grund dazu entschieden, sich von der Meute abzusondern und hier oben zu essen. Der Vorsänger war dabei und der Typ mit dem Federschmuck, der Dritte im Bunde war ein blonder Schönling mit Dauergrinsen in der Fresse. Gummi konnte ihn sich gut in einem aufgemotzten Golf GTI vorstellen, mit Sonnenbrille und schmalem Lederschlips und einer 14-jährigen Freundin auf dem Beifahrersitz.

Die drei Abgänger nahmen nur beiläufig Notiz von Gummi und Andy und fläzten sich an den gegenüberliegenden Tisch. Sie machten sich über ihre Burger und Pommes her, schlangen alles in sich hinein, als kämen sie geradewegs aus einem Strafgefangenenlager in Sibirien.

Gummi bemerkte, wie sein Kumpel die drei am Nebentisch unentwegt anstarrte und stieß ihm mit dem Ellenbogen in die Rippen. „Glotz die doch nicht so an“, flüsterte er ihm zu. „Ich hab’ keinen Bock auf Ärger mit den Gulaschkanonen da drüben…“

„Die fressen wie die Schweine“, stellte Andy nüchtern fest, sah aber dann zu Gummis Erleichterung doch in die andere Richtung.

„Komm, lass uns zusehen, dass wir hier fertig werden…“

„Warum denn? Weil die Möchtegern-Rambos meinen, der Laden gehört ihnen?“

Gummi schüttelte den Kopf.

Der bullige Vorsänger hatte seine Burger und Pommes im Rekordtempo vertilgt und klaute nun, noch kauend, von den Tabletts seiner Kameraden, die ihn lautstark zurechtwiesen und ihm kräftig auf die Finger schlugen, bis er sich beleidigt in seinem Plastikstuhl zurücklehnte. Er rülpste ein paar Mal und ließ den Blick gelangweilt schweifen, dann schob er sich grinsend samt Stuhl an den Nebentisch.

Gummi sah, wie sich der Kerl ihm gegenüber mit den Ellenbogen auf den Tisch stützte und seinen massigen Kopf in die Hände bettete. Er sah die blutunterlaufenen, glasigen Augen des Abgängers und konnte seinen schalen Bieratem riechen. Gummi versuchte ein Lächeln, aber der andere stierte ihn einfach nur an. Dann nahm er sich eine Pommes von Gummis Tablett und steckte sie sich in den Mund, dann noch eine und noch eine. Sein Kinn hielt er beim Kauen weiter in die linke Hand gestützt und mit der rechten bediente er sich. Gummi sah, dass sich seine Kameraden am Nebentisch gegenseitig anstießen, zu ihnen hinüberdeuteten und lachten.

Auf einmal war das Tablett verschwunden, sodass der nächste Griff des Ex-Soldaten ins Leere ging. Gummi begriff erst nicht, dann sah er Andy, der das Tablett zu sich herübergezogen hatte und gönnerhaft lächelnd sagte: „So, das reicht jetzt aber, sonst platzt unser Schweinchen Dick noch und wir müssen dann hier nachher die Sauerei aufwischen."

Dem feisten Abgänger stand der Mund offen. Seine Kameraden johlten und feixten zuerst, standen dann aber auf und kamen rüber an den Tisch, um ihrem beleidigten Kumpel beizustehen. Unter Gummi tat sich ein Loch auf, er befand sich im freien Fall, sein Körper wurde federleicht und tonnenschwer zugleich, er sah, wie Andy neben ihm langsam den Reisverschluss seines Rucksacks aufzog, ohne die drei Soldaten aus den Augen zu lassen.

„Was hast du gesagt, du langhaariger Schwuler?" Der Dicke rappelte sich mit Mühe vom Tisch hoch und stand dann leicht schwankend vor Andy, der ebenfalls aufgestanden war, seine rechte Hand steckte jetzt tief in seinem Rucksack. Nach irgendetwas schien er dort zu greifen. Was hat der nur da drin, fragte sich Gummi, aber noch bevor er darüber nachdenken konnte, ließ ihn ein Schrei zusammenzucken.

„Raus hier, sofort, es reicht jetzt!"

Die Restaurant-Leiterin hatte die Hände zu Fäusten geballt und in die Hüften gestemmt, außerdem hatte sie sich zwei breitschultrige Kellner zur Verstärkung mitgebracht.

Die drei Abgänger setzten sich murrend in Bewegung. Einer der Kellner blieb bei Andy und Gummi und forderte sie mit einer Handbewegung auf, weiterzuessen, bevor er seiner Chefin und seinem Kollegen nach unten folgte.

Gummi sog hörbar die Luft ein und atmete langsam wieder aus. Er schüttelte den Kopf, griff sich seine Cola und nahm einen großen Schluck. Er spürte die Kohlensäure auf der Zunge prickeln und wie die süße Flüssigkeit seine Kehle hinunterlief. Er sah, dass Andy die Hand wieder aus dem Rucksack gezogen hatte und zum Fenster, von dem aus man den Bahnhof sehen konnte, hinübergegangen war. Er versuchte wohl in Erfahrung zu bringen, ob die Abgänger sich unten vor dem Eingang sammelten.

„Wir bleiben mal lieber noch ein bisschen hier, bis die wieder abgezogen sind."

„Das kannste singen ...", entgegnete Gummi und merkte, wie seine Knie zitterten, obwohl er saß.

* * *

Bernd spürte wieder ganz deutlich, wie sich etwas veränderte. Wie die ganze Geschichte eine neue Wendung nahm. Vorläufig nur in seinem Kopf, aber spätestens, wenn er mit Meier gesprochen hätte, würde er klarer sehen, was Freitagnacht wirklich passiert war.

Am liebsten wäre er heute früh um vier sofort in die Siedlung gefahren, um Meier, den Sauhund, aus dem Schlaf zu klingeln. Dann hatte er sich aber doch besonnen, die Rainbow-Platte aufgelegt und über Kopfhörer laufen lassen, um sich zu beruhigen, worauf er auch tatsächlich noch einmal weggedämmert war. Gegen halb neun war er wieder aufgeschreckt, die Nacht war nun endgültig vorüber, schmutziggraues Morgenlicht fiel durch das Fenster und machte die Gegenstände in seinem Zimmer sichtbar.

Zwischen neun und elf hatte er bestimmt zehnmal bei Meiers Eltern angerufen, aber nie hatte jemand abgenommen. Um die Mittagszeit hatte er sich auf den Weg gemacht und war mit seinem Rad nach Nord gefahren. Meiers Kadett stand nicht wie üblich vor dem Haus und die Tür zur Kellerwohnung war verschlossen. Auch Meiers Eltern schienen nicht da zu sein.

Bernd kniete sich vor die Souterrainfenster, hielt die Hände rechts und links des Kopfes an die Scheibe, um besser sehen zu können, und spähte in die Räume. Stapelweise schmutziges Geschirr und ein voller Aschenbecher in der Küche, leere Bierflaschen und auf dem Teppich vor dem Fernseher ausgekippte VHS-Kassetten im Wohnzimmer, zerwühltes Bettzeug auf der Matratze im Schlafzimmer. Wenn Meier nicht seit über einer Stunde auf dem Klo saß, war er tatsächlich nicht da.

Bernd setzte sich auf die Treppe, die zu der kleinen Wohnung führte, und wartete. Irgendwann musste er ja mal nach Hause kommen. Aber warum war Meier überhaupt so früh unterwegs? Er hatte Resturlaub, da lag er doch gewöhnlich bis elf im Bett. Und wo waren seine Eltern? Einer war bei den Meiers doch sonst immer da. Bernd merkte, wie er begann, sich in verwickelten Verschwörungstheorien zu verlieren. Meier hatte das

Feuerzeug mitgehen lassen, das bei dem Toten im Wagen gelegen hatte. Wann hatte er das gemacht? Als sie alle vor dem Auto standen? Oder war er später noch mal ... und was war eigentlich mit Andy, der hatte doch die ganze Zeit von dem Geld gefaselt. Das Geld, von dem nichts in der Zeitung stand. Das sich offenbar in Luft aufgelöst hatte. Bernd biss sich auf die Unterlippe. Er hatte den Notruf ja erst viel später gemacht, es war jede Menge Zeit vergangen, bis die Polizei dort auftauchte. Wer weiß, wer in der Zwischenzeit noch auf dem Rastplatz gewesen war. Aber wenn Meier und Andy nochmal zurückgefahren waren und das Geld geholt hatten ...

Bernd schloss die Augen und sein inneres Kino zeigte ihm einen Film, der ihm plötzlich vollkommen real erschien: Er sah sich selbst aus Meiers Sicht, wie er Freitagnacht vor seinem Elternhaus aus dem Kadett stieg und Meier ihn nochmal ermahnte, den Anruf anonym zu machen, und dann verschwand er im Haus und Meier gab Gas, raste den Europaring hinunter, wo Andy vorne an der Ecke stand und zu ihm ins Auto sprang, und dann fuhren sie schweigend zurück nach Büttelborn, durch die stockdunklen Felder und Äcker, um sich von hinten an den Rastplatz heranzutasten. Er konnte ihre Gesichter im Halbdunkel sehen, als der Wagen über die Landwirtschaftswege holperte. Sie mussten sich vorher ein Zeichen gegeben haben, irgendetwas, das Bernd übersehen hatte, weil er nur immer den Toten im Kopf hatte, und dann waren sie da und Meier beugte sich zu Andy, hob einen Finger und sagte:

„Was machst du denn hier?"

Bernd fuhr erschrocken herum. Er hatte Meier gar nicht kommen hören. Wie aus dem Boden gewachsen stand er auf einmal hinter ihm, den Schlüssel für seine Wohnung in der einen und eine Plastiktüte in der anderen Hand.

„Wo warst du und wo verdammt nochmal sind eigentlich deine Eltern?", schrie Bernd ihn an.

„Meine Eltern?" Meier runzelte die Stirn. „In der DDR."

„Wo?" Bernd war verwirrt.

„In der Ostzone. Deutsche Demokratische Republik. Schon mal gehört? Auf Verwandtenbesuch. Hab ich doch erzählt."

Meier drängte sich an ihm vorbei und schloss die Tür zu seiner Wohnung auf.

„Ach ja, richtig, stimmt ja, stimmt ja ...", flüsterte Bernd kleinlaut. Das hatte er tatsächlich vollkommen vergessen.

„Wenn ich's nicht besser wüsste, würd' ich glauben, du hättest heute früh schon einen durchgezogen." Meier grinste und hielt ihm die Tür auf. „Willste reinkommen?"

Bernd nickte und folgte ihm in die Wohnung.

Meier ließ die Plastiktüte im Flur fallen und hängte seine Jacke an die Mini-Garderobe. Er ging in die Küche, holte Filter und Kaffeepulver aus dem Schrank und befüllte den Tank der Kaffeemaschine mit Wasser. „Auch 'n Käffchen?"

Bernd lehnte in der Tür und schüttelte den Kopf.

„Dann halt nicht." Meier zuckte mit den Schultern, beendete seine Vorbereitungen und drückte auf den roten Knopf. Einen Moment lang tat sich nichts, dann begann die Maschine zu röcheln.

Auf diesen Moment hatte Bernd die ganze Zeit gewartet und jetzt wusste er nicht, wie er anfangen sollte. Auf einmal kam ihm alles so lächerlich und unbedeutend vor. Er sah, wie Meier sich an den kleinen Tisch unters Fenster setzte, die Beine ausstreckte und gähnte.

„Es geht um das Feuerzeug", sagte Bernd schließlich.

„Das Feuerzeug?" Meier sah ihn an, als habe er komplett den Verstand verloren, und sofort war die Wut wieder da.

„Ja, das Feuerzeug!", schrie Bernd. „Das Zippo, das du Freitagnacht hast mitgehen lassen auf dem Rastplatz, jetzt tu doch nicht so!"

In Meiers Gesicht zuckte es kurz, dann hob er die Arme, als bedrohe ihn Bernd mit einer Pistole. „Okay, okay, ich hab' das Ding mitgenommen. Einfach so, ohne mir groß was dabei zu denken ..."

„Wohl eher ohne nachzudenken, so wie meistens ..."

Meier verdrehte die Augen. „Ach leck mich doch, Doktor Bernd."

„Was?"

Meier sagte nichts, sondern stand auf, holte einen Beutel Milch aus dem Kühlschrank und roch an der Öffnung, um festzustellen, ob sie noch genießbar war.

„Wo habt ihr das Geld versteckt?"

Bernd kam seine eigene Stimme plötzlich vollkommen fremd vor, so als rede gar nicht er selbst, sondern ein anderer.

Meier schwieg. Er holte eine Tasse aus dem Hängeschrank über der Anrichte, schüttete einen Schluck Milch hinein und füllte dann den Rest mit Kaffee auf. Die Maschine dampfte und fauchte, als er die Glaskanne wieder zurück auf die Warmhalteplatte stellte.

„Du und Andy, ihr seid in der Nacht noch mal nach Büttelborn gefahren und habt euch die Kohle geholt, stimmt doch, oder?"

Meier trank einen Schluck Kaffee.

„Stimmt doch?", wiederholte Bernd. Er ging einen Schritt auf Meier zu, der ihn abschätzig musterte.

„Jetzt pass mal gut auf, Bernd." Meier stellte den Kaffeebecher auf der Anrichte ab und schüttelte den Kopf. „Ich hab' das Zippo in der Nacht vom Boden aufgehoben und eingesteckt, okay? Das ist alles. Sonst nix. Gecheckt?"

Bernd sah ihn ungläubig an. Hinter seiner Stirn begann sich ein pochender Kopfschmerz auszubreiten. Er musste für einen Moment die Augen schließen, und als er sie wieder öffnete, hatte Meier sich eine Zigarette angesteckt und saß rauchend am Küchentisch.

„Mir ist schon klar, wie du da drauf kommst", sagte Meier gedehnt. „Denkst dir halt: Der Meier, das arme Hilfsarbeiterschwein, der lässt doch so viel Kohle nicht einfach liegen."

Bernd starrte auf den schmutzigen Küchenboden zwischen seinen Füßen und sagte nichts.

„Und Andy?" Meier lachte trocken und humorlos. „Wie du auf den armen Andy kommst, weiß ich allerdings auch nicht. Ist mir auch egal, ist dein Problem. Aber ganz schön beschissen ist es trotzdem."

Bernd wollte etwas sagen, fand aber keine Worte. Alles war komplett durcheinandergeraten. Sein Kopf schmerzte, und plötzlich fühlte er sich müde und krank, so als hätte er von einem Moment auf den anderen Fieber bekommen.

„*Metal Dust* kannste jedenfalls vergessen", sagte Bernd, obwohl er wusste, dass er durch den abrupten Themenwechsel zugab, sich vorher ziemlich verrannt zu haben.

Meier hob die Augenbrauen und zog an seiner Zigarette. „Sonst noch was?"

„Ich hab einfach keinen Bock mehr auf die Scheiße, ich hör auf mit der Band. Hab's Andy auch schon gesagt."

„Bevor oder nachdem du ihn gefragt hast, wo er unsere Beute versteckt hat?" Meier grinste ihn gehässig an, und Bernd wusste, dass er sich selbst ein Bein gestellt hatte. Meier hatte jetzt deutlich Oberwasser und das würde er ihn spüren lassen.

„Ich geh jetzt..."

„Besser so", knurrte Meier.

Bernd drehte sich um und verließ die Wohnung.

* * *

Jimmy verließ Groß-Gerau im Norden und folgte den Hinweisschildern zum Campingplatz am Niederwaldsee. Irgendwo da draußen in der Naherholungsidylle am Rande der Kleinstadt sollte es also eine Möglichkeit geben, wo er unerkannt und ohne viel Kohle abzudrücken für ein paar Nächte unterkommen konnte.

Der Nachmittag war milchig grau verhangen und die Straße zum See nur ein besserer Feldweg. Bei Gegenverkehr würde es hier ziemlich eng werden, dachte Jimmy und nahm vorsichtshalber den Fuß vom Gas. Er gelangte in ein Waldstück und nach kurzer Zeit stieg die Straße an und führte über die Autobahn. Auf der anderen Seite der Brücke ging es sofort wieder in den Wald. Durch die nur noch spärlich belaubten Bäume konnte er rechterhand in einiger Entfernung die Autos auf der A67 vorbeischießen sehen. Die Straße endete schließlich nach einer Linkskurve auf einem Schotterparkplatz, der durch den beschrankten Eingang zum Campingplatz begrenzt wurde. Zur Seeseite hin lag die Disco, von der auch der Typ am Pizzastand gequasselt hatte. Jimmy stieg aus und sah sich um: Außer einem Kleinlaster und einem alten Mercedes war der Parkplatz leer und die meisten Wohnwagen auf dem Campingplatz schienen bereits winterfest verbarrikadiert zu sein.

Das Erste, was Jimmy auffiel, nachdem er den Parkplatz hinter sich gelassen hatte, war ein Schild, das vor der Verseuchung des Sees durch Salmonellen warnte. Baden und Surfen verboten. Gesundheitsgefahr. Die Idylle war also trügerisch, wie so oft.

Er ging ein paar Schritte auf dem Spazierweg, der um den ganzen See herumzuführen schien, dann folgte er dem leicht zum Ufer hin abfallenden Grünstreifen und stand am Wasser. Eine Entenfamilie schwamm vorbei, und Jimmy nahm die in Alufolie eingewickelten Reste seiner Pizza heraus. Du hast nicht mehr viel Zeit, dachte er. Nicht mehr viel Zeit und immer noch keine Ahnung, wo die Kohle eigentlich ist, aber du stehst hier in der südhessischen Pampa und fütterst in aller Seelenruhe Enten auf einem mit Salmonellen zugeschissenen See.

„Schee do drauße, gell?"

Jimmy drehte sich um und sah sich einem älteren Herrn gegenüber. Er trug einen tannengrünen Lodenmantel und einen Jägerhut samt Gamsfeder, zu seinen Füßen saß ein Rauhaardackel, der Jimmy misstrauisch beäugte. Die Scheißviecher gucken immer so, als wüssten sie genau Bescheid über einen, dachte Jimmy und wollte schon weitergehen, als der Alte sagte: „Sie sinn nett von Gere, odder?"

Jimmy schüttelte den Kopf. „Nur auf der Durchreise."

Der Mann stutzte, sah ihn an, grinste.

„Sie sinn von Mannem, gell?"

Jimmy nickte, die Sache wurde ihm langsam unangenehm.

„Hab ich mer's doch glei gedenkt", freute sich der Alte, „Sie ham so'n Singsang in de Stimm wie mein Schwaacher, der is' a von do. Also von Mannem. Käfertal."

Jimmy zwang sich zu einem Lächeln.

„Also des do is' die Gerer Seit und do driwwe, die Sommerhäusjer, des is die Nauemer Seit. Uff de Nauemer Seit saache se zum Niederwaldsee awer Hegbachsee", erklärte der Mann, als habe ihn jemand danach gefragt, und deutete vage zum gegenüberliegenden Ufer.

„Aha."

Der Alte nickte. „Ja, do is' awer um die Zeit noch koaner, erst im Sommer widder."

„Ja, dann ..." Jimmy tippte sich an seinen nicht vorhandenen Hut und ließ Herr und Hund am Ufer zurück. Niederwaldsee. Hegbachsee. Die hatten hier wohl nicht mehr alle Tassen im Schrank. Aber das mit den leer stehenden Sommerhäuschen auf der Nauheimer Seite, dachte er, das klingt doch gut. Sogar sehr gut. Jedenfalls besser als einen Campingwagen zu mieten, für den er wahrscheinlich neben ein paar Scheinen auch noch seinen Personalausweis auf den Tisch blättern musste.

Jimmy folgte dem Rundweg um den See herum. Die Disco lag nun bereits am anderen Ufer, und links des Weges konnte er die ein Stück vom Seeweg zurückgebauten Ferienhäuschen sehen. Die Türen waren mit Vorhängeschlössern gesichert, die Rollläden an den Fenstern heruntergelassen, in den kleinen Gärtchen lag gelbes Laub und auf den Holzterrassen standen hier und da verwitterte Campingstühle.

Jimmy bog in den geschotterten Weg zwischen den Häuschen ein, blieb nach ein paar Metern stehen und lauschte. Außer dem fernen Rauschen der Autobahn und einem aufgeregt schimpfenden Vogel, der irgendwo neben ihm im Gebüsch sitzen musste, war nichts zu hören. Kurz bevor der Weg an einem windschiefen Zaun, hinter dem verrammelte Wohnwagen standen, endete, fand Jimmy, was er gesucht hatte.

Das Haus stand auf gemauertem Fundament, von dem die Farbe fast vollständig abgeblättert war, und im Garten reihte sich ein Maulwurfshügel an den anderen. Halb zugezogene, wurmstichige Holzklappläden vor den Fenstern und Unkraut, das büschelweise zwischen den Bodenplatten, die zum Hauseingang führten, hervorwuchs. Jimmy lehnte sich gegen das Türblatt und spürte sofort, wie die Verriegelung nachgab.

Im Inneren zog er die Eingangstür vorsichtig wieder zu und sah sich um: Ein enger, düsterer Flur, in dem es roch wie in einem Altkleidersack. Weiter vorne wurde es heller, dort mündete der Gang in ein Zimmer, auch von links sickerte etwas Licht durch eine offene Tür.

Jimmy tastete sich in den ersten Raum vor. Einer der Klappläden vor dem Fenster war geöffnet, der andere zu, sodass der hintere Teil des Raums im Halbdunkel lag. Genau auf der Grenze zwischen Hell und Dunkel stand ein altes Sofa, über dem die Staubkörnchen in einem schmalen Streifen Tageslicht tanzten. Jimmy sah drei leere Bierflaschen in einer Ecke des Raums und zu seiner Rechten, gleich neben der Tür, einen Wandschrank.

Er öffnete den Schrank, der bis auf zwei verbogene Kleiderbügel, die an der Garderobenstange hingen, leer war. In dem Regalfach darüber lag eine ordentlich zusammengelegte, karierte Decke, die modrigen Geruch verströmte.

Der andere Raum schien einmal die Küche gewesen zu sein. Hier gab es nichts als leere Schränke ohne Türen und eine kahle Stelle, an der wohl einst ein Herd und ein kleiner Kühlschrank Platz gefunden hatten. Im hinteren Teil des langgezogenen Raums entdeckte er einen Verschlag, in dem eine Duschkabine eingelassen war, in der rostbraunes Wasser stand.

Jimmy kehrte in das erste Zimmer zurück und ließ sich auf der Couch nieder. Er legte sich, Kopf und Füße auf den gepolsterten Lehnen, der Länge nach hin und spürte sofort, wie sich sein Rücken und seine Schultern entspannten. Das Bedürfnis, jetzt sofort an Ort und Stelle ein Nickerchen zu machen, wurde übermächtig.

Die Nacht zuvor hatte er im Auto geschlafen. Er war mit seinem Abendessen, einer Flasche Wasser und zwei Schokoriegeln, in Richtung Mörfelden gefahren und irgendwo von der Bundesstraße auf einen Waldweg abgebogen. Wie ein Tier hatte er die Schokolade verschlungen, das Wasser fast ohne abzusetzen ausgetrunken und war dann vor Erschöpfung mit dem Kopf auf dem Lenkrad eingeschlafen. Mitten in der Nacht war er wieder aufgewacht, weil seine Blase drückte, und nach draußen in den finsteren Wald gestolpert, um sich zu erleichtern. Danach hatte er sich auf der Rückbank zwischen den Stofftieren zusammengekauert und lange wachgelegen, weil er fror und ihn die Geräusche des nächtlichen Waldes immer wieder aufschreckten, sobald er auch nur ansatzweise in einen leichten Dämmerschlaf hinüberglitt.

Eine elende Mischung aus Anspannung und Erschöpfung hatte ihn heute durch Groß-Gerau getrieben, über den Bauernmarkt und dann die Hauptgeschäftsstraße rauf und wieder runter durch den trüben Herbstvormittag, so als würde ihm dort die Lösung seines Problems einfach so begegnen, die verdammte blaue Sporttasche voll Geld irgendwo auf dem Bürgersteig stehen. Und dann hatte er aufgegeben. Hatte sich in Richtung Kirche bewegt, einen sanft ansteigenden Hügel hinauf, und bevor eine Treppe wieder nach unten führte, hatte er sich auf eine Bank gelegt und war trotz der eher kühlen und feuchten Witterung fast sofort eingeschlafen. Gegen Mittag war er aufgewacht und fühlte sich zum ersten Mal seit Tagen vollkommen klar und entspannt. Es war aus. Aus und vorbei. Er würde das Geld nicht finden. Vollkommen ruhig wurde er bei dem Gedanken, und es wunderte ihn kein bisschen, dass er auf einmal auch wieder Hunger hatte.

Dann der Typ am Pizzawagen. Ein Jüngelchen mit Akne und fettigen Haaren.

Jimmy schloss die Augen. Beugte sich in Gedanken noch einmal zu der Flamme hinunter. Er war sich sofort sicher gewesen, dann hatte er gezweifelt. Aber dieses Feuerzeug, die abgestoßenen Ecken, das zerkratzte Metall. Nein, Irrtum ausgeschlossen, der Junge hatte sein Feuerzeug, sein altes Benzin-Zippo, das er zuletzt in Udos BMW gesehen hatte. Dann war auch das Gefühl wieder da, dasselbe Gefühl, das in ihn gefahren war, als er vorgestern auf dem Autobahnparkplatz gestanden hatte. Das Gefühl, auf der richtigen Spur zu sein.

Jimmy riss die Augen auf. Er musste die Nummer anrufen und um Aufschub bitten. Er holte den gefalteten Zettel mit dem Frankfurter Kontakt hervor. Er solle nach Jablonski fragen, hatten sie gesagt. Jimmy griff erneut in die Tasche, da war der Handzettel, den er am Pizzastand mitgenommen hatte. „Sänger für Hardrock-Band gesucht. *Metal Dust*. Proberaum vorhanden." Er konnte nur hoffen, dass ihn die Nummer darunter zu dem Jungen mit seinem Feuerzeug führen würde. Falls es tatsächlich sein Feuerzeug war. Schon zweifelte er wieder. Sollte er sich am Ende doch getäuscht haben? Es gab nur einen Weg, das herauszufinden.

Jimmy umrundete den See, stieg in seinen Wagen und fuhr zurück nach Groß-Gerau. Vom See kommend, bog er in die Münchener Straße ab und durchfuhr das Gewerbegebiet, bis er auf die B44 traf. Rechts standen auf einem weitläufigen Gelände Unmengen blauer Autotransporter und links lud ein Schild ins Restaurant Tannenhof ein, einem hinter Büschen und Bäumen halbversteckten Gebäude mit Butzenscheiben.

Auf der gegenüberliegenden Straßenseite reihten sich Einfamilienhäuser hinter Jägerzäunen aneinander und davor, auf einem Grünstreifen zwischen dem Wohngebiet und der Bundesstraße, stand, weithin sichtbar, eine Telefonzelle. Jimmy steuerte den Wagen hinüber und parkte direkt neben der gelb eingefassten Kabine.

Er wählte die Frankfurter Nummer und wartete. Nach dem dritten Klingeln wurde abgehoben. Eine Frauenstimme sagte einfach nur: „Ja?"

„Jimmy hier, also ... ich wollte Jablonski sprechen."

Die Frau antwortete nicht gleich. Jimmy, den Hörer am Ohr, lehnte seine Stirn an die kühle Vollverglasung der Telefonzelle und sah nach draußen. Er konnte den Polo sehen, die Straße, die Häuschen und ein Gebüsch, an dem der Wind zerrte.

„Jablonski?", sagte die Frau, als habe sie den Namen beim ersten Mal nicht richtig verstanden.

„Genau, Jablonski", bestätigte Jimmy.

„Tut mir Leid, da kann ich Ihnen nicht helfen."

„Aber ..."

„Geben Sie mir jetzt Ihre Nummer und legen sie auf."

„Meine Nummer?" Jimmy schloss die Augen, das durfte alles nicht wahr sein. „Ich bin in einer Telefon- ... Moment."

Sein Blick fiel auf den Aufkleber mit der Anrufglocke. Er las die darunter stehende Nummer ab.

„Aber das ist eine Telefonzelle, ich kann hier nicht ewig warten, verstehen Sie?"

„Natürlich nicht", sagte die Frau und legte auf.

Jimmy nahm den Hörer nicht vom Ohr, sondern lauschte auf das intervallartig tutende Freizeichen, als habe es hypnotische Wirkung. Es dauerte eine Weile, bis ihm klar wurde, dass er auflegen musste, um einen Rückruf zu bekommen.

Der Hörer ruhte wieder auf der Gabel und nichts passierte. Jimmy starrte den Kasten mit der Wählscheibe an und wartete. Statt des ersehnten Klingelns schlug plötzlich jemand von außen gegen die Scheibe. Das unerwartete Geräusch hinter ihm ließ ihn zusammenzucken.

Er drehte sich um und sah einen jungen Türken mit zurückgekämmten Haaren vor der Zelle stehen. Er trug eine dunkelblaue College-Jacke mit weißen Ärmeln und darunter ein Sweatshirt mit dem Aufdruck eines Karatestudios. Er war klein, hatte aber ziemlich breite Schultern. Jimmy schätzte ihn auf 18, vielleicht 19 Jahre. Außerdem hatte er zwei Kumpels dabei, die sich gerade kichernd die Kuscheltierparade auf der Rückbank des Polos ansahen.

Einer der beiden drehte sich zu ihnen um und rief: „Ey, pass auf, Mann, der is' bestimmt 'n Schwuler! Musst dir mal angucken, was der in sein' Auto hat."

Auch das noch, dachte Jimmy. Der Breitschultrige sah ihn mit halboffenem Mund an. Seine Stimme wurde durch die Glastür gedämpft, war aber dennoch gut zu verstehen: „Hey, komm raus und lass mich telefonieren, du Arsch!"

Jimmy wollte gerade die Tür öffnen und etwas sagen, um die Situation zu entschärfen, da klingelte das Telefon. Er fuhr herum und nahm den Hörer ab, aber noch bevor er selbst etwas sagen konnte, hörte er bereits eine Männerstimme flüstern: „Ich nehme an, du hast gefunden, was uns gehört?"

„Nein, nein, aber ich bin dran." Jimmy suchte nach Worten, musste schlucken, sein Mund schien auf einmal vollkommen ausgetrocknet zu sein.

„Dann gibt es noch nichts zu besprechen."

„Doch, doch, Sie verstehen nicht..."

„Du kennst den Zeitplan, du kennst die Bedingungen."

„Ja, aber..."

Jablonski, oder wer immer es war, hatte schon aufgelegt. Jimmy hielt den Hörer noch einen Moment verständnislos in der Hand. Als er gerade einhängen wollte, spürte er, wie die Tür hinter ihm aufgerissen wurde.

„Ey, Mann, raus jetzt oder du kriegst was auf Fresse!", brüllte der Türke, und Jimmy wusste, dass er im Begriff war, einen großen Fehler zu machen, aber es war schon zu spät: Den Hörer fallenzulassen und den Schwung aus der Körperdrehung in den Schlag mitzunehmen, war eins. Jimmys Faust traf die Nase des Türken, der von der Attacke vollkommen überrascht wurde, er schlug die Hände vors Gesicht und taumelte rückwärts. Einen Moment lang sah es so aus, als würde er umfallen, sich auf den Hosenboden setzen, aber dann fing er sich doch und blieb schwankend ein paar Schritte vor der Telefonzelle stehen, das Blut rann zwischen seinen Fingern hervor und er wimmerte erbärmlich.

„Du hast mir Nase gebrochen ...", heulte er.

Jimmy warf einen schnellen Blick zu den beiden anderen Jungs, sah aber sofort, dass von ihnen keine Gefahr ausging. Der eine öffnete und schloss ständig seinen Mund wie ein Fisch auf dem Trockenen. Und der andere stand wie eingefroren da und starrte auf seine Schuhe.

Gratuliere, dachte Jimmy, du Held. Dafür reicht's bei dir also noch. Ein paar Provinzmacker aus dem Kindergarten fertigmachen. Und wenn die jetzt zu den Bullen rennen ...

Jimmy griff in seine Jackentasche und fand darin tatsächlich ein altes, zerrupftes Taschentuch. Er ging zu dem Türken rüber, den er geschlagen hatte, und hielt ihm das Stück Stoff hin. Zögernd griff der Junge danach und presste es sich auf die Nase.

„Das wird schon wieder", sagte Jimmy und stieg in den Polo. „Und das nächste Mal besser aufpassen, mit wem du dich anlegst."

Donnerstag, 7. Oktober 1982

Gegen halb elf machte sich Andy auf den Weg. Im Flur zog er seine Turnschuhe und die Bundeswehrjacke an und trat vors Haus. Der auffrischende Wind trieb ein paar tiefstehende Wolken am Himmel vor sich her, aber zumindest schien es heute nicht regnen zu wollen. Andy nahm den Weg an der Fasaneriemauer entlang in Richtung der Hochhäuser. Er war mit Gummi verabredet.

Die Verabredung für heute war das Einzige, was sie gestern, nach der Sache im Burger King, noch besprochen hatten. Sie waren eine ganze Weile in dem Fastfood-Schuppen geblieben, während Andy immer wieder alle Fenster gecheckt hatte, ob draußen noch irgendwo Abgänger zu sehen waren. Irgendwann hatte ein heftiger Platzregen eingesetzt und die beiden rannten nach draußen, über die Fahrbahn und die Straßenbahnschienen, bis sie schließlich vollkommen durchnässt und außer Atem auf der anderen Seite vor dem mächtigen Haupteingang des Bahnhofs ankamen. Beide wussten, dass es besser war, die Unterführung und die B-Ebene zu meiden, wo die Gefahr bestand, den feiernden Abgängern in die Arme zu laufen. Sie betraten die Halle auch nicht durch den Haupteingang, sondern an der Südseite vom Baseler Platz her, standen einen Moment unschlüssig vor der Bahnhofsmission an Gleis 1 und sahen sich ängstlich um.

Auf einmal meinte Gummi Abgänger-Gesänge zu hören und weigerte sich, weiterzugehen. Andy musste ihn förmlich in eines der Informationsbüros hinter den Gleisen schleppen, wo er sich etwas entspannte. Der uniformierte Bahnbeamte hatte ein Gesicht wie eine Bulldogge und sah die beiden Langhaarigen, die ihm den Boden vor dem Schalter volltropften, wenig erfreut an. Andy fragte kleinlaut nach dem nächsten Zug Richtung Groß-Gerau, Dornberg und der Mann sagte, ohne eine Miene zu verziehen: „Sisch wie die Große im Bahnhofsvertel rumtreiwe, awer dann de Fahblahn nach dehoam net lese könne, des hammer gern."

Andy hob die Schultern. Der Mann warf einen kurzen Blick auf einen für Andy unsichtbaren Plan auf seinem Schreibtisch.

„Gleis 12, in drei Minute, also dalli, dalli!", raunzte der Beamte sie an.

„Danke!" Andy packte den vollkommen teilnahmslosen Gummi und drängte sich mit ihm durch das Gewühl der anderen Fahrgäste, der Schaffner auf dem Bahnsteig hatte schon die Pfeife im Mund. Sie waren gerade eingestiegen und standen noch zwischen den Abteilen, als sie den Pfiff hörten, die Türen automatisch verriegelten und sich der Zug mit einem Ruck in Bewegung setzte.

Ein paar Minuten später saßen sie in einem verrauchten Abteil und sahen draußen die Bürohäuser und Wohnblocks Niederrads unter einem grauverhangenen Himmel vorbeiziehen. Andy dachte an die Pistole in seinem Rucksack. Er hatte sie vorhin im Burger King bereits in der Hand gehabt und den Sicherungshebel umgelegt.

Jetzt auf einmal kam ihm das vollkommen irre vor. Eine entsicherte, scharfe Waffe. Eine falsche Bewegung. Eine winzige Gegenbewegung. Über Andys Rücken lief eine Gänsehaut. Er war da auf einem gefährlichen Weg, das wusste er. Er durfte die Waffe nicht mehr mit sich führen. Auf keinen Fall. Aber dann sah er auf einmal wieder das erstaunte Gesicht des stiernackigen Abgängers vor sich, als er ihm die Stirn geboten hatte. Er hatte sich nichts gefallen lassen. Hatte sich gewehrt. Ohne das Wissen, die Pistole als Sicherheit einstecken zu haben, hätte er sich das doch niemals getraut. Gekuscht hätte er. So wie Gummi, der sich von dem Vollfettarsch seine ganzen Pommes hätte auffressen lassen. Andy spürte, wie er wütend wurde, ohne richtig zu wissen, auf wen oder was. Er sah seinen Freund an, der ihm gegenübersaß, seinen Kopf gegen die Scheibe lehnte und stumpfsinnig vor sich hin glotzte. Gummi war schon irgendwie in Ordnung. Man sollte sich halt nicht zu sehr auf ihn verlassen. Aber in Ordnung war er, kein linker Arsch oder so. Trotzdem konnte Andy ihn sich gut vorstellen, wie er in ein paar Jahren Tag für Tag nach der Schicht an irgendeinem Kiosk stand, billigen Cognac aus kleinen Flaschen trank und seine alten Witze vor ein paar zahnlosen Säufern und Sozialhilfeempfängern riss, weil die noch über alles lachten, was er so vom Stapel ließ.

Andy schüttelte den Kopf, er wollte so nicht denken. Als sie wenig später in Groß-Gerau ausstiegen, fiel ihm ein, dass sie in der Aufregung vergessen hatten, in Frankfurt Fahrkarten zu lösen.

Andy klingelte im Eingangsbereich bei den Briefkästen und kurz darauf hörte er das scheppernde Geräusch des Türöffners. Im Flur roch es nach Essigreiniger, der Aufzug stand bereit. Auf der Fahrt nach oben dachte er nochmal an ihren Plan: Sie würden Bernd besuchen und davon überzeugen, mit der Band weiterzumachen. Würden ihm sagen, wie wichtig er für sie sei und so. Was ja auch stimmte. Sie würden ihm drei neue Songs vorlegen und ihm versprechen, diese Lieder gewissenhaft einzustudieren, Gummi und er würden dazu Extraproben einlegen, damit sie als Rhythmusgruppe beständiger wurden.

Gummis Mutter erwartete ihn schon in der offenen Tür. Sie spähte etwas misstrauisch den Flur entlang, ihre Miene hellte sich aber sofort auf, als sie Andy erkannte.

„Ach, du bist das, Andreas, komm ruhig rein …“ Sie hatte ein Geschirrtuch in der Hand, mit dem sie ein Glas abtrocknete, während sie sprach. „Willst du zu Thomas?“

Andy war verwirrt. Niemand sonst nannte Gummi noch bei seinem richtigen Namen, und wen sollte er hier wohl sonst besuchen wollen außer ihm? Er ließ sich aber nichts anmerken und sagte möglichst sachlich: „Ja, wir sind verabredet.“

„Oh.“ Gummis Mutter biss sich auf die Unterlippe und sah zur geschlossenen Tür hinüber, hinter der sich das Zimmer ihres Sohnes befand. Ein Poster des durstigen Mannes der Tuborg Brauerei schmückte das Türblatt.

„Er pennt noch, richtig?“ Andy verdrehte genervt die Augen.

„Ich hab’ ihn heute noch gar nicht gesehen, Andreas …“ Gummis Mutter hob leicht die Schulter und wandte sich wieder dem Glas zu, hielt es gegen das Licht, um zu sehen, ob es noch Flecken aufwies.

„Schläfst du auch immer so lange?“

„Manchmal.“

Gummis Mutter sagte nichts, stellte das Glas auf die Anrichte und sah einen Moment einfach nur vor sich auf den Küchenboden, das Linoleum glänzte, als sei es erst vor kurzem frisch gewischt worden.

„Klopf doch mal, ich trau mich nicht …“, sagte sie so leise, dass es Andy kaum hören konnte.

Andy nickte und ging zur Tür, klopfte dreimal kurz hintereinander und öffnete sie dann ruckartig, machte einen Schritt in den Raum hinein und schloss die Tür wieder.

Er stand im Halbdunkel, das nach verbrauchter Luft und Schweißfüßen roch. Langsam gewöhnten sich seine Augen an die spärliche Beleuchtung. Ein Streifen Licht fiel unter dem nicht ganz heruntergezogenen Rollo von draußen in den Raum und ließ das Chaos auf dem Teppichboden erkennen. Der Boden war wie immer übersät mit Kleinkram, leeren Chipstüten und Kleidungsstücken. Wirklich ordentlich waren sie ja alle nicht, aber Gummi war der reinste Müllmann. Andy beschloss, kurzen Prozess zu machen. Er tastete sich zum Fenster vor und ließ das Rollo nach oben schnappen, sodass trübes Tageslicht in den Raum flutete. Als er sich umdrehte, sah er das zerwühlte Bettzeug seines Freundes, sah eine Wasserflasche vor und ein paar leere Bierdosen unter dem Bett. Nur Gummi sah er nicht. Er ging einen Schritt näher an das verwaiste Bett heran und hob die Decke an. Ein paar Krümel lagen auf dem verrutschten Laken und eine Taschenlampe steckte auf Kopfhöhe zwischen Matratze und Bettrahmen.

Andy verließ das Zimmer und kehrte in den Flur zurück. Sofort kam Gummis Mutter aus der Küche, diesmal mit einem Staubtuch in der Hand. Sie sah Andy erwartungsvoll an. „Und?"

„Naja", begann Andy unsicher, „er scheint nicht da zu sein…"

Gummis Mutter ging wortlos an ihm vorbei ins Zimmer ihres Sohnes und blieb vor dem leeren Bett stehen. Sie würgte das Staubtuch zwischen ihren Fingern und ihre Lippen bewegten sich lautlos.

„Ist er vielleicht wieder bei seinem Bruder in Wallerstädten?", fragte Andy, aber noch bevor die Mutter antworten konnte, hörten sie, wie von draußen ein Schlüssel ins Türschloss gesteckt wurde. Kurz darauf stand Gummi in voller Montur mit Bomberjacke und einem Rucksack auf dem Rücken im Wohnungsflur. Er hob entschuldigend die Hände.

„Ich hab's nicht vergessen, Andy, wirklich nicht, hatte nur noch was zu erledigen…"

„Was zu erledigen?“ Andy wusste nicht, was er von der ganzen Sache halten sollte.

„Ich hab ja gar nicht mitbekommen, dass du überhaupt schon aufgestanden bist, Junge!“

Gummi zuckte die Achseln und nickte seiner Mutter gutmütig zu, die ihn vollkommen entgeistert ansah. Es war als wolle er ihr sagen: Mach dir nichts draus, kann ja mal vorkommen.

Andy vermied es, der Frau in die Augen zu schauen. Die Situation fing langsam an, peinlich zu werden, obwohl er nicht hätte sagen können, warum.

„Ja also, wir haben ein bisschen was zu tun, wegen der Band und so, weißt schon.“ Gummi grinste wie jemand, der mit sich und der Welt vollkommen im Reinen ist. Seine Mutter nickte geistesabwesend.

In seinem Zimmer raffte er einen Haufen Klamotten vom Boden zusammen, warf sie in die Ecke und machte so einen Sitzplatz für seinen Freund frei.

Die Grundmanns waren manchmal wirklich eine komische Familie, dachte Andy, wirklich komisch.

* * *

Okay. Er hatte einen Fehler gemacht. Okay. Aber er war noch jung. Ja. Das konnte ihm doch keiner anlasten, also ein Leben lang. Er würde daraus lernen. Genau. Daraus lernen würde er. Und später, wenn er ... wenn er was? Im Studium war. Wenn er im Studium war und wenn er sein Praktikum im Krankenhaus machen würde und wenn er später als AIP auf Station sein würde, dann gäbe es hunderte, tausende von Situationen täglich, in denen er richtig entscheiden und handeln würde, und dann würde er nicht mehr an den Toten auf dem Rastplatz denken, dann würde er vielleicht sogar darüber lachen können. Aber bis dahin? Was war bis dahin?

Bernd saß auf dem kleinen Marschall-Verstärker in seinem Zimmer, stimmte seine SG und schlug ein paar Akkorde an, aber die Gedanken in seinem Kopf wollten einfach keine Ruhe geben. Immer wieder musste er sich mit dem Mantra, dass er daraus lernen würde und es später keine Rolle mehr spielen würde, selbst beruhigen, was für eine Weile funktionierte, den Riss in seinem Selbstbewusstsein aber immer nur vorübergehend kitten konnte.

Erst die Träume, dann das schlechte Gewissen und jetzt die Gedankenketten, die einfach aus dem Nichts auftauchten und sich unendlich fortsetzten. Bei allem, was er tat. Er konnte Gitarre spielen, Musik hören, lesen, es half alles nichts. Er hatte es sogar mit Sport versucht, war wie ein Bekloppter stundenlang durch die Fasanerie gejoggt, den Walkman mit *AC/DC* auf den Ohren, aber auch das brachte nur wenig. Spätestens unter der Dusche begann das Gedankenkarussell erneut, sich zu drehen. Und dann die Sache mit der Band. Sein Auftritt bei Meier. Er hätte ihm am liebsten eine reingehauen, so sauer war er auf … eigentlich ja auf sich selbst, darauf, dass er sich ausgerechnet vor Meier wie der letzte Depp aufgeführt hatte.

Aber das war egal. Meier war egal. Letztlich auch die Band. Es ging um mehr. Um ihn. Um seine Zukunft. Bernd stellte die Gitarre zurück in den Ständer, knipste den Verstärker aus, stützte die Ellenbogen auf die Knie und den Kopf in die Hände. Von unten drangen Geräusche durchs Treppenhaus. Seine Mutter kam vom Frühdienst. Sie würde sich jetzt eine Tasse Kaffee machen und sie im Stehen in der Küche trinken. Dann würde sie sich in die karierte Decke wickeln und sich auf die Couch legen. Eine Stunde mindestens. Wenn der Dienst besonders anstrengend gewesen war, auch länger. Früher war sie immer erst nach oben gekommen, hatte kurz an seine Tür geklopft, ihren Kopf durch den Türspalt gesteckt und dumme Fragen gestellt: Na, Bernd, wie geht's, alles klar? Was hast du heute so gemacht? Was machst du jetzt? Was hast du noch vor? Die ganze Litanei eben, die Mütter so draufhaben.

Irgendwann hatte er sie angeschrien, dass ihm das tierisch auf die Nerven ginge, die blöde Fragerei, und dass sie ihn gefälligst in Ruhe lassen sollte. Und das hatte seine Mutter dann auch getan. Zuerst war sie natürlich ein bisschen beleidigt, trug Trauermiene und Bittergesicht, wenn Bernd schweigend an ihr vorbeischlich, aber schließlich hatte sie sich daran gewöhnt. Wenn er von selbst etwas berichtete, hörte sie ihm interessiert zu, fragte nach, wahrte aber seitdem mit gespenstischer Sicherheit die richtige Distanz.

Bernd konnte hören, wie sie unten in der Küche hantierte, und wünschte sich auf einmal, sie würde heute einen üblen Rückfall in alte Zeiten erleiden, zu ihm nach oben kommen und ihn fragen, was denn nur mit ihm los sei, ihn wortlos in den Arm nehmen und an sich drücken, obwohl er ihr gerade das schon seit langem ausdrücklich untersagt hatte. Heute sollte sie einfach spüren, dass die Gesetze für den Umgang zwischen Mutter und Sohn, die er selbst so vehement postuliert hatte, außer Kraft gesetzt waren. Eine Mutter musste das doch spüren, dachte Bernd und lauschte in die Stille des Hauses, dachte an seine Mutter, wie sie unten in der Küche stand und aus dem Fenster auf die Straße schaute, die Kaffeetasse mit beiden Händen haltend, um sich zu wärmen.

Er erhob sich von seinem Verstärker und stand einen Moment völlig reglos mit hängenden Armen im Zimmer. Dann durchzuckte ihn ein Impuls. Er nahm die SG aus ihrem Ständer und legte sie in das Case, zog seine Turnschuhe an, nahm die Lederjacke von der Lehne des Schreibtischstuhls und ging nach unten.

Die Tür zur Küche stand offen. Bernds Mutter trank tatsächlich Kaffee, stand aber nicht am Fenster, sondern saß am Küchentisch und blätterte in der Zeitung. Als sie ihren Sohn bemerkte, hob sie den Kopf und lächelte müde.

„Na?“

Bernd lächelte verlegen. „Ich geh zur Probe.“

Seine Mutter nickte. Einen Moment lang sah sie ihn forschend an, und Bernd war sich schon sicher, dass sie ihn gleich fragen würde, ob es ihm gutgehe oder so etwas, aber dann wandte sie sich wieder ihrer Zeitung zu.

„Also ich geh dann mal.“

Wieder hob seine Mutter kurz den Kopf und nickte. Sag was, dachte Bernd, verdammt noch mal, jetzt sag doch was.

„Viel Spaß.“ Bernds Mutter gähnte.

Draußen war es windig. Er schlug den Kragen seiner Jacke nach oben, holte das Rad aus dem Schuppen und schob es ein Stück den Gehweg hinunter, bevor er aufstieg. Geld, er brauchte Geld. Mit einer Hand lenkte er, mit der anderen holte er seine Brieftasche hervor und kontrollierte ihren Inhalt. Ein 20-Mark-Schein und jede Menge Kleingeld. Das sollte doch reichen.

An der Ecke vor den Hochhäusern hing ein Zigarettenautomat. Bernd warf vier Markstücke ein und zog sich ein Päckchen Camel. Dann fuhr er zum Marktplatz und betrat den Aldi-Markt. Er hatte keine große Erfahrung mit Alkohol, nur Bier würde er auf keinen Fall kaufen. Die Biersauferei hatte ihn schon immer geekelt. Auf jedem Konzert, jeder Party standen Typen mit braunen Bierflaschen in der Hand herum und nuckelten an ihren Fläschchen wie prollige Riesenbabys. Bernd entschied sich für eine Flasche Rotwein und nahm sicherheitshalber auch noch eine Flasche Weißen mit. An den Regalen hingen kleine Schildchen mit der Aufschrift „Alkohol nur an Personen über 18 Jahre“. Bernd wusste, dass er schon aufgrund seiner Körpergröße immer älter geschätzt wurde, außerdem hatten die Kassiererinnen meistens keine Zeit, nach dem Ausweis zu fragen. An den Spirituosen ging er vorbei, vom Schnaps würde er die Finger lassen. Zumindest vorläufig.

Er stellte sich in die Schlange mit dem meisten Betrieb. Die Frau an der Kasse war eine resolute Matrone mit dauergewellten roten Haaren. Sie schob die Waren so schnell über den Tresen, dass die meisten Kunden arge Mühe hatten, alles rechtzeitig im Wagen zu verstauen. Als Bernd an der Reihe war, sah sie ihn nur flüchtig an, tippte den Preis für die beiden Flaschen ein und nahm seinen 20-Mark-Schein entgegen. Er bekam sein Wechselgeld und verließ den Markt.

Als er beim JUZ ankam, fiel ihm ein, dass er den Schlüssel zum Proberaum Andy gegeben hatte. Bernd schlug mit der flachen Hand gegen die Tür und fluchte. Zu seiner Überraschung war die Tür nicht verschlossen. Im Proberaum roch es wie immer stickig nach sauerstoffarmer Luft, aber heute störte ihn das nicht. Er grübelte noch über die offene Tür, als sich eine Gestalt aus dem Halbdunkel vor ihm erhob.

„Bin gleich wieder weg, hab nur was geholt.“ Der Bassist, den alle nur Balu nannten, rollte ein Kabel zusammen und warf Bernd beiläufig einen Blick zu. „Hab ich dich erschreckt?“

Bernd schüttelte den Kopf. Er hätte sich beinahe in die Hosen gemacht.

„Na dann, viel Spaß.“

„Den werd’ ich haben …“

Nachdem Balu den Raum verlassen hatte, stellte Bernd seine Einkäufe auf den großen Verstärker und stöpselte die Gitarre ein, er drehte den Pegel auf, trat auf den Fußschalter des kleinen Effektgeräts und gab ordentlich Verzerrung drauf.

Er spielte den Beginn von „Smoke on the water“ mit dem veränderten zweiten Takt und den anzählenden Zwischenschlägen wie auf dem legendären Live-Album „Made in Japan“. Das Solo hatte er sich stundenlang immer und immer wieder angehört, um hinter das Geheimnis von Ritchie Blackmores genialem Gitarrenspiel zu kommen.

Alles Scheiße, dachte Bernd, und dann sagte er es auch, halblaut zu sich selbst, und dann brüllte er es: „Alles Scheiße!“

Danach wurde er für einen Moment ganz still und er stellte überrascht fest, dass er sich schon etwas besser fühlte. Um diesen Zustand nicht abflauen zu lassen, machte er sich schließlich daran, die erste Flasche zu öffnen. Es dauerte ein bisschen, weil er keine Übung darin hatte, mit dem ausklappbaren Korkenzieher seines Schweizer Taschenmessers zu arbeiten, aber irgendwann schoss der Korken mit einem erlösenden „Plopp“ aus dem Flaschenhals. Bernd setzte die Rotweinflasche an und nahm einen großen Schluck. Der Wein schmeckte süffig und ein bisschen nach Kork und hinterließ einen bitteren Nachgeschmack in seinem Mund, aber das war ihm egal. Er setzte die Flasche erneut an, der zweite Schluck war schon gar nicht mehr so schlimm. Er spürte, wie der Wein eine wohlige Wärme in seinen Bauch zauberte, die sich nach dem dritten Schluck in seinem ganzen Körper auszubreiten schien.

Bernd trat vor das Mikrofon, das auf einen Ständer in der Mitte des Proberaums montiert war. Er stellte es auf seine Größe ein, klopfte dagegen, um zu überprüfen, ob es auch eingeschaltet war, und hörte gleich darauf das dumpfe Pochen seiner

Finger durch die Verstärker. Er grinste und nahm noch einen Schluck.

„Meine Damen und Herren“, sagte er leise ins Mikrofon und hielt einen Moment inne, um seine Gitarre auf die richtige Höhe zu bringen. Er spürte bereits, wie ihm der Wein zu Kopf stieg.

„Ich gebe heute meine Abschiedskonzert!“, brüllte er schließlich und seine Stimme dröhnte durch den leeren Proberaum.

Nach einem weiteren Schluck aus der Weinflasche fiel es ihm schon leichter, die Menge im Zuschauerraum jubeln zu hören.

* * *

„Sind sie von der Polizei?“, fragte die Frau.

Die beiden Typen ihr gegenüber trugen billige schwarze Anzüge, Hüte und Sonnenbrillen, und fast zeitgleich mit Dan Aykroyd antwortete Meier: „Nein, M’am, wir sind Musiker.“

Obwohl ihm die Musik im Film eigentlich viel zu lahm war, gehörte „Blues Brothers“ zu seinen Lieblingsfilmen, schon allein wegen der coolen Sprüche, der Verfolgungsjagden und der vielen Autokarambolagen.

Wenn Meier einen Film mochte, musste darin schon richtig die Post abgehen. Er wusste nicht, wie oft er den Streifen schon gesehen hatte, aber die meisten Dialoge konnte er mittlerweile fast lippensynchron mitsprechen. Als er die Schwarzkopie auf VHS vor einem halben Jahr von Gummis Bruder bekommen hatte, lief der Film zwei Tage lang fast ununterbrochen. Immer wenn er schlecht drauf war, schaute er sich die „Blues Brothers“ an, das half immer. Jedenfalls bis heute.

Meier lümmelte sich auf seiner durchgesessenen Couch und trank mittags schon Dosenbier. Der Rest eines faden Aufwärmmenüs in der Aluschale stand vor ihm auf dem niedrigen Wohnzimmertisch. Mechanisch plapperte er die Dialoge mit, ohne wirklich etwas dabei zu empfinden.

„Wir sind im Auftrag des Herrn unterwegs", sagte Meier.

„Wir sind im Auftrag des Herrn unterwegs", sagte Dan Aykroyd.

Es hatte keinen Sinn.

Meier schnappte sich die Fernbedienung und schaltete ab. Der Bildschirm erlosch für einen Moment, dann schaltete das Gerät auf Fernsehempfang um, im Ersten lief die Tagesschau. „Bonn", sagte der Nachrichtensprecher gerade und sah mit ernster Miene in seine Papiere, dann erschien das Bild des neugewählten Bundeskanzlers Helmut Kohl. Bevor der Sprecher seine Ausführungen fortsetzen konnte, schaltete Meier den Fernseher ab.

Dann saß er in der Stille des frühen Nachmittags und wusste nichts mit sich anzufangen. Irgendwo in der Nachbarschaft hämmerte jemand. Das Geräusch drang leise, aber sehr klar zu ihm durch, dann war es auf einmal nicht mehr da, nur noch das Rauschen der nahen Autobahn war durch das gekippte Fenster zu hören.

„Wir bringen die Band wieder zusammen ...", murmelte er halblaut vor sich hin. Auch so ein Spruch aus seinem Lieblingsfilm, der ihm jetzt wie der blanke Hohn vorkam. Im Flur lag noch immer die Plastiktüte mit den Handzetteln, die er sich für eine zweite Kopie der „Blues Brothers" von seinem alten Kumpel Müller hatte machen lassen. Die Kassette war zwar nur die Kopie der Kopie und die Bildqualität ziemlich mies, aber Müller hatte sich trotzdem gefreut wie ein Schneekönig und glotzte sich jetzt wahrscheinlich jedes Wochenende die Augen wund.

Meier trank den letzten Schluck Dosenbier und zündete sich eine Zigarette an. Irgendwo klingelte was. Es dauerte einen Moment, bis ihm dämmerte, dass es das Telefon seiner Eltern oben im Haus war. Onkel Egon wahrscheinlich. Zwar hatten seine Eltern dem knorrigen Alten schon vor Wochen erzählt, dass sie wieder in die Zone fuhren, aber Egon hörte schlecht und wunderte sich jetzt wahrscheinlich, dass niemand abnahm. Nach dem fünften Klingeln war Ruhe.

Meier machte sich auf der Couch lang und blies Rauch in die Luft, eine Zeit lang versuchte er, Kringel zu pusten, was ihm aber nicht gelang. Er hatte die Kippe gerade im Aschenbecher ausgedrückt, als das Telefon oben schon wieder klingelte. Meier runzelte die Stirn. So gefragt wie heute waren seine Eltern sonst eigentlich nicht. Erst dann begriff er.

Als er oben ankam, hatte der Anrufer schon wieder aufgelegt. Meier stand schwer atmend vor dem kleinen Telefontisch in der Küche und sah auf den grauen Apparat hinunter, als würde der jeden Moment wieder anfangen zu klingeln, wenn er ihn nur lange genug anstarrte. Aber jetzt tat sich natürlich nichts mehr.

Eigentlich konnte ihm das auch egal sein, wer alles anrief und bei *Metal Dust* vorsingen wollte, denn die Band war ohne Bernd sowieso am Arsch. Es gab keine Band mehr, also brauchten sie auch keinen Sänger mehr. Logisch.

Aber warum war er dann eben hier raufgehetzt wie eine gesengte Sau? Meier knabberte an seiner Unterlippe. Er hatte die Sache noch nicht ganz abgeschrieben, das war es. Wenn Gummi und Andy weitermachen würden, dann müssten sie eben auch noch einen neuen Gitarristen finden, am besten einen, der auch singen konnte. Einer wie Ted Nugent oder Lemmy von

Motörhead. Aber der spielte Bass und nicht Gitarre. Und singen konnte man sein Geraunze eigentlich auch nicht nennen. Egal.

Das nächste Mal würde er jedenfalls rechtzeitig am Apparat sein. Meier zerrte das Kabel hinter dem Tischchen hervor und schätzte die Länge ab. Dann öffnete er das Küchenfenster und beugte sich so weit nach draußen, bis er das darunterliegende vergitterte Souterrainfenster seiner Kellerwohnung sehen konnte.

Meier stellte das Telefon auf die Fensterbank und verließ die Wohnung. Er holte die kleine Stehleiter aus dem Schuppen und schleppte sie vors Haus, stieg darauf, nahm das Telefon von der Fensterbank und stellte es unten auf die Einfassung vor das Kellerfenster, hinter dem seine Küche lag, das Kabel spannte etwas.

Er kehrte in seine Wohnung zurück, öffnete das Fenster und griff durch das Sicherheitsgitter nach dem Hörer. Viel Spielraum hatte er nicht, aber es ging.

Zufrieden mit sich und seinem neuen Telefonanschluss setzte sich Meier an den kleinen Tisch und sah den Apparat erwartungsvoll an. Das Scheißding klingelte aber nicht und tat es auch in den nächsten Stunden nicht. Ab und zu nahm er den Hörer ab, um zu kontrollieren, ob die Leitung vielleicht unterbrochen war, aber jedes Mal ertönte das gewohnte Freizeichen.

Als es dann doch schrillte, war er zu überrascht, um sofort abzunehmen. Einen Moment starrte er den grauen Kasten vor seinem Fenster nur an, der Hörer schien tatsächlich bei jedem Klingeln ein bisschen von der Gabel zu springen, so wie es in den Donald Duck-Comics immer war, wenn der geizige Dagobert bei seinem Neffen anrief. Meier schüttelte den Kopf, um den unsinnigen Gedanken zu vertreiben, griff durch das Gitter und brachte den Hörer an sein Ohr.

„Ja, Meier hier?"

„Bin ich da richtig bei Meier?"
„Ja, sag ich doch ..."
„Heiner, bist du das?"
Meier schloss die Augen und atmete tief durch. Onkel Egon.
„Nein, hier ist Matthias, die sind in der Zone."
„Warum nimmst du denn den ganzen Tag nicht ab?", blaffte der Onkel.
Meier setzte noch mal an und bemühte sich, laut und deutlich zu sprechen: „Die sind nicht da, die sind in der DDR, in Thüringen bei Tante Mette ..."
„Ach so."
„Ja, sie kommen ..." Meier stutzte. Sein Onkel hatte schon aufgelegt.
Er hatte den Hörer gerade wieder durch das Gitter nach draußen gefummelt und aufgelegt, als es erneut klingelte. Meier hatte die Hand noch auf dem Apparat und nahm sofort ab.
„Meier."
„Bist du der Typ, der einen Sänger sucht? Für diese Heavy-Band? *Metal Dust*?"
Wow, dachte Meier, da hatte sich das Plakatieren doch gelohnt. „Ja, ja, da bist du richtig ...", sagte er schnell.
„Ja, dann sollten wir uns vielleicht mal treffen."
Meier schätzte den Typ am anderen Ende der Leitung auf 20, 21 Jahre, vielleicht auch etwas älter, er sprach mit leichtem Mannheimer Akzent, weshalb Meier ihn fragte: „Okay, okay, wir proben hier in Groß-Gerau, wo kommst du her?"
Der andere sagte einen Moment lang nichts, dann erklärte er, dass er aus dem Rhein-Neckar-Raum sei, aber hier in der Gegend arbeite, außerdem habe er ein Auto.
„Und wie sieht's bei dir so aus mit Musik, hast du schon mal wo gesungen?"

Wieder schwieg der andere eine Weile. Kurz bevor Meier schon nachfragen wollte, ob er überhaupt noch dran sei, sagte er: „Naja, ich bin Semiprofi. Hab' mit Krautrock angefangen, dann die härtere Schiene. Deep Purple, Led Zeppelin und so…"

„Aha, klingt gut." Krautrock? Dann musste der Typ schon deutlich älter sein.

„Wir haben damals im Vorprogramm von Sabbath gespielt."

Meier stutzte. „Wie Sabbath? Ich meine, du meinst…also die mit Ozzy, ja?"

„Klar, die mit Ozzy. Wer denn sonst? Kannte nur am Anfang keine Sau." Der Typ machte eine Pause, Meier hörte im Hintergrund Autos vorbeirauschen. Steht wahrscheinlich in einer Telefonzelle am Straßenrand, dachte er.

„Also ich bin heute Abend in der Nähe, vielleicht sollten wir uns da einfach mal treffen?"

Älterer Sänger, der schon im Vorprogramm von Black Sabbath gespielt hatte. Wenn das mal kein Volltreffer war, dachte Meier. In seinem Kopf begann es zu rotieren: Wenn er den für die Band kriegen würde, dann…

„Also was sagst du?"

„Ja, also ich sag mal: Ja, super. Wir haben da zwar gerade ein paar Probleme mit unserem Gitarristen, aber das wird schon wieder. Komm doch einfach erst mal bei mir vorbei."

„Heute Abend?"

„Ja, warum nicht, heute Abend."

Meier gab ihm die Adresse und beschrieb ihm den Weg. Auf seine Frage, von wo genau er denn komme, antwortete der Typ ausweichend, sagte aber, in Groß-Gerau finde er sich schon zurecht.

Nachdem sie aufgelegt hatten stand Meier noch eine Weile am Fenster und starrte nach draußen. Dann begann er damit, den Telefonapparat wieder an seinen Stammplatz zu bringen. Heute würde er keine Anrufe mehr entgegennehmen.

Als er wenig später wieder unten in seiner Wohnung am Küchentisch saß, war er sich seiner Sache schon nicht mehr ganz so sicher. Ein bisschen komisch kam ihm das alles auf einmal vor. Der Typ hatte gar keine Fragen zur Band gestellt. Gut, er hatte irgendwo in der Pampa in einer Telefonzelle gestanden und wahrscheinlich nicht gerade einen Eimer voller Kleingeld dabei. Trotzdem. Es war einfach zu gut, um wahr zu sein. Vielleicht hatte der Typ ja auch nur den Larry raushängen lassen und kam heute Abend gar nicht. Oder er kam und war eine Niete.

Meier musste jedenfalls das Bedürfnis, sofort allen anderen zu erzählen, dass er wahrscheinlich den perfekten Sänger für die Band gefunden hatte, unterdrücken. Erstmal näher anschauen, den Macker. Aber dann! Die würden Augen machen, wenn der Typ wirklich so gut war, wie Meier es sich erhoffte.

Und in Zukunft würde so schnell keiner mehr über ihn lachen.

* * *

Gummi stand vor dem Süßigkeitenregal im HL-Markt und wusste nicht, was er nehmen sollte. Er entschied sich schließlich für Raider und einen Mars-Riegel. Als er am Ende des Ganges um die Ecke bog, konnte er sehen, wie Andy schon an der Kasse stand, nervös den Kopf reckte und nach ihm Ausschau hielt. Gummi beeilte sich, nahm aber im Vorbeigehen noch eine Dose Billigbier von einer der Paletten, die vor der Kasse aufgestellt waren.

„Fängst du jetzt schon tagsüber mit dem Saufen an?“ Andy, der sich eine Dose Cola geholt hatte, sah ihn entsetzt an. Gummi zeigte ihm den Mittelfinger.

Sie hatten den Supermarkt an der Ecke zur Brunecker Straße nur betreten, weil er auf dem Weg lag und Andy Durst bekommen hatte. Gummi wollte ursprünglich eigentlich gar nichts, war aber, als er erst einmal vor den Regalen gestanden hatte, auf den Geschmack gekommen. Immer, wenn er vor den Süßigkeiten stand, musste er sich auch was kaufen. Und immer, wenn er im HL war, fiel ihm die alte Geschichte wieder ein.

Als er zehn Jahre alt gewesen war, gab es eine Bande hier auf Esch, zu der er unbedingt gehören wollte, weil auch größere Kinder aus der Nachbarschaft, fast schon Teenager, dabei waren. Das Aufnahmeritual bestand aus einem Ladendiebstahl im HL-Markt. Und weil natürlich alle was davon haben sollten, musste die Beute mindestens aus einem großen Beutel „Nimm 2“ oder „Campinos“ bestehen. Ein kleiner Schokoriegel reichte denen nicht. Gummi war damals erwischt worden. Der Marktleiter höchstpersönlich hatte ihn gesehen, wie er dabei war, gleich zwei Beutel der beliebten Bonbons unter seinen Pulli zu stopfen. Und das, obwohl der hochgewachsene Mann in seinem weißen Kittel, den er im Markt immer über seiner Straßenkleidung trug, wirklich nicht zu übersehen war. Später, als er ihm in dem kleinen Hinterzimmer mit dem vergitterten Fenster gegenübersaß, schüttelte der Mann immer wieder den Kopf, nicht, weil er über den versuchten Diebstahl so empört war, sondern weil er einfach nicht begreifen konnte, wie man sich nur so dämlich anstellen konnte.

Er fragte Gummi, ob er denn blind sei oder vielleicht nicht ganz richtig im Kopf? Gummi sagte die ganze Zeit nichts, sondern krallte seine Finger in die Oberschenkel und biss sich auf die Unterlippe, die Tränen liefen ihm über die schmutzigen Wangen und von dort in den Mund. Er dachte an die Dresche, die er zuhause von seinem Vater beziehen würde. Dann Stubenarrest und Fernsehverbot und wer weiß was noch alles. Er war so mit Prügel und den kommenden Strafen beschäftigt, dass er zuerst überhaupt nicht bemerkte, als der Marktleiter aufstand und um ihn herum zur Tür ging. Er öffnete die Tür in den kurzen, gefliesten Gang, der zurück zum Verkaufsraum führte, und sagte: Jetzt komm schon. Sie gingen durch den Markt, vorbei an den Kassen und der Kassiererin, die ihn streng und gleichzeitig schadenfroh ansah. Dann standen sie draußen vor dem Eingang, und Gummi sah die Polizeiwache schräg gegenüber und ihm wurde klar, dass er ihn dorthin bringen würde, aber stattdessen sagte der Marktleiter nur, er solle abhauen, und dann drehte er sich um und ging wieder in den Markt, und der kleine Gummi stand noch einen Moment wie betäubt vor dem HL, bis er schließlich langsam die Treppe hinunterging, sich immer wieder ängstlich umschauend, ob er nicht doch noch zurückgerufen wurde. Als er unten angelangt war, begann er zu rennen.

Erst drei Jahre später hatte er sich getraut, den Markt wieder zu betreten und seitdem ging er jedes Mal zum Süßigkeitenregal und kaufte sich dort was, aber niemals „Nimm 2". Er hatte seit damals die gelben und orangefarbenen Vitaminbonbons nicht mehr angerührt, auch nicht, wenn seine Mutter sie vom Einkaufen mitbrachte oder sie einzeln in den Geschenktütchen bei Kindergeburtstagen auftauchten.

„He, bist du noch da? Hörst du mich?" Andy fuchtelte ihm mit der Hand vor den Augen herum.

„Ja, doch, was ist denn ..." Gummi wehrte die Hand seines Kumpels ab.

„Wie wär's mit Bezahlen? Löhnen? Abdrücken? Damit wir hier mal fertig werden?"

Andy nickte zur Kassiererin, die inzwischen beide Schokoriegel und die Dose über den Scanner gezogen hatte und nun auf ihr Geld wartete. Sie wiederholte genervt den Zahlbetrag und runzelte die Stirn. Gummi sah sie an und lächelte, es war eine andere Kassiererin als damals.

Draußen gingen sie eine Weile schweigend nebeneinander her, dann sagte Andy: „Wegen der Sauferei. Also, ich will dich damit ja echt nicht nerven oder so…"

„Tust du aber." Gummi biss in sein Raider und sah Andy nicht an. Er hatte keinen Bock darauf, sich zu rechtfertigen und hoffte, sein Kumpel würde es damit endlich gut sein lassen.

„War nicht böse gemeint…"

Andy trank einen Schluck von seiner Cola und hielt ihm die Dose hin, aber Gummi schüttelte nur stumm den Kopf.

Der Tag hatte gut angefangen, und er hatte keine Lust, sich das jetzt versauen zu lassen. Er kippte sich neuerdings gern mal einen hinter die Binde. Na und? Sein Bruder machte das auch schon seit Jahren und aus dem war schließlich auch was geworden. Und sein Vater…gut, an den wollte er dabei lieber nicht denken. Auf jeden Fall würde er sich wegen ein paar Bierchen nicht vor den anderen irgendwie erklären oder so, da konnten sie lange warten. Sollten die ruhig bei ihrer Cola und Limo bleiben, wenn sie wollten, aber ihn bitte in Ruhe trinken lassen, was er wollte.

Als sie bei Bernd ankamen, hatte Gummi auch das zweite Raider verzehrt. Den Mars-Riegel und die Dose Hansa Pils ließ er in der Plastiktüte, obwohl er für einen Moment daran gedacht hatte, die Dose auf offener Straße zu knacken, nicht weil er wirklich Lust gehabt hätte, das Bier zu trinken, sondern nur um Andy zu provozieren. Den Rest des Weges hatten sie kein Wort mehr miteinander gesprochen. Die gute Stimmung war jetzt schon irgendwie am Arsch.

Andy klingelte, aber es tat sich nichts.

„Vielleicht ist er ja weg?"

„Wo soll er denn sein? Hat wahrscheinlich nur wieder die Musik aufgedreht." Andy schüttelte den Kopf und drückte den Klingelknopf erneut. Sie konnten hören, wie es im Haus schellte.

„Also Musik höre ich keine." Gummi legte eine Hand ans Ohr.

Andy wollte gerade etwas entgegnen, als sich von drinnen jemand der Tür näherte. Durch die dicke Verglasung konnte man nur die verzerrten Umrisse einer Person erkennen.

„Da isser doch schon", sagte Andy, aber dann öffnete gar nicht Bernd, sondern dessen Mutter die Tür.

„Ja?" Bernds Mutter hatte den Abdruck eines geriffelten Sofakissens auf der blassen Wange und die Augen noch halb geschlossen. Gummi machte instinktiv einen Schritt zurück und überließ Andy das Feld, schließlich hatte der ja auch geklingelt.

„Oh, also ..., wir wollten zu Bernd."

Die Mutter antwortete nicht gleich, sondern schien erst einmal überlegen zu müssen, wer denn genau dieser Bernd sein könnte, dann rieb sie sich mit dem Zeigefinger ausgiebig das rechte Auge und runzelte die Stirn. „Der ist schon zur Probe. Ihr probt doch heute, oder?"

„Eigentlich nicht ..."

„Er hat jedenfalls gesagt, ihr probt heute, und dann ist er weg." Die Frau schwieg einen Moment und fügte dann aus irgendeinem Grund noch hinzu: „Mit dem Fahrrad, glaube ich."

„Naja", sagte Andy achselzuckend, „dann versuchen wir es mal im JUZ im Proberaum."

Nachdem Bernds Mutter die Tür wieder geschlossen hatte und im Haus verschwunden war, standen die beiden ratlos vor dem Haus.

„Verstehst du das?“

Gummi schüttelte den Kopf. „Vielleicht will er ja auf der Gitarre alleine was ausprobieren oder so, und seine Mutter hat es nicht gerafft.“

„Möglich ...“

Gummi hatte keinen Bock mehr. Erst die Sache mit dem Bier und jetzt war auch noch Bernd verschollen, und sie mussten den ganzen Weg zurücklaufen, die Räder holen und zum JUZ fahren. Und ob Bernd sich dann wirklich überreden ließ, mit der Band weiterzumachen, stand sowieso in den Sternen. Und dann kam ihm wieder der Gedanke, den er in den letzten Tagen so oft hatte: Er würde einfach abhauen. Nur weg. Das würde gehen. Das würde jetzt wirklich gehen, dachte Gummi. Er sah Andy vor sich her radeln, freihändig, die Arme an den Seiten herunterbaumelnd, als wäre er zwölf Jahre alt. Auf einmal fühlte sich Gummi seinen Freunden überlegen. Andy, Bernd, die ganzen Milchbubis aus seiner Klasse, was wussten die schon vom Leben?

Sie fuhren am Kindergarten vorbei und bogen in den Zugang zum JUZ ab. Kurz bevor der Weg sich an der Stelle verengte, wo es um eine scharfe Ecke zu den Pavillons ging, stiegen sie ab und schoben die Räder.

Gummi hörte es zuerst, das Dröhnen einer Rückkopplung, dann ein brachialer Riff, der immer wieder aufs Neue angeschlagen wurde, ein einzelner Akkord nur, immer derselbe und in ohrenbetäubender Lautstärke. Er sah zu Andy rüber, der fragend die Stirn runzelte.

Als sie den Proberaum betraten, lag Bernd rücklings auf dem Boden vor der großen Box, hielt seine Gibson über sich und versuchte die Saiten mit Zunge und Zähnen zu bearbeiten. Neben ihm stand eine fast leere Flasche Rotwein, eine zweite noch verkorkte Flasche stand auf der Box und wackelte jedes Mal bedrohlich, wenn Bernd unten dagegen stieß.

Andy kniete sich neben ihn auf den Boden und berührte ihn leicht an der Schulter. Erst reagierte er gar nicht, dann drehte er sich auf die Seite, erkannte Andy und sagte: „Ach."

Bernd rappelte sich auf und ließ dabei die Gitarre fallen, so dass es laut durch den Verstärker schepperte. Schwankend stand er vor seinen beiden Freunden. Seine langen Arme und Beine wirkten auf einmal deplatziert, so als gehörten sie gar nicht zu seinem Körper.

Als Andy etwas sagen wollte, hob er den Finger. „Moment!"

Bernd holte ein Päckchen Camel aus der Brusttasche seiner Jeansjacke. Beim Versuch, mit einer schnellen Handbewegung die Zigaretten ein Stück weit herauszuschnicken, schossen die meisten Glimmstängel durch die Luft und fielen auf den Boden. Bernd starrte blödsinnig auf die jetzt fast leere Schachtel in seiner Hand und begann zu lachen.

Andy drehte sich hilfesuchend zu Gummi um, aber der stand einfach nur stumm an die Wand gelehnt da und betrachtete Bernd, der jetzt zu seinem Verstärker torkelte und sich zu setzen versuchte, die Oberfläche des Verstärkers aber mit seinem Hintern verfehlte und einfach nach hinten umfiel. Andy sprang zu ihm, versuchte, ihn wieder aufzurichten und fragte, ob er sich was getan hätte, worauf Bernd erneut zu lachen anfing.

„Jetzt komm schon her und hilf mir mal!", forderte Andy Gummi auf, aber der regte sich immer noch nicht, sondern betrachtete die Szene aufmerksam.

So sah das also aus, dachte er. So sah das aus, wenn man nüchtern war und einem zusah, der sich gerade ein paar graue Zellen versoffen hatte und sich nun ziemlich zum Idioten machte. Er dachte an das Bier in der Plastiktüte und dass er noch vor ein paar Minuten auf dem Fahrrad geplant hatte, die Dose jetzt hier im Proberaum hervorzuholen, aufzureißen und auszutrinken.

Langsam stieß er sich von der Wand ab, ging zu seinen Kumpels rüber und sah auf Bernd hinunter, der mit geschlossenen Augen auf dem Rücken lag und leise kicherte.

Ausgerechnet Bernd, dachte Gummi, ausgerechnet. Warum fing der jetzt auf einmal zu saufen an? Was ging hier eigentlich ab? Er hatte schon andere Typen in solchen und schlimmeren Zuständen gesehen, aber dass Bernd sich derart die Lichter ausschoss und sich zum Affen machte, das brachte etwas in ihm vollkommen durcheinander. Er wusste nicht genau, was es war, dass sich da in ihm ausbreitete, etwas mit Scham und Verzweiflung und Traurigkeit war es auf jeden Fall, und alles verbunden mit der Gewissheit, dass er das nicht einfach so würde abstreifen können.

„Was machen wir denn jetzt?" Andy stand die Ratlosigkeit ins Gesicht geschrieben.

Gummi hob die Schultern. „Der wird schon wieder."

Als wolle Bernd die Einschätzung seines Freundes bestätigen, öffnete er die Augen und richtete sich auf. Die langen Beine von sich gestreckt, stützte er sich auf den knochigen Ellenbogen ab, hielt den Kopf schräg und sagte: „Ich muss nicht kotzen."

„Noch nicht." Gummi schüttelte den Kopf und sah Bernd nicht an. „Wäre aber besser, wenn du es müsstest, das entlastet ..."

„Der Fachmann spricht", murmelte Andy, aber Gummi hatte es trotzdem gehört.

„Halt doch einfach dein Maul, ja?"

„Nein!" Andy kam mit einem Sprung auf die Beine und stieß Gummi vor die Brust. „Du hältst dein Maul!"

Gummi taumelte einen Schritt zurück. Das war jetzt schon das zweite Mal diese Woche, dass Andy auf ihn losging. Der hatte sie ja wohl nicht mehr alle. Irgendwie schienen momentan alle durchzudrehen.

„Jetzt pass mal auf…“, sagte Gummi, brach dann ab und runzelte die Stirn. Andy stand ihm gegenüber, die Fäuste geballt, aber auf einmal mit Verwirrung im Gesicht.

Beide hörten das Wimmern und brauchten einen Moment, um zu kapieren, dass es von Bernd kam. Gummi dachte zuerst, es wäre nur wieder besoffenes Kichern und Glucksen, aber dann sah er die Tränen in Bernds Gesicht.

* * *

Jimmy lag auf dem alten Sofa und fror. Die kratzige Decke aus dem Wandschrank roch nach Staub und Mückendreck und hielt kaum warm. In der Nacht war er mehrmals aufgeschreckt, sein Schlaf nur eine dünne Schicht aus Übermüdung und Erschöpfung, unter der ständig Träume von Flucht und Verfolgung brodelten.

Im Morgengrauen hatten ihn draußen vom See her Geräusche aufgeweckt. Er war mit der Pistole im Anschlag ans Fenster geschlichen und hatte mit angehaltenem Atem nach draußen in den nebelverhangenen Morgen gestarrt, aber die Geräusche waren nicht wiedergekehrt. Später musste er auf der Couch nochmal eingeschlafen sein, denn als er das nächste Mal aus dem Fenster sah, hatte sich der Nebel bereits gelegt, sodass er den See erkennen konnte, der in einiger Entfernung vor dem Häuschen durch das braunrote Gebüsch schimmerte. Auch das Gebäude am anderen Ufer, in dem die Disco untergebracht war, konnte er da schon deutlich sehen.

Jimmy spürte, wie seine Kraft nachließ. In den letzten Tagen hatte er kaum einmal richtig geschlafen, nicht ausreichend getrunken und außer der Pizza gestern Mittag auch nichts halbwegs Anständiges gegessen. Die Aussicht, das Geld doch noch zu finden und alles in Ordnung bringen zu können, ließ ihn immer wieder die vermeintlich letzten Reserven mobilisieren, aber irgendwann wäre auch damit Schluss.

Jimmy richtete sich auf und schloss die Augen. Die Pistole lag vor dem Sofa zusammen mit seiner Eisernen Ration: einem Schokoriegel und einer halbvollen Dose Coca-Cola. Er verzehrte den Riegel und spülte den klebrigen Brei aus Nougatcreme und Nüssen mit einem großen Schluck Cola, aus der sämtliche Kohlensäure gewichen war, herunter. Sein Magen gab darauf empörte Geräusche von sich und rebellierte mit bitterem Aufstoßen.

Er sehnte sich nach einer Dusche, einem frischen T-Shirt und einem Schnitzel so groß, dass es an beiden Enden über den Tellerrand hing. Danach würde er schlafen, in einem Bett mit weicher, frisch gewaschener Wäsche. Vielleicht, so dachte er, würde er dann nie wieder aufwachen. Jimmy war überrascht, dass dieser Gedanke so gar nichts Beängstigendes für ihn hatte.

Bald musste er sich auf den Weg machen. Der komische Typ, der irgendwie an sein Feuerzeug gekommen war, musste einfach irgendetwas wissen. Im besten Fall hatte er sogar die Kohle. Jimmy war vorsichtig gewesen und hatte sich für den Anruf bei diesem Meier eine andere Telefonzelle gesucht. Am Bahnhof in Nauheim hatte er heute Mittag die Nummer auf dem Flyer gewählt und sich als Sänger beworben. Der Typ hatte sogar die Sache mit *Black Sabbath* geschluckt.

Als er gegen fünf Uhr den geschotterten Weg zwischen den Wochenendhäuschen verließ und auf den Pfad, der um den See herumführte, abbog, setzte leichter Nieselregen ein.

Auch das noch, dachte Jimmy und zog seine Lederjacke enger vor der Brust zusammen. Der Schauer nahm rasch an Heftigkeit zu, und bis Jimmy bei seinem Auto angekommen war, hatte ihn der Regen bereits ordentlich durchnässt. Im Wagen versuchte er, sich das Gesicht mit dem T-Shirt trockenzureiben, während die Scheiben von seinem Atem beschlugen und die Welt draußen unsichtbar wurde. Regentropfen trommelten auf das Wagendach und ab und zu donnerte es in der Ferne.

Jimmy startete den Wagen und stellte die Belüftung auf maximale Stärke, sodass der Blick durch die Windschutzscheibe langsam wieder aufklarte. Er wartete noch einen Moment, bevor er den Rückwärtsgang einlegte, das Gaspedal energisch durchtrat und zurückstieß. Der Motor schrie auf wie ein wütendes Kleinkind.

Als er wenig später über die Autobahnbrücke fuhr, begann unterhalb der kleinen aufgemalten Tanksäule am Armaturenbrett ein rotes Lämpchen zu leuchten. Reserve, damit würde er nicht mehr weit kommen. Er schlug mit der flachen Hand mehrmals gegen das Lenkrad und schrie.

„Scheiße!", schrie er, „Scheiße, Scheiße, Scheiße!" Er kam aus dem Waldstück und bog in die Münchener Straße ein und schrie immer noch. Am Tannenhof rief er sich zur Ordnung.

Er durfte jetzt nicht durchdrehen. Seine Hand schmerzte von den Schlägen aufs Lenkrad, und seine Kehle fühlte sich trocken und rau an, so als sei eine Erkältung im Anflug. Nein, er durfte jetzt nicht durchdrehen. Auf keinen Fall, murmelte er vor sich hin, als er die Bundestraße überquerte und ins gegenüberliegende Wohngebiet einbog. „Metzgerei Schädler" stand über dem schwarzgefliesten Eingang des Ladens an der Ecke, eine Tafel davor kündigte die nächste Hausschlachtung an. Jimmy verringerte das Tempo. Jetzt nur nicht unangenehm auffallen, dachte er und spürte, wie er langsam wieder etwas ruhiger wurde. Die Wischer des Polos waren alt und abgerieben und hinterließen Schmierflecken auf der Windschutzscheibe, die Straße glänzte im unvermindert niedergehenden Regen. Rechter Hand lag jetzt eine Bushaltestelle vor einem weitläufigen, mit einem Jägerzaun umgebenen Platz, an den sich ein geducktes Gebäude mit einer Gaststätte anschloss. Hinter dem Platz mit dem Siedlerheim müsse er sich rechts halten, hatte der Typ am Telefon gesagt, und Jimmy wusste, dass er richtig war.

Er fuhr zuerst langsam an dem Haus vorbei und verglich die Hausnummer. Als er sich sicher war, gab er Gas und fuhr bis zum Ende der Straße. Ein blauer, kastenförmiger Bau begrenzte diesen Teil der Siedlung, dahinter rauschte die Autobahn. Er parkte den Polo am Straßenrand, dann rannte er durch den Regen zurück zu dem Haus, das Meier ihm genannt hatte.

Unter dem Vordach, das zu der Souterrain-Wohnung führte, lehnte er sich an die Mauer und wartete, bis er wieder Luft bekam. Er stützte die Hände auf die Knie und beugte sich vornüber, er sah den groben Kies, mit dem der Weg geschottert war, kleine Pfützen hatten sich überall im Hof gebildet. Der Regen vermischte sich mit dem sandigen Untergrund und bildete dunkle Tupfen um ihn herum, die bald zu größeren schwarzen Flecken anschwollen, sich ausbreiteten und schließlich ineinander übergingen. Erst kurz bevor Jimmys Blickfeld sich ganz und gar verdüsterte, richtete er sich wieder auf, sodass er mit dem Rücken hart gegen die Hauswand stieß und der Schmerz die drohende Ohnmacht verhinderte.

Jimmy ermahnte sich erneut, ruhig zu bleiben, und als er seinen Atem wieder einigermaßen im Griff hatte, klingelte er.

* * *

Der Typ, der da vor seiner Tür stand, sah aus wie ein Zombie, der gerade aus einem Jauchetümpel gekrochen war, und roch auch so. In seiner Hand hielt er einen der Flyer, die Meier in den letzten Tagen verteilt hatte. Er versuchte ein Lächeln, das ungeputzte Zähne zum Vorschein brachte und eher bedrohlich als freundlich wirkte.

„Ich bin hier wegen der Bandgeschichte...", sagte der Zombie und Meier erkannte den leichten Mannheimer Akzent. Der Typ am Pizzawagen und der Sänger am Telefon waren ein und dieselbe Person. Als ihm das klar wurde, fragte er sich, warum ihm das nicht schon vorher, am Telefon, aufgefallen war.

„Darf ich vielleicht mal reinkommen?"

„Ach so, ja..."

Meier war sich ganz und gar nicht sicher, ob er er diesen lebenden Toten in seiner Wohnung haben wollte, aber schließlich hatte er ihn herbestellt. Er trat einen Schritt zurück und gab die Tür frei, sodass sein Gast eintreten konnte. Er folgte ihm in die kleine Küche, und da Meier ihm keinen Platz anbot, stand er einfach nur da und tropfte aufs Linoleum.

„Haste vielleicht mal ein Handtuch? Bin bisschen in den Regen gekommen..." Wieder grinste der Typ auf diese merkwürdige, unfreundliche Art. Auf seiner rechten Backe eiterte ein kleiner fleischfarbener Krater unter dem struppigen Fünftagebart.

„Handtuch, ja klar." Meier machte sich auf den Weg ins Bad. Dabei musste er an dem Typ vorbei, der sich ihm aber mit einem schnellen Ausfallschritt in den Weg stellte und ihm seine Hand entgegenstreckte.

„Ich bin Jimmy."

Meier nahm die Hand und spürte, wie der andere fest zudrückte. Was sollte das hier werden?

„Meier, also eigentlich Matthias, aber alle nennen mich Meier, hab' ich ja schon am Telefon gesagt."

„Stimmt ja!" Der Typ, der Jimmy hieß, ließ ihn wieder los und schlug sich mit der flachen Hand gegen die Stirn. „Ganz vergessen."

Im Bad nahm Meier ein Handtuch aus dem Regal und überlegte, wie er seinen Besucher so schnell wie möglich wieder loswerden konnte. Selbst wenn der Typ der beste Rock-Sänger der Welt war, wollte er nichts mit ihm zu tun haben.

Als Meier zurück in die Küche kam, sah er, dass Jimmy es sich bequem gemacht hatte. Er saß mit ausgestreckten Beinen auf Meiers Stuhl an dem kleinen Tisch und zupfte gerade eine Zigarette aus einem ziemlich zerdrückten Softpack.

„Hast doch nix dagegen, oder?"

Meier schüttelte den Kopf und gab ihm das Handtuch. Er sah, wie Jimmy die Kippe aus dem Mund nahm, vor sich auf den Tisch legte und begann, sich Gesicht und Haare trocken zu rubbeln. Danach nahm er die Zigarette wieder zwischen Zeige- und Mittelfinger und sah Meier abwartend an.

„Also das mit der Band, da gibt's jetzt doch größere Schwierigkeiten ...", versuchte Meier die Sache zu bereinigen.

Jimmy runzelte die Stirn. „Ach?"

„Ja, der Gitarrist ist nicht mehr mit dabei und so, das wird alles nix, tut mir echt Leid, weil du ja extra hergekommen bist und so ..." Meier lächelte entschuldigend.

Jimmy sagte nichts, nickte nur gedankenverloren, so als lasse er sich gerade die ganze Sache noch einmal durch den Kopf gehen. Meier dachte schon, dass er ihn damit wohl gleich los wäre, dass der Zombiesänger im nächsten Moment aufstehen, ihn wegen der Anfahrt, die er nun umsonst auf sich genommen hatte, anscheißen und dann einfach verschwinden würde, aber stattdessen grinste er nur und deutete auf die Zigarette, die in seinem Mundwinkel hing.

„Haste mal Feuer?"

Meier zog unwillig sein Feuerzeug aus der Jeans, ging einen Schritt auf den unheimlichen Gast zu und ließ das Zippo aufschnappen. Jimmy beugte sich zu der Flamme und zog, bis die Spitze seiner Zigarette zu glimmen begann und Rauch aufstieg.

Gerade als Meier seine Hand mit dem Feuerzeug wieder zurückziehen wollte, schoss Jimmys rechter Arm hervor. Der Griff um Meiers Handgelenk war fest und unnachgiebig. Er sah Jimmy überrascht an, konnte aber in dessen Gesicht keine Regung erkennen.

„Hey ...", stammelte Meier, „was soll denn das?"

„Schönes Zippo haste da."

„Hab' ich geschenkt bekommen ..."

„Ach wirklich? Zeig doch mal!"

Meier gab ihm das Feuerzeug und rieb sich das Handgelenk. Während Jimmy das Zippo eingehend betrachtete, dachte Meier kurzzeitig daran, abzuhauen. Er machte versuchsweise einen halben Schritt in Richtung Tür, aber Jimmy sah sofort auf und deutete auf den Stuhl auf der anderen Seite des Tisches.

„Setz dich mal dahin."

„Also, du, ähm, das geht nicht, ich hab jetzt keine Zeit mehr, muss noch was erledigen und so, weißt du?"

Meier sah, wie Jimmy langsam aufstand und auf ihn zukam. Er wich vor ihm zurück, Stück für Stück, bis er die Stuhlkante hinter sich an seinen Kniekehlen spürte.

„Und jetzt hinsetzen." Jimmys Stimme war nur ein heiseres Zischen.

Meier setzte sich. Er sah, wie Jimmy gegenüber wieder Platz nahm und ein paarmal hintereinander schnell an seiner Zigarette zog, sodass die Spitze zu glühen begann.

„Leg mal deine Hand auf den Tisch."

„Was? Was soll denn das alles? Bist du irre?"

„Deine Hand. Auf den Tisch."

Meier schüttelte entsetzt den Kopf. Zuerst war ihm der Kerl nur irgendwie unheimlich gewesen, dann hatte er sich immer unwohler in seiner Gegenwart gefühlt, und jetzt hatte er richtige Angst. Auch weil er allmählich begriff, mit wem er es hier wahrscheinlich zu tun hatte. „Was willst du denn von mir, verdammt noch mal?", brach es aus ihm heraus.

Jimmy antwortete nicht gleich. Er zog an seiner Zigarette und blies Meier den Rauch ins Gesicht, dann sagte er: „Woher hast du das Feuerzeug wirklich?"

„Hab's gefunden", murmelte Meier und starrte vor sich auf die Tischplatte. Ein paar Brötchenkrümel klebten dort in einer zähflüssigen Lache aus verschüttetem Orangensaft.

„Und wo?"

„Auf der Raststätte hier in Büttelborn."

Jimmy nickte. Er zog die Pistole aus dem Hosenbund und legte sie vor sich auf den Tisch. „Und kann es sein, dass du dort auch noch andere Sachen gefunden hast?"

Jetzt nickte Meier.

„Na, dann lass mal hören."

* * *

Als Andy nach Hause kam, wurde es bereits dunkel. Vom Garten aus konnte er in das hell erleuchtete Wohnzimmer seiner Eltern sehen, wo sich mal wieder die ganze Anti-AKW-Ortsgruppe eingefunden hatte, um die Aktionen fürs kommende Wochenende zu besprechen. Der Hamster-Typ, der Andy damals in der Küche wegen der Bundeswehrjacke angemacht hatte, war auch da und kaute schon wieder mit prallvollen Backen. Wahrscheinlich hatte seine Mutter Schnittchen gemacht.

Andy brachte über die Außentreppe sein Fahrrad in den Keller und schlich nach oben. Im Flur machte er kein Licht, zog seine Schuhe aus und hielt sich nah an der Wand, damit ihn keiner sehen konnte. Durch die halbgeöffnete Wohnzimmertür hörte er, wie sein Vater gerade triumphierend sagte: „Den Kanther hättet ihr sehen müssen, als wir da eingelaufen sind, der hätte uns doch am liebsten alle sofort erschießen lassen!"

Alles lachte und johlte. Mein Vater, der Held, dachte Andy verbittert und setzte behutsam seinen Fuß auf die unterste Treppenstufe. Er war bereits auf halbem Weg, als das Licht anging und ihm seine Mutter von oben entgegenkam. Erschrocken legte sie eine Hand auf die Brust und sah ihren Sohn mit großen Augen an.

„Mein Gott, Junge, warum schleichst du denn hier im Dunkeln im Treppenhaus herum, mach dir doch Licht!"

Andy wich ihrem Blick aus und zuckte nur mit den Achseln. Er drückte sich an ihr vorbei und spürte, wie sie ihm hinterher sah, bis er oben seine Zimmertür erreicht hatte. Wenn sie ihn jetzt auch noch anquatschen sollte, würde er sich nicht mehr beherrschen können und laut losschreien. Aber seine Mutter sagte nichts.

In seinem Zimmer tastete er nach dem Lichtschalter, zog aber dann seine Hand wieder zurück und ging im Halbdunkel ans Fenster. Die Laternen am Fußweg entlang der Fasaneriemauer waren eingeschaltet und warfen einen fahlen Lichtschein in Andys Zimmer. Unterhalb des Fensters konnte er die Umrisse des leeren Gitarrenständers sehen. Er hatte seinen Bass im Proberaum gelassen. Morgen würden sie wieder proben.

Bernd hatte wirklich geweint. Er hatte ihn und Gummi angesehen und die Tränen waren ihm über die Wangen gelaufen wie bei einem Kleinkind. Dann hatte er erzählt, dass ihm der tote Typ nicht aus dem Kopf ging und dass er ihn hätte wiederbeleben müssen, weil er doch Medizin studieren und Arzt werden wolle; und während das alles aus Bernd herausbrach und Gummi ihn wie ein hirnverbrannter Idiot mit offenem Mund anglotzte, da dachte Andy an die Pistole, die er sich später an diesem Abend aus dem Auto geholt hatte, und dass er sich von Anfang an sicher gewesen war, dass der Typ mausetot war. Der hatte ein riesiges Loch im Bauch und seine Augen ...

Andy schüttelte den Kopf. Daran wollte er nicht denken. Er dachte überhaupt nicht viel an die Nacht auf dem Rastplatz. Er dachte an die Knarre, die er wieder unterm Bett versteckt hatte. An die dachte er ziemlich oft. Und manchmal an das Geld. Ja, das mit dem Geld war eine komische Sache.

Heute Nachmittag im Proberaum gab es einen Moment, da war er kurz davor gewesen, alles zu erzählen, aber dann hatte er Bernd nur auseinandergesetzt, dass der Typ mit Sicherheit nicht wiederzubeleben war und dass er bloß aufhören solle, sich deshalb einen Kopf zu machen. Genauso gut hätte er, Andy, handeln müssen. Oder Meier. Eigentlich alle außer Gummi, der die ganze Aufregung verpennt hatte. Bernd hatte nur stumm den Kopf geschüttelt, wirkte aber zunehmend gelöster, sodass sie sogar noch auf die Band zu sprechen kamen.

Andy setzte Kopfhörer auf, schaltete die Anlage ein und ließ das Mix-Tape laufen, das er sich vor ein paar Tagen zusammengestellt hatte. Er starrte nach drüben in die Fasanerie, wo die Bäume nur noch dunkle Schattenrisse vor dem abendlichen

Himmel waren, als das Geräusch niedergehenden Regens von der Kassette einsetzte. Als der erste brachiale Gitarrenriff erklang, schloss er die Augen und lauschte, wie Ozzy Osbourne mit seiner quäkenden Stimme auf Englisch fragte, wer denn die Gestalt sei, die da im Dunkeln vor ihm auftauchte. Andy ließ sich in den Song fallen, und als er mitten im Stück die Augen aufriss, sah er draußen tatsächlich ein Hexenfeuer lodern: Ein breiter Korridor aus Licht spiegelte sich in der dunklen Fensterscheibe, und noch bevor ihm richtig klar wurde, dass hinter ihm jemand die Zimmertür geöffnet haben musste, sodass Licht aus dem Flur in den Raum fiel, spürte er auch schon eine Hand auf seiner Schulter.

Andy fuhr herum und schrie. Seine Mutter wich einen Schritt zurück und schrie auch: „Andreas, Herrgott nochmal!"

„Was ist denn!?" Andy riss sich die Kopfhörer von den Ohren. Er spürte sein Herz im Hals schlagen und rang nach Atem.

„Wie soll man dich denn bitte ansprechen, wenn du blind und taub hier im Dunkeln rumstehst!" Die Mutter fuchtelte mit den Händen wild in der Luft herum, als wolle sie einen Schwarm lästiger Mücken vertreiben. „Hörst du schon wieder diese furchtbare Teufelsanbetermusik?"

Andy schüttelte verärgert den Kopf. „Mama. Lass gut sein, ja? Was ist denn nun?"

„Telefon", sagte seine Mutter tonlos, drehte sich um und verließ das Zimmer.

Andy hörte ihre Schritte auf der Treppe. Er brauchte noch einen Moment, um sich zu beruhigen, dann folgte er ihr nach unten.

Auf der Ikea-Kommode in der Diele lag der Hörer neben dem Telefonapparat.

„Ja? Andy hier."

„Mensch, Andy, endlich. Wo seid ihr denn alle, verdammt nochmal?“ Meiers Stimme klang gepresst.

„Wir waren im Proberaum, was gibt’s denn?“

Meier antwortete nicht gleich. Andy hörte ihn atmen. Einen Moment lang meinte er, im Hintergrund Geräusche zu hören.

„Also pass mal auf, wegen der Band ...“

„Schon gut“, unterbrach ihn Andy, „*Metal Dust* haben heute Nachmittag gerade ihre erste Reunion erlebt, und das noch vor dem ersten Auftritt, das soll uns mal einer nachmachen.“

„Jetzt hör mir doch mal zu, Mensch!“ Meier klang jetzt richtiggehend gereizt. „Ich hab’ ’nen Sänger für uns, mit Band-Erfahrung, voll der coole Typ, erste Sahne, verstehste?

Andy stutzte. So aufgekratzt kannte er den lethargischen Meier gar nicht. Wieder meinte er, etwas im Hintergrund zu hören. „Ja, ist doch super ... sag mal, ist da wer bei dir?“

„Wer soll denn bei mir sein?“

„Mein’ ja nur ...“

„Niemand ist bei mir, es war auch niemand hier, kapierste?“

„Ja, ja, ist ja gut.“ Andy sah sich in dem hell erleuchteten Flur um. Die Tür zum Wohnzimmer war geschlossen und das Stimmengewirr dahinter ließ darauf schließen, dass die Weltverbesserer mit sich selbst beschäftigt waren, trotzdem flüsterte er: „Haste wieder gekifft oder was?“

„Nein, Mann, ich hab’ uns einen Sänger für die Band an Land gezogen, sonst nix, raffste das jetzt endlich?“

„Jetzt reg’ dich mal nicht auf, ist doch alles gut ...“

„Genau! Alles ist gut! Aber der Sänger will so schnell wie möglich mit uns proben, sehen, ob ihr schon gut genug seid und so ...“

Andy grinste. „Wow, haste doch noch Ozzy gekriegt, was?“

„Jetzt hör auf mit dem Scheiß, der Typ ist Semiprofi, wenn der bei uns mitmacht, dann gehen wir durch die Decke!“

„Na prima. Wir haben uns eh für morgen zum Proben verabredet, um zehn im JUZ.“

Wieder war es einen Moment still, bevor Meier antwortete. „Gut, ich sag’s ihm, ihr seid auch mit Sicherheit alle da, ja?“

Andy dachte an den Nachmittag im Proberaum, an Bernds Erleichterung und an Gummis Versprechen, zuverlässiger zu sein. „Verlass dich drauf, wir werden da sein.“

„Gut, gut, gut, also bis dann.“

„Ja, bis ...“

Andy nahm den Hörer vom Ohr und runzelte die Stirn. Meier hatte schon aufgelegt.

Freitag, 8. Oktober 1982

„Los, aussteigen“, sagte der Typ, der Jimmy hieß, und Meier stieg aus.

Er musste daran denken, wie er vor genau einer Woche fast um dieselbe Zeit schon einmal hier gestanden hatte, im kalten Licht der Parkplatzbeleuchtung, noch immer ziemlich zugekifft, das Rauschen der Autobahn im Ohr und ein mulmiges Gefühl im Bauch.

Er dachte an den Moment, in dem er die anderen durch die Windschutzscheibe beobachtet hatte, wie sie auf den verkackten BMW zuliefen, und wie er drauf und dran gewesen war, mit dem schlafenden Gummi auf dem Rücksitz einfach abzuhauen; und jetzt wünschte er sich nichts sehnlicher, als dass er in dieser Nacht tatsächlich Gas gegeben und die anderen hier zurückgelassen hätte. Ein paar Tage lange wären Bernd und Andy vielleicht sauer auf ihn gewesen, weil sie vom Rastplatz aus nach Hause hätten laufen müssen, aber sonst? Nix sonst. Stattdessen war er ausgestiegen und rübergegangen, und jetzt musste er wieder aussteigen, weil er gar keine andere Wahl hatte.

Der Jimmy-Typ stieg auch aus. Die Pistole steckte im Bund seiner Jeans, das weiße T-Shirt unter der offenen Lederjacke war viel zu kurz und ließ ein Stück Haut hervorblitzen, das im Licht der Parkplatzbeleuchtung blass und gelblich aussah wie Leichenhaut.

„Und jetzt?“ Meiers Stimme zitterte.

„Rauchen.“

„Was?“

Statt einer Antwort hielt ihm der Typ ein Päckchen Marlboro entgegen. Meier nahm eine und steckte sie sich in den Mund.

Das verdammte Zippo, dachte er, als Jimmy das Feuerzeug aufschnappen ließ und ihm Feuer gab, hätte ich nur das verdammte Feuerzeug nicht ...

„Geh mal paar Schritte."

„Wohin denn?" Meier breitete fragend die Arme aus.

„Einfach da entlang." Jimmy deutete mit der Zigarette in der Hand den Zufahrtsstreifen hinunter.

„Aber warum soll ich denn ...?"

„Geh schon, verdammt nochmal!"

Meier sah, wie sich Jimmy seine Zigarette zwischen die Lippen steckte und mit der freigewordenen rechten Hand die Pistole aus dem Hosenbund zog.

Ungläubig schüttelte Meier den Kopf und stolperte ein paar Schritte rückwärts den Fahrstreifen hinunter. Er fiel hin und rappelte sich wieder auf, und im selben Moment, als er gerade das Gleichgewicht wiedergefunden hatte, riss ihn der Schuss von den Beinen.

Meier liegt auf dem Boden und sieht die glimmende Kippe vor sich auf dem Asphalt landen, eine Autotür schlägt, ein Motor wird angelassen. Meier fühlt seinen Kopf zerspringen, spürt, wie die Ohren ertauben, die Augen hervortreten, und das Letzte, was seine Augen noch sehen, sind die rot aufleuchtenden Rücklichter des Autos, mit dem Jimmy sich davonmacht, bis die Lichter nur noch zwei stecknadelkopfgroße, rote Punkte in der Dunkelheit sind, die vor dem Verlöschen noch einmal so stark aufflackern, dass sie sich in Meiers Augen brennen. Und auch als seine Augen zugehen, verschwindet das Brennen nicht, sondern wütet hinter seinen Augen weiter, füllt seinen ganzen zerschlagenen Schädel aus, wo das Brennen zu einem Pochen wird, einem Schlagen und Hämmern, das seinen Kopf noch einmal zu sprengen droht, und da reißt er die Augen wieder auf und sieht die beiden roten Lichter größer werden, sich ausbreiten und sein ganzes Sichtfeld fluten, wie wenn man mit geschlossenen Lidern direkt in die Sonne schaut, nur dass er die Augen doch gerade wieder geöffnet hat, und dann denkt er, dass jetzt gleich sein Leben an ihm vorbeiziehen muss, aber statt seines Lebens ziehen nur immer neue rote Lichtpunkte an ihm vorbei, blinkende Lichter, die schmerzhafte Impulse aussenden. Und dann berühren unsichtbare Finger seine Schläfen und die Lichter explodieren in seinem Kopf in tausend Farben, sodass er sich aufrichten muss und schmerzwach in die Dunkelheit starrt, aber die Dunkelheit starrt zurück und beginnt sofort, sich um ihn zu drehen, sodass es ihn erneut zurückwirft auf den Asphalt, der jetzt kein Asphalt mehr ist, denn er fällt weich, so weich, und dann liegt er, ohne sich zu bewegen, weil es nur so halbwegs auszuhalten ist mit dem Dröhnen im zerschlagenen Schädel. Nur ein Stückchen dreht er den Kopf noch auf die Seite, und als die roten Lichter wieder erscheinen, haben sie auf einmal feste Konturen.

Die rote Digitalanzeige des Radioweckers zeigte eine Zwei und dann einen Doppelpunkt, dessen untere Hälfte blinkte. Dann eine Drei und eine Null. Der Radiowecker stand auf dem Boden neben der Matratze, auf der er lag, und als aus der Null eine Eins und schließlich aus der Eins eine Zwei wurde, begriff er: Das war ja sein Radiowecker und seine Matratze, er lag wirklich in seinem Schlafzimmer, aber er hatte keine Ahnung, wie er hierher gekommen war.

Meier versuchte herauszufinden, was passiert war, aber die Erinnerung ließ ihn im Stich. Er konzentrierte sich auf seinen Körper: Der Schmerz in seinem Kopf war real. Der Kopf war nicht zersprungen, der Schädel heil, aber seine rechte Schläfe war geschwollen und er hatte die schlimmsten Kopfschmerzen seines Lebens. Was noch? Wenn er versuchte, sich aufzurichten, begann sich alles um ihn herum zu drehen und ihm wurde übel.

Durch das schmale Souterrainfenster fiel etwas Licht in den Raum und malte Schatten an die gegenüberliegende Wand. Meier erkannte die Umrisse des Sessels, auf dem er normalerweise seine Kleidung abwarf, und erst da fiel ihm auf, dass er noch komplett angezogen war, er trug sogar noch seine Turnschuhe. Erneut versuchte er, sich aufzurichten, sank aber sofort wieder zurück. Der Schmerz in seinem Kopf gepaart mit dem Schwindel, der ihn jedes Mal ergriff, wenn er sich erhob, waren einfach nicht auszuhalten.

Meier schloss die Augen. So war es besser. Nicht gut, aber besser. Als er die Augen wieder öffnete, zeigte der Wecker bereits eine rote Vier vor dem Doppelpunkt. Meier konnte sich nicht erinnern, geschlafen zu haben. Dafür war der Bankräuber, der sich gestern bei ihm als Sänger vorgestellt hatte, wieder da. Der Typ mit dem Loch in der Backe. Ronny? Johnny? Jimmy? Jimmy. Oder so. Das Zippo. Das Geld. Die Band. Noch kreiste alles mehr oder weniger zusammenhanglos in seinem Hirn. Dass er mit Andy telefoniert hatte und dass die Band wieder probte und dass er mit dem Typ am Tisch gesessen hatte. Und zwar oben bei seinen Eltern. Die verreist waren. Wegen dem Telefon. Nein. Wegen dem Telefon waren sie oben gewesen. Und dann? Dann waren sie wahrscheinlich wieder hier runtergegangen, mutmaßte Meier, aber daran erinnern konnte er sich nicht.

Schon bald halb fünf. Die Zahlen verschwammen jetzt nicht mehr vor seinen Augen. Der Schwindel war noch da, wenn er sich aufrichtete, war aber auszuhalten. Dafür meldete sich jetzt seine Blase. Meier versuchte, ganz still zu liegen, aber der unangenehme Druck im Unterbauch stellte sich in immer kürzer werdenden Intervallen ein. Vorsichtig setzte er sich an den Rand der Matratze, zog die Beine an, drückte nach kurzem Zögern die Knie durch und richtete sich auf. Für einen Moment hatte er das Gefühl, nach hinten wegzurutschen, aber dann schaffte er es doch in die Senkrechte und stand schließlich mit dröhnendem Kopf und wild schlagendem Herzen im Zimmer. Mit geschlossenen Augen stützte er sich mit einer Hand an der Wand ab und versuchte, einen Fuß vor den anderen zu setzen und kam sich dabei vor wie Frankensteins Monster bei seinen ersten Schritten.

Als er an der Tür ankam, die ins Wohnzimmer führte, war aus dem Druck in seinem Bauch ein schmerzhaftes Ziehen geworden, das ihn fast seine Kopfschmerzen vergessen ließ. Meier drückte die Klinke nach unten, konnte die Tür aber nicht öffnen. Abgeschlossen. Natürlich.

Sein Blick ging zu dem schmalen Fenster hinüber, das noch dazu mit einem geschwungenen Gitter gegen Einbrecher gesichert war. Von der Straße her sickerte das fahle Licht einer Laterne in den Raum und zauberte ein Lichtquadrat auf den Teppichboden vor dem Fenster.

Meier versuchte es noch einmal mit der Klinke. Und nochmal. Und nochmal. Gab auf. Schlug gegen die Tür. War da was?

Von einem Fuß auf den anderen tretend lauschte er am Türblatt. In seinem Wohnzimmer bewegte sich was. Kein Zweifel, da war jemand. Als Meier hörte, wie auf der anderen Seite der Schlüssel im Schloss gedreht wurde, trat er einen Schritt zurück.

Das Licht ließ ihn erblinden. Er legte schützend den Arm über die Augen und fuchtelte mit dem anderen in der Luft herum, als wolle er lästige Insekten vertreiben.

„Was willst du?“ Die Stimme war die Stimme von dem Jimmy-Typ und sie klang eher müde als bösartig.

„Ich muss mal…“, stammelte Meier und fügte nach einer Sekunde noch hinzu: „Pissen.“

„Schon klar.“

Meier spürte, wie er am Ärmel gepackt und ins Licht gezogen wurde. Er richtete den Blick auf den Boden und sah das abgewetzte Linoleum des kleinen Flurs, der zu seinem Bad führte. Er tastete sich in den engen Raum und wollte die Tür hinter sich schließen, aber die Hand wurde ihm weggeschlagen.

„Nix da, die bleibt einen Spalt auf. Und wenn du fertig bist, geht's wieder ab in die Falle. Und wenn du Lärm machst, verpass ich dir wieder eine, ist das klar?“ Die Stimme des Jimmy-Typs klang jetzt um einiges wacher und bedrohlicher.

Meier nickte, öffnete seine Hose und setzte sich aufs Klo. Er getraute sich nicht, im Stehen zu pinkeln, was er sonst getan hätte.

Als er fertig war, hatten sich seine Augen an die Helligkeit gewöhnt, er taumelte in sein Wohnzimmer und sah Jimmy in Unterhosen mit der Pistole in der Hand auf der Couch sitzen. Er hatte die Decke darüber ausgebreitet und sämtliche Kissen am Kopfteil aufgeschichtet. Auf dem Tisch standen Meiers letzte Dose Bier, ein halbvoller Aschenbecher und die leere Aluschale eines Fertigessens, aus der ein Löffelstiel ragte. Der fühlt sich bei mir ja schon wie zuhause, dachte Meier.

„Glotz nicht so doof.“ Jimmy deutete mit der Pistole in Richtung Schlafzimmer.

„Schon gut“, sagte Meier, „schon gut…“ und trottete in den kleinen Raum.

Er ließ sich auf der Matratze nieder und lehnte sich mit dem Rücken gegen die Wand. Trotz allem fühlte er sich jetzt, ohne den quälenden Urindrang, erleichtert, auch die Kopfschmerzen schienen langsam etwas nachzulassen. Die Digitalanzeige seines Weckers zeigte eine rote Fünf vor dem Doppelpunkt.

„Wir haben noch jede Menge Zeit, also ruh' dich aus." Jimmy stand als Schattenriss im Türrahmen. „Und halt vor allem die Fresse."

„Zeit, bis was?", fragte Meier irritiert.

„Bis zur Probe", sagte der Jimmy-Typ und schloss die Tür.

* * *

Bernd öffnete die Augen. Irgendwas war anders als sonst. Er spürte die Nachwirkungen des Alkohols von gestern Nachmittag: Ziehende Schläfenkopfschmerzen, Mundtrockenheit und furchtbaren Durst. Aber das war es nicht.

Er fuhr sich mit der Hand durchs Gesicht, gähnte und sah auf den Wecker. Schon fast neun. Bernd rechnete nach: Er musste gegen halb zehn eingeschlafen sein, der Kopfhörer lag neben ihm im Bett und die Betriebsanzeige der Hifi-Anlage leuchtete noch. Das waren über zehn Stunden Schlaf. So lange hatte er seit Tagen nicht mehr am Stück gepennt. Aber auch das war es nicht.

Im Zimmer war es bereits hell. Bernd setzte sich auf, spürte den weichen Flokati unter seinen Füßen und sah sich um: Der Gitarrenständer war leer, seine Jeans lag mit auf links gedrehten Beinen vor dem Bett, das Sweatshirt und die Lederjacke hingen über dem Schreibtischstuhl.

Er schloss die Augen. Öffnete sie wieder. Im Haus war alles still. Bernd schleppte sich zur Tür und huschte über den kalten Flur ins Bad. Hier war es angenehm warm, seine Mutter hatte wahrscheinlich vor dem Frühdienst geduscht und vergessen, die Heizung zurückzudrehen. Bernd beugte sich übers Waschbecken und trank gierig aus dem Wasserhahn. Als er den Kopf hob, sah er sich im Spiegel und musste lachen: Die Haare standen ihm wild in alle Richtungen vom Kopf ab, als habe er mit nassen Fingern in eine Steckdose gegriffen, sein ganzes Gesicht schien nach unten verrutscht zu sein und seine Augen waren rot unterlaufen. Deshalb tragen Rockstars also so gerne dunkle Sonnenbrillen, dachte Bernd und beschloss, nachher selbst eine aufzusetzen, obwohl die Herbstsonne draußen kaum noch Kraft hatte.

Er spritzte sich Wasser ins Gesicht und trocknete sich mit einem Handtuch ab. Als er danach erneut sein Spiegelbild studierte, gefiel es ihm schon etwas besser, und da fiel ihm plötzlich ein, was heute Morgen anders war: Er hatte nicht von dem toten Typ auf dem Rastplatz geträumt, zumindest nicht, dass er sich daran erinnern konnte. Er wusste, dass das natürlich an seinem Besäufnis liegen konnte, hoffte aber, dass es doch vielleicht auch mit dem, was am gestrigen Nachmittag passiert war, zusammenhing.

Bernd öffnete die Duschkabine und drehte das Wasser an. Er wartete, bis es begann zu dampfen, dann stieg er unter den heißen Strahl und ließ sich eine Weile Rücken und Nacken massieren, um seine Lebensgeister zu wecken. Dann seifte er sich ein und duschte sich ausgiebig den Schaum vom Körper.

Als er sich wenig später anzog, dachte er daran, wie Andy und Gummi ihn gestern angesehen hatten, als er ihnen von seinen Ängsten erzählte. Erst jetzt fiel ihm auf, dass Andy ziemlich viel und Gummi so gut wie gar nichts dazu gesagt hatte. „Der war tot", hatte Andy immer wieder gesagt, „das schwör' ich dir vor jedem Gericht der Welt, mausetot, da konnte keiner mehr was machen, kannste vergessen!" Gummi hatte nur genickt, aber der war ja auch nicht wirklich dabei gewesen, hatte die ganze Aufregung auf der Rückbank in Meiers Kadett glatt verpennt. Er solle sich da nur mal keine Sorgen machen, hatte Gummi irgendwann gesagt, als Andy mal für eine Sekunde ruhig war, er werde bestimmt ein prima Arzt und so, da sei er sich ziemlich sicher. Bernd erinnerte sich, dass er beinahe laut losgelacht hätte, weil ausgerechnet Gummi so tat, als habe er da den vollen Durchblick. Als könne ausgerechnet er so was beurteilen. Der brachte doch noch nicht mal die Schule auf die Reihe. Ja, das hatte er gedacht, der bringt doch selbst nix auf die Reihe. Überhaupt nix. Was hat der denn für eine Ahnung? Und dann hatte er sich dafür geschämt und beinahe schon wieder angefangen zu heulen.

Bernd stand in der Küche und inspizierte den Inhalt des Kühlschranks. Er frühstückte eigentlich nie, aber heute überlegte er, ob er sich ein Brot machen sollte. Der große Zeiger der Küchenuhr rückte gerade auf die Vier, es war noch nicht einmal halb zehn. Für zehn Uhr war die Probe angesetzt und Bernd war sich ziemlich sicher, dass er, entgegen der Beteuerungen seiner Kumpels, ohnehin wieder der Einzige wäre, der pünktlich im JUZ aufkreuzen würde. Noch dazu hatte Andy jetzt den Schlüssel zum Proberaum, sodass er noch nicht mal drinnen warten und sich einspielen könnte, sondern nur draußen auf dem Mäuerchen dumm rumhocken würde.

Bernd aß ein Nutellabrot und trank dazu Orangensaft direkt aus dem Tetrapak. Er wollte sich eigentlich an den Küchentisch setzen, war aber viel zu unruhig dazu, deshalb lehnte er an der Küchenzeile und sah, während er sein Brot kaute, durchs Fenster nach draußen in den wolkenverhangenen Morgen. Die Unruhe war plötzlich zurückgekommen, aber es war eine andere Unruhe, als das quälende Gefühl, das ihn in den letzten Tagen umgetrieben hatte. Heute früh war es eine erwartungsvolle Unruhe, fast so wie früher am Weihnachtsmorgen. Bernd beendete sein Frühstück und verließ das Haus um kurz nach halb zehn. Auf einmal war es ihm vollkommen egal, dass er draußen vor dem Proberaum würde warten müssen, er wollte sich einfach bewegen, unterwegs sein, und er wollte Musik machen, ja, er wollte heute unbedingt Gitarre spielen. Nicht schön, sondern geil und laut, dachte er und musste dabei lachen. „Nicht schön, sondern geil und laut“, schrie er in den klammen Herbstmorgen, sodass sich ein älterer Mann auf dem Gehsteig kopfschüttelnd nach ihm umdrehte, als Bernd auf seinem Rennrad an ihm vorbeizischte.

Als er wenig später beim JUZ ankam und sein Rad abschloss, traute er seinen Ohren nicht: Der schleppende Basslauf eines einfachen Bluesschemas, begleitet von einem scheppernden Schlagzeug-Beat drang gedämpft nach draußen. Gummi und Andy waren tatsächlich schon da und spielten sich aufeinander ein.

Bernd betrat den Raum und musste feststellen, dass die Abstimmung der beiden wirklich besser geworden war. Er wollte, dass sie einfach weiterspielten, damit er dann mit der Gitarre dazu einsteigen konnte, aber noch bevor er die SG eingestöpselt hatte, schlug Gummi beide Crash-Becken an und markierte damit eine Pause, in der er hinter seinen Trommeln aufsprang, die rechte Hand zum militärischen Gruß an die Stirn riss und schrie: „Alle Mann fertig zum Gefecht, Herr Kaleu!“

Andy grinste und massierte sich die Finger. Bernd sagte nichts und nickte nur.

„Meier kommt nachher mit ‘nem Sänger vorbei.“

„Ach?“ Bernd war platt. Die Probe begann nicht nur pünktlich, sondern überpünktlich. Gummi und Andy waren motiviert bis in die Haarspitzen, und jetzt kam auch noch einer zum Vorsingen. Wie schnell sich die Dinge manchmal änderten …

„Wir haben gedacht, wir probieren es mal mit „The Jack“ von *AC/DC*?“ Gummi runzelte die Stirn und ließ die Stöcke zwischen den Fingern kreisen.

Deshalb also schon wieder mal das alte Bluesschema, dachte Bernd und begann seine Gitarre zu stimmen. „Welche Tonart?"

„Blues in E."

„Na, da darf der Neue ja gleich mal richtig zeigen, was er kann."

„Genau so isses!", sagte Gummi und zählte an.

* * *

„Ich bin dran", sagte Jimmy, „ganz nah dran sogar, aber es geht nicht so schnell."

Er musste unbedingt ein paar Tage Aufschub herausschlagen, dann würde alles gut werden, das spürte er ganz deutlich.

Sein Blick ging nach draußen. Es hatte ein bisschen zu nieseln begonnen, Regentropfen sprenkelten die Verglasung der Telefonzelle und verwischten die Sicht auf die Umgebung. Der Wind wühlte in den kahlen Büschen auf dem Zwischenstreifen, dahinter huschten bunte Autos wie zufällige Farbtupfer über die Straße.

„Was? Das Geld? Nein, nein! Noch nicht, aber ... das sag' ich doch gerade, aber ich ..."

Jimmy schloss die Augen und atmete tief durch. Nur einen Tag, dachte er, besser zwei.

„Der Henninger-Turm?"

Das lief nicht gut, ganz und gar nicht. Was wollte dieser Jablonski denn jetzt auf einmal mit dem blöden Henninger-Turm? Jimmy schlug zweimal heftig mit der Faust gegen die Scheibe und bereute es sofort. Er verzog den Mund zu einem lautlosen Schrei, klemmte sich den Hörer zwischen Kinn und Schulter und massierte seine schmerzenden Fingerknöchel.

Neben ihm drückte sich Meier verängstigt in die Ecke der Telefonzelle. Immer wieder führte er seine Hand vorsichtig tastend an die linke Schläfe, wo ihm Jimmy gestern Nacht mit dem Griff der Pistole eins übergezogen hatte. Als Meier heute früh gegen die Tür geklopft hatte, weil er pissen musste, war Jimmy geradezu erleichtert gewesen. Wenn die Sache hier komplett schiefginge, hatte er keine Lust, am Ende auch noch wegen Totschlags verurteilt zu werden.

„Das Fass? Was denn für ein Fass?"

In Jimmys Kopf begann sich ein Karussell zu drehen. Für einen Moment fühlte er sich, als wäre er derjenige, dem man auf den Kopf geschlagen hatte: Die Worte des Mannes am Telefon ergaben einfach keinen Sinn mehr. Jimmy presste den Hörer wieder fester ans Ohr und versuchte, sich zu konzentrieren. Er musste mit den Augen einen Punkt fixieren, um das Karussell in seinem Kopf zu stoppen. Vom Gelände der Spedition gegenüber rollte gerade ein Autotransporter auf die Straße und zwang einen Pkw zum Abbremsen. Jimmy entdeckte einen Jungen im gelben Regenmantel, der auf eine Lücke im Verkehr hoffte. Der Transporter blockierte kurzzeitig beide Fahrspuren, aber dann war er vorbei und der Verkehr floss wieder. Der Junge stand noch immer auf der anderen Straßenseite. Er hatte den richtigen Moment verpasst.

„Bitte ...", sagte Jimmy noch einmal und versuchte seiner Stimme einen festen Klang zu verleihen, „bitte geben Sie ..."

Aber der Typ am anderen Ende der Leitung sagte Nein. Er sagte es nicht bedrohlich. Noch nicht einmal unfreundlich. Fast väterlich. Nein. Er sagte: „Heute Mittag im Fass, um eins." Und als Jimmy immer noch nicht verstand, sagte er, das Fass sei das Drehrestaurant im Henninger-Turm in Frankfurt-Sachsenhausen, dort würden sie sich treffen. Heute. Um eins. Und dann sagte er nichts mehr, und als Jimmy gerade erneut ansetzen wollte, seine Lage zu erklären, hatte der Typ schon aufgelegt.

Natürlich, dachte Jimmy, das Fass. Jetzt hatte er den aufgepfropften Zylinder wieder vor Augen, der auf dem Turm über Sachsenhausen thronte. Zu seinen Frankfurter Flohmarktzeiten war ihm das merkwürdige Ding aufgefallen.

„Und? Was wird denn nun?"

Jimmy schüttelte den Kopf. Er sah an Meier vorbei nach draußen, wo sich die Regenwolken auflösten und einen blauen Himmel freigaben, als habe der sich die ganze Zeit nur hinter einem grauen Vorhang versteckt. Der Junge im Ostfriesennerz fasste sich ein Herz, überquerte die Straße und kam auf sie zugelaufen. Er trug einen Scout-Ranzen und hatte seine Hosenbeine in die Schäfte der Gummistiefel gestopft. Das Karussell drehte sich noch, aber langsamer. Jimmy sah dem Jungen hinterher und fühlte, wie sein Kopf auf einmal ganz leer wurde. Der Junge ging durch ein Hoftor und blieb vor der Haustür stehen. Die Tür öffnete sich, er trat ein und war verschwunden. Zurück blieb die Leere in Jimmys Kopf, die sich jetzt aber wenigstens nicht mehr drehte.

Ein paar Sekunden lang schaute er noch auf das Haus, in dem der Junge verschwunden war, dann sah er Meier an, der aussah, als wolle er sich am liebsten in Luft auflösen.

„Wo ist der Proberaum?"

„Nicht weit, keine fünf Minuten mit dem Auto."

„Okay", sagte Jimmy und drückte Meier die Autoschlüssel in die Hand. „Du fährst."

Im Kadett roch es nach kaltem Rauch. Jimmy tastete nach dem Päckchen Zigaretten, das er in Meiers Wohnung eingesteckt hatte, aber holte es nicht heraus. Er würde später rauchen. Sie kamen an den Auffahrten zur A67 vorbei und mussten an der Ampel auf der anderen Seite der Überführung warten. Jimmy sah, wie Meier angespannt durch die Windschutzscheibe starrte, seine Hände umklammerten verkrampft das Sportlenkrad.

„Hör mal“, sagte Jimmy und legte ihm eine Hand in den Nacken, „ich kenne mich hier zwar nicht gut aus, aber wenn du mich verarschen willst, merke ich das, das ist dir doch klar, oder?“

„Glasklar.“ Meier schluckte.

„Gut.“ Jimmy zog die Hand zurück, als die Ampel auf Grün sprang. Sie überquerten eine weitere Brücke, unter der die Bahntrasse verlief. Jimmy bemerkte, dass sie jetzt Richtung Innenstadt fuhren, aber als der Fachwerkbau des Alten Rathauses in Sicht kam, bog Meier nach links ab. Helwigstraße, stand auf dem Schild an der Ecke und Jimmy merkte sich den Namen, wohlwissend, dass es im Grunde egal war, ob er die Straßennamen kannte oder nicht. Wenn an der nächsten Ecke eine Polizeiwache auftauchen und Meier mit quietschenden Reifen hupend auf den Hof der Bullen düsen würde, wäre er geliefert, aber dazu hatte der Typ viel zu viel Schiss.

Sie passierten eine lange Mauer, hinter der die Stadtkirche aufragte, dann wurde es leicht abschüssig und keine hundert Meter weiter bogen sie erneut links ab. Jimmy sah einen Gebäudekomplex, bei dem es sich nur um eine Schule handeln konnte, dann einen Kindergarten, und dann endete die Straße abrupt. Eine kleine Fußgängerbrücke führte über einen Bach und rechter Hand gelangte man über einen Zwischenweg zum Jugendzentrum.

Jimmy ließ Meier den Wagen am Ende der Straße wenden und in der Gegenrichtung parken, er nahm ihm wieder die Schlüssel ab und ließ ihn vorgehen. Das JUZ war um diese Uhrzeit noch geschlossen, aber von den Pavillons her hörte man das rhythmische Stampfen eines Bluesschemas.

„Hier geht's rein." Meier deutete vage auf die Tür, hinter der die Band probte.

Jimmy hatte keine Ahnung, was ihn da drin erwartete. Er zog die Pistole aus dem Hosenbund und behielt sie mit dem Lauf nach unten gerichtet in der Hand, dann nickte er Meier zu.

* * *

Gummi hatte am Anfang immer arge Mühe mit dem Timing. Wenn er aufgeregt war, ihm ein Stück gut gefiel, wurde er schneller, und wenn er unsicher war, langsamer. Als Drummer musste er aber vor allem gleichmäßig spielen, das war das A und O der ganzen Sache. Das Üben mit dem Metronom war ihm zu langweilig, was dazu führte, das er immer mal wieder Schwankungen im Takt hatte, und wenn das so war, dann wurden die anderen auch schneller oder langsamer, und dann drehten sich Bernd und Andy zu ihm um und schüttelten fast synchron die Köpfe, und das Feeling war hin.

Aber heute lief es. Den getragenen Blues-Rhythmus hatte er drauf, Bassdrum und Snare saßen exakt auf Andys Basslinie, die Hi-Hat ließ er mit der rechten Hand locker durchlaufen, wechselte ohne Probleme zwischendurch aufs Becken und verpasste auch die Breaks und Pausen nicht, in denen er den Beat nur mit der Bassdrum oder einzelnen Schlägen auf der geschlossenen Hi-Hat markierte, und dann ging es wieder ab: She's got the Jack, Jack, Jack, she's got the Jack, und Gummi schlug auf seine beiden Crash-Becken ein. Dann zog Bernd ein Solo vom Leder, hing der ganze Rhythmus nur noch an ihm und dem stoisch vor sich hin wummernden Bass und keiner drehte sich zu ihm um, denn das Timing war zu 100% perfekt heute, und Gummi schloss die Augen, immer schön auf Andys Basslinie, damit Bernd sich austoben, die Gibson heulen und weinen lassen konnte wie Angus Young höchstpersönlich. Gummi fühlte, dass jetzt alles gut werden würde, die Band, sein Leben und alles andere, er würde nachher gleich mit ihnen reden, wir gehen auf Tour, würde er sagen, vergesst die Schule und den ganzen Scheiß, she's got the Jack, Jack, Jack, she's got the..., und wieder auf Hi-Hat und Snare zurück, und wenn einer sagen würde, wenn einer meinte, Jack, Jack, Jack, sie bräuchten dafür doch Kohle, für 'nen Kleinlaster und neue Instrumente, und was weiß ich nicht alles, da würde er lächeln und sagen ... Jack, Jack, Jack? Bernd? Warum spielt der denn nicht mehr? Und Andy? Wo ist denn der Bass hin? Soll er jetzt schon ran mit 'nem Schlagzeugsolo, oder was? Gummi bleibt erstmal im Takt, immer schön gleichmäßig, damit die anderen wieder einsteigen können, er öffnet die Augen und sieht, dass der Proberaum voller geworden ist, da sind jetzt mehr Leute drin als vorhin, und Andy und Bernd stehen mit offenem Mund da und Meier steht in der Mitte des Raums und neben Meier steht ein abgefuckter Typ und hält ihm 'ne Knarre an den Kopf. Gummi erstarrt in der Bewegung, die Trommelstöcke in den Händen, der letzte Beckenanschlag vibriert noch in der Luft, und Gummi wartet darauf, dass alle zu lachen anfangen, denn das kann ja nur ein Witz sein, da will der Meier mal 'nen Joke machen und alle so richtig verarschen, denkt Gummi, aber irgendwas sagt ihm zugleich, dass es nicht so ist, er weiß nicht, was es ist, vielleicht der Schrecken in Bernds Gesicht oder die Zombiefresse des Typen mit der Knarre oder die Tränen in Meiers Augen und seine zitternden Knie. Gummi kann tatsächlich Meiers Knie zittern sehen, und als der Typ anfängt rumzuschreien, das er wissen will, wo seine Kohle ist, da breitet sich auf Meiers Jeans ein dunkler

Fleck aus und Gummi weiß: Das hier ist kein Spaß, das ist todernst. Gummi umklammert die Trommelstöcke, die jeden Moment durch seine schweißnassen Hände zu rutschen drohen. Er wolle wissen, wer das Geld aus dem BMW hat, sagt der Typ und richtet die Pistole auf Bernd. Und zwar jetzt, sofort. Er brüllt. Die Waffe zeigt jetzt auf Andy. Ob wir ihn verarschen wollen? Ob wir glauben, ihn abzocken zu können? Der Typ sieht aus wie gestorben und wieder ausgegraben. Den haben doch die Maden schon angenagt, denkt Gummi und versucht zu schlucken, aber es geht nicht, denn jetzt richtet der Typ seine Knarre auf ihn. Okay, denkt Gummi, das war's und will schon auspacken, aber bevor er etwas sagen kann, schreit ihn der Typ an, dass er die gottverdammten Sticks fallen lassen soll, und Gummi öffnet sofort die Hände, sodass die Sticks klackernd zwischen den Trommeln auf den Boden fallen, woraufhin der Typ den Kopf schüttelt, aber die Pistole tatsächlich sinken lässt und sagt: „Okay, okay, ich tu keinem was, ja? Ich will ja nur das Geld, okay? Dann hau ich ab und ihr könnt hier…" Er macht mit der waffenlosen Hand eine vage Geste in den Raum hinein. „Ihr könnt einfach so weitermachen, als hätte es mich nie gegeben, okay?"

Fertig ist der, denkt Gummi auf einmal, der ist ja fix und fertig. Einen Moment lang rührt sich niemand, ist es ganz still im Raum, und Gummi glaubt schon, dass damit das Schlimmste vorbei sei, aber dann sieht er Andy aus dem Augenwinkel eine schnelle Bewegung machen und weiß schlagartig, dass es jetzt erst richtig losgeht, denn auf einmal hat Andy auch eine Pistole in der Hand und richtet sie auf den kaputten Typ.

* * *

Jetzt, denkt Andy. Du musst jetzt was sagen. Du musst ihn auffordern zu ... ja, zu was denn? Er hält seine Pistole am langen Arm auf den Boden gerichtet, du musst ihm nur sagen, dass er sie fallen lassen soll. Jetzt! Sag was! Du zielst auf seine Körpermitte, so kannst du ihn gar nicht verfehlen. Wenn du abdrückst, kriegt er die Kugel voll in den Bauch. Und ein Schuss in den Bauch, das bedeutet ... das weiß der Kerl doch bestimmt ganz genau, was das bedeutet, aber warum macht er dann nix, warum guckt der nur so blöd aus der Wäsche? Weil du was sagen musst. Weil du sagen musst, was er machen soll, dass er die Waffe fallen lassen soll, musst du sagen, und wenn er es nicht macht ... wenn er es nicht macht, dann musst du schießen, ihn töten, abknallen, wegblasen, umlegen, nur draufhalten und den Finger krümmen, wie bei den Kanistern am Bahndamm, da ging's doch auch, und wie die geplatzt sind, wie es die zerrissen hat, und das waren gut und gern, wenn nicht noch mehr, und hier drin, das sind mal höchstens, nein, du kannst ihn gar nicht verfehlen, nicht hier drin, nicht auf die kurze Distanz. Das haut den um und gegen die Wand, durch die Wand, das sprengt den auseinander, die Wucht und alles, aber du musst die Pistole ruhig halten, ganz ruhig halten musst du die Pistole, und du musst endlich was sagen, du räusperst dich und sagst: Waffe fallen lassen! Deine Stimme ist nur ein Kindergartenstimmchen, so hoch und dünn und so lächerlich, aber der Kerl lässt die Waffe trotzdem fallen, lässt sie sofort fallen und guckt, als würde er hier gar nix mehr checken. Du fragst dich auf einmal, wo die anderen sind? Ihr habt doch eben noch geprobt? Sollte der Kerl hier nicht singen? Die anderen sind jedenfalls weg, ganz weit weg sind die, am Arsch der Welt vielleicht oder nur einen halben Meter von dir entfernt, das weißt du momentan auch nicht so genau, und während du noch darüber nachdenkst, sagt der

Kerl: Und jetzt? Und du sagst: Halt's Maul! Aber der Kerl grinst nur und du weißt auch warum: Weil du gewackelt hast, dein Arm zittert und deine Finger verkrampfen, und das hat der Scheißkerl natürlich sofort gesehen. Und dein Gesicht, das sieht er auch, und wahrscheinlich steht dir ins Gesicht geschrieben, dass dir die Muffe geht wie nur was, und deshalb grinst der Arsch auch! Halt's Maul, sagst du deshalb nochmal, obwohl der jetzt ja gar nix mehr gesagt hat, und als du deine eigene dünne, zittrige Stimme hörst, weißt du, dass du selbst besser das Maul gehalten hättest, und der Kerl grinst immer noch, sieht dich an und wartet. Auf was wartet der denn? Du musst das jetzt aushalten, du musst die Pistole ruhig halten, ganz ruhig halten musst du den Lauf, aber das ist schwer, wird immer schwerer, du müsstest mal absetzen, müsstest du, ganz dringend, aber das geht nicht, und der Lauf wackelt schon wieder, deine Arme sind ganz steif, deine Schultern schmerzen, die Finger zittern, es ist, als ob du schon stundenlang so dastehst mit der Pistole im Anschlag und nicht weißt, was du machen sollst. Und der Kerl sieht das doch alles, der nimmt dich doch gar nicht mehr ernst, wenn du hier weiter so rumwackelst, der macht sogar einen Schritt nach vorn und da schreist du ihn an: Stehen bleiben! Und der Kerl bleibt tatsächlich stehen, der hebt die Arme und bleibt wie angewurzelt stehen und sagt: Und jetzt? Das hat der doch schon mal gesagt, das hatten wir doch schon, der glaubt wohl, der kann dich verarschen, also schreist du ihn an: Hör auf zu grinsen, oder ich knall dich ab! Und er hört auf zu grinsen, guckt nur blöd. Na also, geht doch, aber da wimmert doch einer, wer wimmert denn da? Ist das Gummi, der da wimmert? Oder Bernd? Oder Meier? Der hat sich in die Hosen gemacht, der Meier, die arme Sau, aber das mit dem Wimmern, das bist du selbst. Verdammt nochmal, jetzt reiß dich aber mal zusammen und hör auf damit. Das Arschloch hat doch schon wieder Oberwasser und du kannst die Knarre kaum mehr gerade halten. Besser du drückst jetzt ab, machst ihn alle, legst ihn um, los mach doch! Das ist ein Verbrecher, Mann! Ein ganz übler Typ! Denk an die Scheißkanister, da ging's doch auch! Aber der Kerl da, der Typ, das ist halt kein Kanister, das ist eben doch ein Mensch und der Mensch grinst nicht mehr, der guckt auch nicht mehr blöd, sondern auf einmal ganz ernst. Der achtet auch gar nicht mehr auf die Knarre in deinen Händen, der sieht dir nur noch direkt in die Augen und sagt ganz ruhig: Na komm schon. Das sagt der tatsächlich. Na komm schon. Aber was soll das denn jetzt heißen: Na komm schon? Ist der bescheuert, oder was? Der hat sie ja wohl nicht mehr alle. Der sagt: Komm, ich helfe dir. Ja? Und dann grinst er wieder. Und zwinkert dir zu. Der grinst und macht auf bester Kumpel und du wackelst schon wieder, kannst das verdammte Ding einfach nicht mehr ruhig halten, so schwer ist das doch gar nicht … wo sind eigentlich die anderen? Was machen die denn nur? Die stehen rum, stehen dumm rum und der Kerl sagt schon wieder was, aber das hörst du gar nicht, was der sagt, denn als nächstes macht er schon wieder einen Schritt nach vorne, und diesmal kriegst du keinen Ton raus und dann macht er noch einen Schritt auf dich zu und noch einen halben, und dann …

* * *

Für einen Moment hatte Jimmy schon aufgegeben. Als der Junge plötzlich die Pistole auf ihn richtete und Jimmy sah, dass die Waffe tatsächlich entsichert war, ging für Sekunden ein schwarzer Vorhang vor seinen Augen nieder. Und als sich der Vorhang langsam wieder hob, war die Pistole zwar immer noch auf ihn gerichtet, aber der Junge, der sie hielt, war unsicher geworden und kam mit jeder Minute mehr ins Schwimmen. Da hatte Jimmy seine Chance erkannt und genutzt. Mit zwei beherzten Schritten war er bei ihm und entwand ihm die Pistole, packte seinen Daumen und bog ihn so weit herum, dass der Junge aufschrie und mit Tränen in den Augen auf die Knie ging.

„Du wolltest mich also abknallen?" Jimmy sah in das vor Schmerz und Angst verzerrte Gesicht des Teenagers. Ein zarter dunkler Flaum breitete sich über dessen Oberlippe aus, das Bübchen musste sich noch nicht mal rasieren und hätte ihm trotzdem beinahe eine Kugel verpasst. Sowas ging schnell, verdammt schnell, das wusste Jimmy nur zu gut.

„Und jetzt, häh? Was ist jetzt?"

Jimmy sah in die Runde und ließ den Jungen zappeln, der vor ihm kniete und wimmerte. Sein Freund Meier hatte sich eingeschifft und der andere, der Lange, der stand mit der Gitarre vor dem Bauch wie versteinert da. Der Langhaarige hinterm Schlagzeug war ganz blass und bekam den Mund nicht zu. Gut so.

Jimmy sah auf die Pistole in seiner Hand. Die andere Knarre lag noch dort, wo er sie hatte fallen lassen, keinen halben Meter neben dem schlotternden Meier. Ohne Andy loszulassen, machte er einen Ausfallschritt und kickte die Pistole in die gegenüberliegende Ecke, wo sie zwischen einen Verstärker und die klobige Bassbox schlitterte. Er würde ab sofort kein Risiko mehr eingehen, dafür war er jetzt einfach zu nah dran.

„So, du Revolverheld", zischte Jimmy mit zusammengepressten Zähnen, „jetzt sag' mir mal schön, wo du die Knete gebunkert hast."

Der Junge schüttelte den Kopf, brachte aber kein Wort heraus. Jimmy lockerte seinen Griff etwas.

„Ehrlich … hab kein … Geld … ehrlich nicht.“

Jimmy lächelte und lockerte seinen Griff noch ein bisschen mehr. Der Junge gab ein erleichtertes Stöhnen von sich.

„Ach so …“, Jimmy verlieh seiner Stimme einen Tonfall, als sei ihm jetzt plötzlich alles klar geworden, „du hast die Knarre mitgenommen, aber die Tasche mit der Kohle daneben natürlich stehen lassen. Weil's ja nicht deine Kohle war, stimmt's?“

Der Junge sah ihn mit flehenden Augen an und biss sich auf die Unterlippe. „Da war kein Geld mehr … keine Tasche … wirklich …“, presste er hervor.

Jimmy nickte und lächelte. Dann bog er ihm den Daumen so weit nach hinten, dass ein Knacken im Gelenk zu hören war.

Als der Junge vor Schmerz aufschrie, nahm Jimmy etwas aus dem Augenwinkel wahr und richtete die Pistole vage in die Richtung, aus der die Bewegung kam. Der schlaksige Gitarrist hatte einen kleinen Schritt auf ihn zu gemacht und blieb jetzt abrupt stehen.

„Wenn du dich noch einmal von der Stelle rührst, Jimi Hendrix, ist es aus mit Woodstock.“

Der Gitarrist schluckte und nickte. Jimmy war verwirrt. Was erzählte er denn hier für einen Scheiß? Er musste jetzt die Kontrolle behalten. Bloß nicht durchdrehen. Er sah alle noch einmal der Reihe nach an. Keiner rührte sich oder sagte was. Nur das Flennen des Jungen, der vor ihm kauerte, war zu hören.

„Hör mal“, wandte sich Jimmy mit butterweicher Stimme wieder an ihn, „ich kann dir jetzt einen Finger nach dem anderen brechen, oder du sagst mir einfach, wo die Kohle ist, dann bist du sofort alles los, das kapierst du doch, oder?“

Der Junge nickte.

„Also?“

„Ich weiß es doch nicht … da war kein Geld mehr.“

Jimmy schloss für einen Moment die Augen und schüttelte den Kopf. „Das ist doch Scheiße, was du mir da erzählst."

Er packte den Daumen des Jungen wieder fester und ermahnte sich, ruhig zu bleiben. Wenn der Kleine ohnmächtig würde, wäre das fatal. Aber er musste das hier auch allmählich zu Ende bringen, er war schon viel zu lange hier drin.

„Lass ihn in Ruhe!"

Jimmy traute seinen Ohren nicht, hielt aber sofort inne und sah in die Richtung, aus der die neue Stimme kam. Aus dem Augenwinkel erkannte er, dass der Junge auf dem Boden ebenfalls langsam den Kopf drehte.

„Er weiß wirklich nix, ich habe das Geld genommen."

* * *

Meier hörte den Zombie-Typ reden und dann Andys Schrei, hob aber nicht den Kopf. Er konzentrierte sich auf den abgewetzten Teppichboden vor seinen Füßen. Es war ein alter Perserteppich, in dem sich über die Jahre Reste von Zigarettenasche, verschüttetem Bier, Straßendreck und wer weiß was sonst noch alles festgesetzt hatten. An seinem äußersten oberen Blickrand lag ein plattgetretener Kronkorken, am unteren sah er seine Turnschuhe, der Schnürsenkel am rechten war aufgegangen, und für einen Moment hatte Meier das verrückte Bedürfnis, sich sofort zu bücken und sich den Schuh zu binden. Seine Gedanken hatten sich überschlagen, als der Zombie-Typ ihm die Knarre an den Kopf gehalten hatte. Immer wieder hatte er gedacht: Das passiert gar nicht wirklich. Nein, das passiert nicht. Nicht wirklich. Nicht. Wirklich. Und als ihm klar wurde, dass es doch passierte und dass es jetzt passierte und dass es gleich mit ihm vorbei sein konnte, da hatte er die Kontrolle verloren. Er konnte weder Arme noch Beine rühren, stand wie gelähmt und ließ es laufen. Wärme breitete sich in seinem Schritt aus und zu seiner Verwunderung schämte er sich nicht. Er empfand es noch nicht einmal als unangenehm, als es an den Innenseiten seiner Oberschenkel warm hinablief. Aber die Wärme des Urins war schnell verflogen und hatte ein nasskaltes Gefühl zwischen seinen Beinen hinterlassen. Er hörte den Typ rumbrüllen und Andy jammern, aber viel bekam er nicht mit. Ihm war als würde sein Kopf immer wieder unter Wasser getaucht, das Blickfeld verschwamm und die Stimmen wurden undeutlich. Als habe man den Sprechern Watte in den Mund gestopft, oder hatte man ihm vielleicht Watte in die Ohren …? Meier musste die Augen schließen. Was, wenn er jetzt bewusstlos werden würde? Wenn er einfach in sich zusammensacken und auf den verdreckten Perserteppich fallen würde? Die Ohnmacht war eine Verlockung, eine so große, dass Meier sich nichts sehnlicher wünschte, als tatsächlich bewusstlos zu werden, aber stattdessen passierte etwas ganz anderes: Eine neue Stimme gesellte sich hinzu. Erst noch genauso undeutlich wie die beiden anderen, aber dann packte ihn etwas, zog seinen Kopf aus dem Wasser heraus und die Welt stand ihm urplötzlich wieder klar und deutlich vor Augen: Keine zwei Meter von ihm entfernt erhob sich Gummi hinter seinem Schlagzeug und sagte: „Jetzt lass ihn schon gehen, ich hab' doch die Kohle!"

Meier sah, wie der Zombie-Typ langsam von Andy abließ, der sich den dick angeschwollenen Daumen hielt.

„Da haste aber deinen Kumpel hier ganz schön lange hängen lassen, was?"

Gummi stand mit gesenktem Kopf und hängenden Armen da und sagte nichts.

„Und? Wo isses? Oder willste mich verarschen?"

Gummi schwieg immer noch.

„Komm mal da hinten raus.“ Der Zombie-Typ richtete die Pistole jetzt auf Gummi und dirigierte ihn damit hinter dem Schlagzeug hervor.

Meier beobachtete, wie Gummi nach vorne stolperte und sich zu Bernd gesellte, der ihn fragend ansah.

„Ich weiß schon, ihr habt alle gedacht, der ist besoffen und kriegt eh nix mit“, sagte er fast ein bisschen trotzig. „Aber nach dem Kotzen ging's mir schon wieder besser. Ich hatte nur keinen Bock auf dumme Sprüche, also hab ich mich schlafend gestellt.“

Meier traute seinen Ohren nicht. Er warf einen Seitenblick auf Andy, der sich mit geschlossenen Augen in einer Ecke zusammengekauert hatte und seine gesunde rechte Hand schützend über den misshandelten Daumen hielt. Bernds Augen hingegen wanderten die ganze Zeit zwischen Gummi und der Pistole des Zombies hin und her, und Meier hoffte inständig, dass Bernd nicht auf die Idee kommen würde, jetzt irgendwas Dummes zu unternehmen.

„Ihr habt ja von nix anderem mehr geredet auf der Rückfahrt!“ Gummi schrie, sein Kinn bebte. „Ihr habt mich heimgebracht und ich hab euch vom Fenster aus unten rumstehen gesehen. Ich bin gleich wieder runter und durch den Keller mit dem Fahrrad hinten raus, während ihr noch vorne vorm Haus rumgelabert habt.“

„Du bist nochmal zum Rastplatz zurück und hast die Tasche mit dem Geld geholt…“ Meier konnte es immer noch nicht glauben, dass sie ausgerechnet Gummi den ganzen Schlamassel zu verdanken hatten. Dem Laschi. Dem Traumtänzer. Dem chronisch unzuverlässigen Säufer. Meier schüttelte den Kopf.

„Mit der Kohle hätte ich jederzeit abhauen können. Jederzeit. Weg, versteht ihr? Einfach nur weg…“ Gummis Stimme war nur noch ein heiseres Flüstern. „Hab's zuerst in der Nacht bei mir im Schrank versteckt."

Einen Moment lang sagte keiner was. Dann trat der Zombie-Typ einen Schritt auf Gummi zu und musterte ihn.

„Im Schrank also."

Gummi nickte.

„Da ist es jetzt aber nicht mehr?"

Gummi schüttelte kaum merklich den Kopf.

„Und wo ist das Geld jetzt?"

„Hab's vergraben."

„Vergraben?"

„Mhm."

„Und wo?"

Gummi vermied es, den Zombie direkt anzusehen. Er bewegte sich kaum. Aus Meiers Perspektive sah es so aus, als spräche Gummi mit dem Boden zwischen seinen Füßen, als er sagte: „Ich zeig's dir."

* * *

Jimmy stieß den Jungen nach draußen und schloss den Proberaum mit dem Schlüssel ab, den er zuvor dem verängstigten Bassisten abgenommen hatte. Keine zwei Meter von ihnen entfernt begann das leicht erhöht gelegene Außengelände des Kindergartens, das nur durch eine Reihe dürrer Büsche und einen niedrigen Zaun vom Durchgang des Jugendzentrums abgesetzt war.

Jimmy starrte auf den leicht gebeugten Jeansjackenrücken mit dem großen *AC/DC*-Aufnäher. Der Junge hatte den Kopf tief zwischen die Schultern gezogen, als rechnete er damit, jeden Moment einen Schlag in den Nacken zu kassieren. Jimmy wollte gerade etwas sagen, um ihn zu beruhigen, als sich zwischen den Büschen etwas bewegte.

„Ist die in echt?"

Ein etwa fünfjähriger Bub steckte seinen Kopf aus dem Gebüsch und sah Jimmy und Gummi mit großen Augen an. Er trug eine riesige Bommelmütze, die er sich bis über die Ohren gezogen hatte. Eine glibberige Rotzspur lief ihm aus beiden Nasenlöchern und näherte sich bedrohlich seiner Oberlippe.

Jimmy erschrak und steckte sofort die Hand mit der Pistole in seine Jackentasche. „Wir machen nur Spaß, weißte? Jetzt hau wieder ab, Kleiner."

Der Junge musterte die beiden einen Moment, dann zog er mit einem langgezogenen Schniefen die Rotze zurück in seine Nase und sagte: „Glaub ich aber nicht."

„Ist mir scheißegal, was du glaubst oder nicht, du kleiner Hosenkacker, jetzt hau schon ab!"

Als er immer noch verharrte, schrie Jimmy ihn an, er solle sich jetzt endlich verpissen, woraufhin der Bub, der schon wieder mit seiner laufenden Rotznase kämpfte, die Augen aufriss und empört entgegnete: „Das sag' ich!"

„Scheiße!" Das hatte Jimmy gerade noch gefehlt, dass ihn so ein Bengel kurz vor dem Ziel bei einer der Kindergartentanten verpfiff. Der kleine Klugscheißer war jedenfalls schon wieder im Gebüsch verschwunden.

„Los jetzt!" Jimmy stieß Gummi mit der flachen Hand gegen den Rücken. Sie liefen den Weg zurück zu Meiers Auto, vorbei am verschlossenen Jugendzentrum. Auf dieser Seite der Gebäude war zu Jimmys Erleichterung auch vor dem Haupteingang des Kindergartens niemand zu sehen. Rechts plätscherte der Bach und der Kadett war immer noch das einzige Fahrzeug, das am Ende der Sackgasse geparkt war.

„Wie weit ist es?“

„Nicht weit.“ Gummi schüttelte den Kopf. „Wir müssen wieder in die Siedlung.“

„Wohin?“

„In die Siedlung. Nach Nord. Wo Meier wohnt.“

Jimmy nickte.

„Da gibt's ein kleines Waldstück am Schützenhaus. Da hab' ich's vergraben.“

„Okay. Du fährst.“ Jimmy öffnete die Fahrertür des Kadetts. „Jetzt steig' schon ein!“

„Aber ...“ Gummi sah ihn ungläubig an.

Jimmy wollte schon handgreiflich werden, als ihm klar wurde, dass der Junge wahrscheinlich noch gar nicht fahren konnte, geschweige denn im Besitz eines Führerscheins war. Er schüttelte den Kopf, bugsierte Gummi zur Beifahrertür und ließ sich dann selbst hinter dem Steuer nieder. „Du sagst mir, wie ich fahren muss und verarschst mich nicht, ist das klar?“

„Ja doch, klar, mach ich, klar doch.“ Gummi nickte wie ein Wackeldackel.

Jimmy ließ den Motor an und legte den ersten Gang ein.

Sie fuhren gerade über die Brücke mit den Autobahnzubringern, als Jimmy bemerkte, dass sein Begleiter unruhig wurde.

„Was ist los?“

„Wir brauchen eine Schaufel oder sowas zum Ausgraben. Mit den Händen schaffen wir das nicht.“

Jimmy grunzte unwillig. „Was heißt denn hier „wir“? Glaubst du ernsthaft, ich buddele da draußen im Dreck rum?“

„Aber ohne Schaufel kann ich ...“

„Jetzt geh' mir nicht auf den Sack!“

Gummi schwieg, aber Jimmy wusste natürlich, dass der Junge recht hatte. Warum hatte er daran auch nicht selbst gedacht?

An der Telefonzelle bog er in das Wohngebiet der Nordsiedlung ab und fuhr im Schritttempo an den Ein- und Mehrfamilienhäuschen vorbei. Er spürte, wie er langsam wieder nervös wurde, aber ein Blick auf die Uhr am Armaturenbrett beruhigte ihn etwas: gerade mal halb elf vorbei. Und wenn es stimmte, was der Junge sagte, lag das Geld ja hier ganz in der Nähe.

Trotzdem war die Situation nicht unproblematisch: Er hatte einen Minderjährigen gekidnappt, ein Kindergartenkind hatte ihn dabei beobachtet, und jetzt musste er auch noch auf die Schnelle irgendwo eine Schaufel klauen ...

* * *

Bernd war der Erste, der sich wieder bewegte. Er drehte sich zu Meier, der eine Armlänge von ihm entfernt stand und ängstlich die Tür beobachtete, als fürchte er, der Zombie-Typ könne jeden Moment nochmal zurückkommen und sie alle abknallen.

Andy kauerte immer noch in seiner Ecke und betastete vorsichtig seinen Daumen. Bernd atmete tief durch und versuchte, die Geschehnisse der letzten halben Stunde auf die Reihe zu kriegen. Sein Blick fiel auf die geplünderten Geldbörsen, die auf dem Boden vor dem Schlagzeug lagen. Bevor der Zombie mit Gummi verschwunden war, hatte er sie um ihr Bargeld und die Uhren erleichtert. Er hatte Meiers Autoschlüssel und die Schlüssel zum Proberaum mitgenommen.

„He, Meier, alles klar?" Bernd berührte seinen Kumpel leicht an der Schulter, aber der reagierte nicht. „Komm schon, der ist weg, der kommt nicht mehr wieder ..."

Meier schüttelte nur ungläubig den Kopf. Dafür erwachte Andy langsam aus seiner Schockstarre.

„Der hat mir den Daumen gebrochen, die Sau, die dreckige ..."

Bernd sah, wie Andy ihm anklagend seinen dick angeschwollenen Daumen entgegenhielt. Meier hatte seinen Blick zu Boden gerichtet, seine Lippen bewegten sich lautlos. Das Brummen der Verstärker, die noch voll aufgedreht waren, war jetzt gut zu hören. Von draußen gedämpftes Kindergeschrei. Bernd ging vor Andy in die Hocke und sah sich dessen Daumen an. Als er leicht auf das Fingergelenk drückte, explodierte der Schmerz sofort in Andys Gesicht.

„Bist du bekloppt, oder was?"

„Sorry, sorry, schon gut, ja?"

„Nix is' gut, Mann, gar nix is' gut…" Andy standen schon wieder die Tränen in den Augen.

Bernd versuchte, so ruhig und zuversichtlich wie möglich zu sprechen, aber seine Stimme klang brüchig und zitterte, als er fragte: „Aber du kannst ihn bewegen?"

Andy nickte. „Tut aber saumäßig weh…"

„Okay, dann ist er wahrscheinlich nur verstaucht oder so, muss aber ruhiggestellt werden."

Andy sah verwirrt von seinem Daumen zu Bernd und sagte nichts. Als Bernd sich wieder erhob, wurde ihm für einen Moment schwarz vor Augen, dann sah er Meier, der mit seiner vollgepinkelten Jeans immer noch in der Mitte des Proberaums stand und fast lautlos vor sich hin murmelte.

Die sind ja beide total im Eimer, dachte Bernd und fand das auf einmal alles furchtbar komisch. Er spürte das Verlangen, lauthals loszulachen. Das Verlangen war wie eine Feder, die ihn unterhalb des Zwerchfells kitzelte. Bernd versuchte, sich zusammenzureißen, aber es wurde immer schlimmer. Sein Kopf rotierte und in seinem Hirn formte sich das Wort Stressreaktion, aber dem juckenden Zwerchfell war egal, was das Hirn zu melden hatte. Dann brach es aus ihm heraus, aber statt des Lachens kam nur ein schrilles Heulen aus seiner Kehle. Es waren Laute, die er noch nie zuvor in seinem Leben gehört, geschweige denn selbst von sich gegeben hatte. Sie erinnerten ihn an ein Tier, ein verletztes, sterbendes Tier, und auf einmal war er sich sicher, dass er selbst diese Laute gar nicht produzierte, sondern dass er so ein Tier in sich hatte, das diese Laute von sich gab. Er konnte es in seiner Körpermitte spüren, dieses Tier. Es war klein und pelzig und unter dem Pelz war es fettig und glitschig, aber wenn er sich anstrengte, wenn er sich richtig anstrengte, dann würde er es bestimmt nach oben würgen und so vielleicht loswerden können...

Bernd fiel auf alle Viere und übergab sich auf den Boden. Das Würgen kam zweimal, dann noch einmal, dann kam nichts mehr und er rang nach Luft. In der gelben Lache auf dem Boden vor ihm konnte er vereinzelt kleine Brotbröckchen erkennen. Das Tier war verschwunden, hinterließ aber einen galligen Nachgeschmack.

„Was machen wir denn jetzt?"

Erst jetzt bemerkte Bernd, dass Andy schon die ganze Zeit neben ihm kniete und ihn besorgt ansah. Meier stand auf der anderen Seite und wedelte ihm mit einem Tempo vorm Gesicht herum.

Bernd nahm das Papiertaschentuch und wischte sich den Mund ab, dann fiel er nach hinten auf den Rücken und starrte an die Decke. Er atmete ein paar Mal tief durch, erleichtert, dass die Übelkeit nicht wieder zurückkehrte. Dann stützte er sich mit den Ellenbogen auf dem Boden ab und hob den Kopf. Er sah, wie Meier in den kleinen Vorraum schlurfte, gleich darauf mit einer Rolle Kleenex und einem Eimer zurückkam und unschlüssig vor dem Schlamassel auf dem Teppich stehen blieb.

„Gib schon her." Bernd rappelte sich auf die Beine und wischte sein Erbrochenes so gut es ging auf, entsorgte die Überreste in dem kleinen Eimer und brachte ihn zurück in den Vorraum. Ein dunkler, übelriechender Fleck blieb auf dem alten Teppich zurück, doch dafür interessierte sich keiner.

„Was machen wir denn jetzt?" Andy stellte seine Frage erneut, aber niemand antwortete. Bernd versuchte nachzudenken, aber seine Gedanken schossen in alle Richtungen davon. Sein Kopf fühlte sich jetzt vollkommen leicht und leer an.

„Wir müssen hier raus und die Bullen rufen", sagte Meier nach einer Weile entschlossen. Er schien sich wieder einigermaßen im Griff zu haben.

Andy sah ihn überrascht an. „Hast du nicht gehört, was der Typ gesagt hat? Der bringt Gummi um, wenn er merkt, dass die Bullen hinter ihm her sind!"

„Der blufft doch nur!" Meier war aufgestanden, ihm schien etwas eingefallen zu sein.

„Willst du es drauf ankommen lassen?"

Meier hielt einen Moment inne, dann schüttelte er den Kopf. „Jedenfalls weiß ich jetzt, wie wir hier rauskommen."

* * *

Gummi hatte Angst. Der Typ war doch komplett irre. Bricht dem armen Andy die Finger. Fuchtelt mit der Knarre rum. Der ist fertig, der Typ, aber sowas von fertig. Der macht keine Gefangenen, der nicht.

Gummi schloss die Augen und versuchte, an nichts zu denken, aber es funktionierte nicht. Er schielte zu Jimmy rüber, der den Wagen mit einer Hand am Lenkrad langsam durch die Siedlung steuerte. Auf seiner rechten Wange wucherte ein eitriges Loch unter den struppigen Barthaaren und seine Augen lagen tief in den Höhlen. Außerdem roch der Typ, stank vor sich hin, dünstete Schweiß und Nikotin aus. Auf einmal sah er Gummi an und grinste, als sei ihm eine Idee gekommen, dann gab er Gas.

Kurze Zeit später hielten sie vor Meiers Elternhaus. Jimmy legte einen Arm um Gummi und deutete auf die Garage, der beißende Körpergeruch seines Entführers raubte ihm fast den Atem.

„Siehst du den Schuppen da neben der Garage?"

Gummi nickte.

„Jede Wette, dass da irgendwas drin ist, mit dem du prima buddeln kannst."

Gummi kannte den Schuppen, in dem Meiers Eltern ihre Gartengeräte aufbewahrten. Er spürte, wie ihm der Typ den Lauf der Pistole in die Rippen stieß, und begann zu zittern.

„Du brauchst keine Angst haben. Ich will dich nur daran erinnern, was passiert, falls du auf die Idee kommen solltest, abzuhauen, wenn du jetzt gleich da rübergehst und dir dein Werkzeug holst."

Gummi sah die Rasenfläche, die von akkurat angelegten Blumenbeeten begrenzt wurde. Er würde über freies Feld laufen müssen, um den rückwärtigen Gartenzaun zu erreichen.

Als habe er seine Gedanken gelesen, sagte der Typ im heiseren Flüsterton: „Bis du bei dem Zaun da bist, hab' ich dich mindestens einmal irgendwohin getroffen. Ich weiß nicht genau wohin, aber einmal treffe ich dich ganz sicher. In den Rücken, ins Bein, in die Eier. Mindestens einmal ..."

Gummi versuchte zu schlucken, aber sein Mund war vollkommen ausgetrocknet. Irgendein Teil seines Bewusstseins wehrte sich, sagte ihm, dass der Typ hier niemals rumballern würde, der wusste ja noch gar nicht, wo die Kohle versteckt war. Außerdem würde sofort irgendein Nachbar die Bullen rufen, wenn er Schüsse hörte, das war hier nicht die Bronx, sondern die Heimstättensiedlung. Andererseits war Gummi nicht bereit, es darauf ankommen zu lassen. Sein Traum vom großen Geld war ausgeträumt, und jetzt wollte er einfach nur wieder heil aus der Sache rauskommen.

Er stieg aus dem Wagen und trottete auf den Schuppen zu. Die Tür war mit einem Vorhängeschloss gesichert, das aber nicht eingeschnappt war. Im Inneren fand er schnell, wonach er suchte: An der Holzwand standen mehrere Spaten, Harken und Schaufeln in allen Größen nebeneinander aufgereiht. Gummi griff sich einen Klappspaten und zögerte. Was würde passieren, wenn er einfach hier drin bliebe? Irgendwann müsste der Zombie namens Jimmy dann herkommen und ihn holen. Gummi betrachtete den Spaten in seiner Hand, und für ein paar Sekunden sah er sich vor seinem inneren Auge hinter der Tür stehen, eng an die Holzwand gepresst, er hörte den fluchenden Zombie den gekiesten Weg entlangkommen und mit einem Fußtritt die Tür auftreten, dann war er im Schuppen und versuchte, sich im Halbdunkel zu orientieren. Gummi sah den Lederjackenrücken kurz zucken, als er den Spaten auf den Kopf des Mannes niedersausen ließ.

Gummis Herz hämmerte bei dem Gedanken, dass er den Typ tatsächlich erledigen konnte, aber gleichzeitig zitterten ihm derart die Hände, dass er kaum den Spaten halten, geschweige denn einen gezielten Schlag mit ihm hätte ausführen können.

Als er den Schuppen verließ, sah er, dass die Beifahrertür des Kadetts offen stand und er beobachtet wurde. Der Typ wies ihn an, den Klappspaten auf den Rücksitz zu legen und wieder einzusteigen.

„Wohin jetzt?"

Gummi lotste ihn bis zur Mörfelder Straße und kurz darauf verließen sie die Siedlung und fuhren über freies Feld. Das

Schützenhaus lag in einiger Entfernung hinter einer Pappelreihe. Auf der anderen Seite der Schießanlagen erstreckte sich ein Waldstück. Jimmy ging vom Gas, als sie an der Einfahrt zum Restaurant vorbeikamen, das so früh am Tag natürlich noch geschlossen war. Die Rollläden des Gastraums waren alle heruntergelassen und der Parkplatz vor der Terrasse war leer bis auf eine alte Schubkarre, die jemand seitlich der Einfahrt abgestellt hatte.

Gummi bedeutete Jimmy, er solle noch ein Stück weiter der schmalen Straße folgen und dann rechts an den Waldrand fahren. Gegenüber lag der Eingang zum Tontaubenstand, den man durch den mehr als mannshohen Maschendrahtzaun auf dem abgesperrten Schützengelände in der Ferne erkennen konnte. Der Weg direkt vor ihnen führte in den Wald.

„Da müssen wir rein", sagte Gummi und nickte mit dem Kinn in Richtung Waldweg. Jimmy sah sich wachsam nach allen Seiten um, steckte die Pistole wieder in seine Lederjacke und nahm den Spaten vom Rücksitz.

„Na dann mal los."

„Ist nicht weit, wirklich nicht ..."

Gummi hörte, wie Jimmy zustimmend grunzte, dann setzte er sich in Bewegung. Bereits nach wenigen Schritten erreichten sie die Lichtung, in deren Mitte die „Lustsäule" stand. Der steinerne Monolith, der zwischen den entlaubten Bäumen in den Himmel ragte, war der erste Richtungsweiser, den Gummi sich ausgesucht hatte. Während sein Entführer die Säule mit gerunzelter Stirn betrachtete, begann er, auf der Seite mit der Inschrift, die das Lustlager irgendeines Erbprinzen feierte, nach der Markierung zu suchen, die er dort hinterlassen hatte.

Er erinnerte sich, dass ihnen ein heimatforschender Lehrer einmal erzählt hatte, dass es sich bei dem Lustlager keinesfalls um eine ausschweifende Orgie, sondern vielmehr um eine Jagdgesellschaft gehandelt hatte, bei der auch Goethe anwesend gewesen sein soll. Gummi fand es vollkommen idiotisch, dass er ausgerechnet jetzt an so etwas denken musste. Der olle Geheimrat würde ihm jedenfalls nicht helfen können. Unterhalb der in den Stein gemeißelten Jahreszahl „1782“ hatte Gummi zwei kleine Pfeile in den bröckeligen Stein geritzt, die er erst nach einigem Suchen wiederfand. Er spürte schon, wie Jimmy in seinem Rücken langsam nervös wurde, als er die Zeichen endlich entdeckte und hoffentlich richtig deutete, denn jetzt mussten sie abseits des Wegs zwischen den Bäumen tiefer in den Wald hinein.

Sie wateten durch feuchtes Herbstlaub, das ihnen an Jeans und Schuhen haften blieb, bis Gummi den nächsten Hinweis, eine rote Plastiktüte, die er um den niedrig hängenden Ast eines Baumes gewickelt und mit Isolierband fixiert hatte, fand. Einen Moment lang musste er sich orientieren, dann schlug er eine neue Richtung ein, Jimmy folgte ihm. Nach einigen Metern stoppte Gummi erneut. Eine kalte Angst kroch in ihn hinein, dass er die richtige Stelle vielleicht doch nicht mehr finden würde, obwohl seine Markierungen ihn bis jetzt nicht im Stich gelassen hatten.

„Gleich ...“, sagte Gummi und hob eine Hand, um Jimmy zu beschwichtigen, der immer ungeduldiger wurde. „Gleich ...“

Sie hatten mittlerweile den Teil des Waldes mit dem alten Baumbestand verlassen und standen nun inmitten einer Schonung. Die Stämme der Bäume hier waren dünner und teilweise mit farbigen Kreisen, Strichen und Dreiecken versehen. Eine der Markierungen war allerdings nicht vom Forstamt angebracht worden, und genau die suchte Gummi. Einen halben Schritt unterhalb des Bäumchens mit der Blitzmarkierung musste er graben.

„Hier“, sagte er schließlich und drehte sich zu Jimmy um, „hier ist es.“

Jimmy sah ihn prüfend an und schien nachzudenken. Irgendwo knackte es im Unterholz und hoch über ihnen bohrte sich ein Flugzeug durch die Wolken.

„Okay …“, murmelte Jimmy und warf Gummi den Klappspaten vor die Füße. „Grab’ es aus.“

Und Gummi grub. Nach ein paar Spatenstichen fuhr ihm erneut die Angst in die Knochen. Musste er nicht schon längst auf die kleine Holzkiste gestoßen sein, in der er die Tasche vergraben hatte? Unsicher sah er sich nach Jimmy um, der mit hängenden Armen und einer noch nicht angezündeten Zigarette im Mundwinkel dastand wie ein Sendbote aus der Zwischenwelt. Noch während er versuchte, den starren Blick des Kleinkriminellen zu deuten, stieß er mit dem Spaten auf etwas Hartes.

* * *

An der Rückseite eines jeden Pavillons befand sich eine zweite Tür, die allerdings immer verschlossen und durch einen Vorhang abgeschirmt war. Meier hatte schon an diesen verborgenen zweiten Ausgang gedacht, als der Zombie sie eingeschlossen hatte, aber erst, als er den Eimer für Bernd holen ging, war ihm auch wieder eingefallen, wo der dazugehörige Schlüssel versteckt war.

Nur für absolute Notfälle, hatte der Typ bei der Raumübergabe damals gesagt, in den Spalt zwischen Putzschrank und Wand gegriffen und den Schlüssel hervorgeholt. Welche Art Notfälle gemeint waren, wusste zwar keiner so genau, aber dass die jetzige Situation als Notfall durchging, dessen war sich Meier ziemlich sicher.

Bernd wusste ebenfalls von dem Schlüssel und war sichtlich irritiert, dass er nicht selbst daran gedacht hatte. Jedenfalls schüttelte er immer noch ungläubig den Kopf, als sie bereits draußen auf dem Grünstreifen zwischen den Pavillons und dem Sportplatz der Angelus-Schule standen. Andy ließ sich im Schneidersitz auf dem Rasen nieder und betrachtete ängstlich seinen lädierten Daumen.

Meier spürte den erkalteten Urin im Schritt und an seinen Beinen. Für einen Moment verdrängte das starke Bedürfnis, so schnell wie möglich Hose und Unterhose zu wechseln, alles andere, aber dann dachte er an Gummi. Er war schließlich der Einzige hier, der wusste, wie es sich anfühlte, länger als ein paar Minuten in der Gewalt dieses Mannheimer Irren zu sein. Er räusperte sich und sagte: „Hört mal. Ich weiß, wo der Typ hin will."

Bernd sah ihn mit den Augen eines Kindes an, das gerade aus einem tiefen, traumlosen Schlaf erwacht ist. „Du weißt also auch, wo die Kohle ist?"

Meier schüttelte energisch den Kopf. „Quatsch, woher denn? Aber ich weiß, dass der Typ das Geld selbst abliefern muss, weil die ihn sonst kalt machen. Der hat vorhin extra nochmal telefoniert. Und dem ging ganz schön der Stift, das kann ich euch sagen. Um eins muss er am Henninger-Turm in Frankfurt sein. Und zwar mit der Kohle."

„Wer sind denn die, denen er das Geld schuldet ..." Bernd biss sich auf die Unterlippe.

„Das weiß ich doch nicht, Mann, irgendwelche Kriminellen halt!"

Bernd wurde blass. Andy kicherte, aber als Meier sich zu ihm umdrehte, verstummte er sofort. Vielleicht war es doch besser, zur Polizei zu gehen. Das hier führte einfach zu nichts.

„Der bringt das wirklich fertig und bringt Gummi um", flüsterte Bernd entgeistert.

„Wenn wir jetzt nicht die Polizei rufen", sagte Meier betont langsam, „dann müssen wir selbst was unternehmen, das ist euch doch klar, oder?"

Andy schwieg und Bernd runzelte die Stirn, er schien angestrengt nachzudenken.

Meier war sich ziemlich sicher, dass er nicht auf Bernd zählen konnte. Und mit Andy war eh nicht zu rechnen. Der war durch. Aber ganz allein konnte er auf keinen Fall nach Frankfurt fahren, das wäre glatter Selbstmord. Trotzdem trieb ihn irgendetwas, die Sache nicht der Polizei zu überlassen und sich zuhause auf die Couch zu setzen und seine Wunden zu lecken. Man hatte ihn niedergeschlagen, in seiner eigenen Wohnung gefangengehalten, beklaut und mit einer Waffe bedroht. Und zur Krönung hatte er sich vor Angst auch noch in die Hosen gemacht. Die Vorstellung, jetzt schon wieder den Schwanz einzuziehen und nichts zu tun, war ihm unerträglich. Vielleicht war er ja auch einfach nur voller Adrenalin und ein bisschen durchgedreht nach dem ganzen Mist, der in den letzten Stunden passiert war. Aber er würde Gummi nicht hängen lassen, auf keinen Fall.

„Wir dürfen Gummi jetzt nicht hängenlassen", sagte Bernd auf einmal und Meier war perplex, hatte er etwa laut gedacht?

Bernd trat einen Schritt vor. Für einen kurzen Moment strahlte er wieder die alte Überheblichkeit aus, die Meier so sehr an ihm hasste, aber dann begann es auf einmal in seinem Gesicht zu zucken, als würde er jeden Moment anfangen zu heulen. Meier sah zu Andy rüber, der jetzt wieder ganz still war und mit leerem Blick vor sich hin starrte.

„Wenn wir jetzt zur Polizei gehen...", sagte Bernd leise und mit brüchiger Stimme, „wenn wir also jetzt...und der Typ bringt Gummi um, dann sind wir doch irgendwie schuld, oder?"

„Vielleicht lässt er Gummi ja auch wieder gehen, wenn er erst das Geld hat...", sagte Meier, ohne wirklich daran zu glauben.

„Da wäre er schön blöd...", entgegnete Bernd kopfschüttelnd. „Und blöd ist der nicht, der nicht..."

„Also entweder fahren wir selbst nach Frankfurt, oder wir gehen jetzt zu den Bullen, aber irgendwas müssen wir machen, und zwar fix." Nun war es Meier, der etwas überheblich klang. Er fühlte sich auf einmal wieder wie vorhin, als ihm eingefallen war, wo sich der Schlüssel für die Hintertür befand.

„Und wie kommen wir dahin? Der hat doch den Kadett! Laufen oder was? Und wenn wir dann dort sind, was machen wir denn da? Was?" Andys Blick flog zwischen seinen beiden Kumpels hin und her, seine Stimme war schrill.

Bernd beachtete ihn gar nicht, sondern sprach jetzt nur noch mit Meier. „Mit dem Zug nach Frankfurt, dann mit der S-Bahn weiter nach Sachsenhausen. Oder hast du eine bessere Idee?"

„Ja", sagte Meier, „die hab ich. Die hab ich wirklich."

* * *

Jimmy starrte auf die blaue Sporttasche und konnte es nicht fassen. Er warf dem Jungen einen Blick zu, der vom Graben noch ein bisschen außer Atem war. Er hatte den Spaten in den feuchten Waldboden gesteckt und stützte sich nun vornüber gebeugt mit den Händen auf den Oberschenkeln ab. Jimmy zog im Knien den Reisverschluss der Tasche auf. An einem der zuoberst liegenden Bündel war die Banderole zerrissen, hier waren offenbar ein paar Scheine herausgenommen worden, aber der Rest schien tatsächlich unversehrt zu sein.

„Wieviel hast du rausgenommen?"

„Nicht viel, wirklich nicht …"

„Wieviel will ich wissen!"

„Nur 200 Mark …"

Damit würde er leben müssen. Was waren schon 200 Eier? Was? In der Tasche waren bestimmt … Jimmy wusste es nicht. Er hatte keine Ahnung. Zeit zum Zählen hatten sie gar keine gehabt. Beinahe hätte er gelacht. Seine Schulden würde er davon auf jeden Fall locker begleichen können.

Er zog den Reißverschluss der Tasche wieder zu und stand so schnell auf, dass ihm schwarz vor Augen wurde und er sich einen Moment an einem Baumstamm abstützen musste. Jimmy atmete ein paar Mal tief durch, dann ging es wieder. Er sah die Sporttasche vor seinen Füßen stehen und zum ersten Mal, seit er in diesem Scheißkaff angekommen war, dachte er an die Zeit nach der Geldübergabe. Die ganze Zeit war er immer nur darauf konzentriert gewesen, die Kohle zu finden, hatte manchmal schon selbst nicht mehr dran geglaubt, und jetzt konnte das alles wirklich in ein paar Stunden vorbei sein.

Er würde nachher pünktlich um eins in Frankfurt das Geld übergeben und dann mit dem Zug vom Hauptbahnhof aus zurück in seine Bruchbude nach Mannheim fahren. Er würde sich eine Stunde lang unter die Dusche stellen und die stinkenden Klamotten, die er seit Tagen nicht gewechselt hatte, in den Müll werfen. Nein besser noch: Er würde sie verbrennen. Danach würde er sich ein extra großes Brathähnchen, einen Berg Pommes und zwei große Gläser Eichbaum genehmigen und dann drei Tage durchschlafen. Jimmy konnte das feinherbe Aroma des Bieres fast schon auf der Zunge schmecken, als er abrupt aus seinen Tagträumen gerissen wurde.

„Kann ich jetzt gehen?", fragte Gummi und lächelte verlegen.

Der Junge versuchte, seine Angst zu verbergen, aber es gelang ihm nicht besonders gut.

Jimmy sah ihn an und wusste, dass er nicht nach Mannheim zurückkehren würde. In ein paar Stunden wäre er seine Schulden los, das schon, okay. Aber die Jungs, allen voran der Langhaarige hier und dieser Meier, die würden ihn doch bei den Bullen anschwärzen. Und da kam einiges zusammen.

Jimmy schüttelte den Kopf, als wäre er von sich selbst enttäuscht. Die große Erleichterung, die er noch vor wenigen Augenblicken verspürt hatte, war wie weggeblasen. Er fuhr mit den Fingern über den Schaft der Pistole in seiner Jackentasche und sah Gummi an, der seinem Blick auswich. Auf einmal aber hob der Junge ruckartig den Kopf, in seinen Augen stand das blanke Entsetzen.

„Ich geh nicht zu den Bullen, wenn du das denkst, echt nicht!"

Jimmy grinste schräg, ließ die Waffe aber in der Tasche stecken.

„Ich ... ich sag' auch den anderen, dass sie die Klappe halten sollen, die ... die hören auf mich, kannste mir glauben ..."

Jimmy nickte, aber der Junge vor ihm geriet dennoch mehr und mehr in Panik.

„Jetzt krieg dich mal wieder ein", schrie Jimmy ihn schließlich an. „Wir fahren jetzt zusammen nach Frankfurt zu diesem beschissenen Henninger-Turm. Da hab' ich was zu erledigen, und wenn das alles gutgeht, lass ich dich laufen, gecheckt?"

Gummi stand der Mund offen. Er starrte Jimmy einfach nur an und sagte nichts.

„Ob du das gecheckt hast?"

Jetzt nickte Gummi kaum merklich.

„Gut, dann los."

Jimmy nahm die Tasche mit dem Geld und ließ den Jungen vorangehen.

* * *

Die hatten sie doch wohl nicht mehr alle. Der Bernd und der Meier. Und er? Er hatte sie auch nicht mehr alle, konnte gar nicht anders sein, sonst würde er den beiden ja jetzt nicht hinterherfahren, was gar nicht so einfach war mit dem kaputten Daumen. Der tat nämlich weh, verdammt weh sogar. Und der Meier? Irgendwas war komisch mit dem Meier heute, was war das denn nur? Vielleicht ist es ja auch der Schock? Das sagen die doch immer in den Filmen: Sie stehen unter Schock. Hören Sie mich? Können Sie mich …? Sie stehen unter … Aber wenn man im Film unter Schock steht, dann sitzt man neben einem brennenden Autowrack und glotzt hohläugig auf den Boden und kriegt kein Wort raus oder redet wirres Zeug oder so. Aber man radelt doch nicht durch Gere und weiß gar nicht warum? Der Meier, was ist das nur mit dem? Der heizt mit Bernd durch die Unterführung, ohne abzusteigen. Klar, mach' ich sonst auch immer, die schmale Rampe für die Rollis runter, eine Hand am Lenker, die andere am Geländer, aber heute geht's nicht wegen dem Daumen, das wissen die beiden Deppen doch. Vielleicht wartet ihr mal auf mich!? Der Meier auf'm Rad, das ist es! Hab' den doch noch nie auf 'nem Fahrrad gesehen, der fährt doch sonst jeden Meter mit seinem Kadett! Wie das Äffchen auf dem Schleifstein sitzt der auf Gummis altem Klapprad und wäre in der Unterführung auch mal besser abgestiegen, der legt sich nämlich gleich hin, wenn er so weitermacht! Sind halt in Eile, Andy, die haben keine Zeit, die müssen schnellstens raus in die Siedlung in Meiers Bude, warum müssen die da nochmal hin? Den Helikopter und das Stand-MG holen, war's nicht so? Wie früher, als wir unsere Plastiksoldaten durch die Hölle des Zweiten Weltkriegs gejagt haben. Und immer schön mit den Chinaböllern rumgeworfen. Und jetzt? ... Jetzt steh' ich unter Schock, aber sowas von. Und mit Schock gehört man nicht aufs Rad, sondern ins Bett und mit 'nem Daumen so dick wie 'ne Salatgurke und so blau, blau, blau wie der Enzian ... Warum muss ich da eigentlich mit? Warum? Das machen die zwei doch sowieso unter sich aus: Rollkommando Meier, die Wildgänse kommen! So, jetzt sind 'se weg. Ich noch hier unten, die Helden schon auf der anderen Seite vom Bahndamm, der Zug über mir ist ein Güterzug, macht Kadadong! Kadadong! Kadadong! Reißt einem fast die Ohren ab, der bescheuerte Zug, aber dann ist er durch und ich um die Ecke. Da oben hat sich einer hingelegt, hab' ich doch gleich gesagt, der Meier und Radfahren, das ist wie ... wie ... wie Meier und Radfahren halt, jetzt rappelt er sich auf, klopft sich die Hosenbeine ab und Bernd fragt ihn was, aber der Meier schüttelt nur den Kopf, und dann sehen sie mich aus der Unterführung kommen und machen mir Zeichen, dass ich mich gefälligst beeilen soll, und ich zeige ihnen mit der rechten Hand den kaputten Daumen und mit der linken den Mittelfinger.

* * *

Gummi warf einen erschreckten Blick auf den Tacho. Wenn der Typ hier weiterhin einen auf Nikki Lauda machte, waren sie tot, bevor sie in Sachsenhausen ankamen. Die Landstraße nach Mörfelden verengte sich kurz vor dem Bahnübergang unerwartet zu einer Haarnadelkurve, wo es Ortsunkundige immer mal wieder von der Fahrbahn fegte. Das Schild mit der Geschwindigkeitsbegrenzung beachtete kaum jemand.

„Mach mal langsam, da vorne wird's gleich eng."

„Ach?"

Sein Entführer schien ihm nicht zu glauben, nahm aber trotzdem ein bisschen den Fuß vom Gas. „Oh, Scheiße!"

„Sag' ich doch."

Obwohl er das Tempo schon gedrosselt hatte, musste der Typ ganz schön in die Eisen steigen, um nicht die Kontrolle über den Wagen zu verlieren. Er nahm die Kurve mit 40 km/h und beschleunigte sofort wieder, als sie auf gerader Strecke waren. Aber kurz darauf war er gezwungen, erneut abzubremsen: Der Bahnübergang war geschlossen.

Vor ihnen stand ein orangefarbener Kleinlaster der Stadtbetriebe. „Streckenkontrolle" stand auf einem Schild an der Ladeklappe. Durch die hintere Scheibe im Führerhaus konnte man zwei Männer in blauen Overalls sitzen sehen.

Gummi beobachtete Jimmy, der den Motor nicht ausgeschaltet hatte und nervös mit den Fingern auf dem Lenkrad trommelte. Die Tür auf der Beifahrerseite war nicht verschlossen. Noch einmal ein Seitenblick. Jimmy beugte sich gerade ein Stück nach vorn, um den Bahnkörper in beiden Richtungen einsehen zu können. Gummi spürte sein Herz wieder so stark schlagen, wie vorhin im Schuppen bei den Meiers, ein metallischer Geschmack breitete sich in seinem Mund aus. Er war nicht angeschnallt. Er musste nur die Tür aufreißen, rausspringen und zu dem Laster rennen.

„Vergiss es", sagte der Zombie ohne von dem Faltplan aufzusehen, den er gerade aus der Ablage in der Fahrertür gezogen hatte.

Gummis Anspannung fiel in sich zusammen. Konnte der etwa Gedanken lesen oder was? Aus der Ferne drang das Geräusch eines näher kommenden Zuges zu ihnen in den Wagen.

„Na endlich." Jimmy faltete den Plan hastig zusammen und verstaute ihn wieder im Seitenfach, kurz darauf donnerte der Zug vorbei. Als der letzte Waggon durch war, blieb die Schranke noch einen Augenblick geschlossen, und Gummi glaubte schon, es werde noch eine zweite Zugdurchfahrt geben, da hob sich der Schlagbaum mit den zaunartigen Lamellen und der Kleinlaster vor ihnen fuhr an.

Sie fuhren eine Zeit lang schweigend, bis Jimmy an der nächsten Kreuzung erneut den Plan hervorholte. Am Straßenrand standen eine Handvoll amerikanischer Gebrauchtwagen hinter einem windschiefen Maschendrahtzaun, an dem Schilder mit Dollar-Preisen hingen.

„Du musst immer geradeaus. An Walldorf und dem Badesee vorbei. Dann auf die Schnellstraße nach Frankfurt. Und dann nach Neu-Isenburg abbiegen. Wenn du von da nach Sachsenhausen reinkommst, siehst du schon den Henninger-Turm."

Gummi sah Jimmy nicht an, sondern betrachtete seine von Laub und Waldboden verdreckten Turnschuhe.

„Kennst dich ja ziemlich gut aus", hörte er Jimmy sagen und der Unterton in seiner Stimme gefiel Gummi ganz und gar nicht. „Ein bisschen zu gut vielleicht für einen Bubi, der noch nicht mal den Führerschein hat."

Gummi schüttelte den Kopf. „Als ich klein war, sind wir jedes Jahr zum Radrennen rund um den Henninger-Turm. Meine Eltern. Mein Bruder. Und ich. Jedes Jahr sind wir da hin. Und wir sind immer so gefahren. Immer …"

Gummi sprach leise und wie zu sich selbst. Er spürte, wie ihm die Tränen in die Augen stiegen. Er schämte sich dafür und gleichzeitig war es ihm egal, sollte der Arsch doch denken, was er wollte. Er hatte keine Ahnung, was sie da in Frankfurt erwartete. Und er hatte keine Ahnung, ob er jemals wieder nach Hause käme. Dieses Zuhause, vor dem er die ganze Zeit eigentlich nur wegrennen wollte, erschien ihm momentan in einem ganz anderen Licht. Es waren doch seine Eltern. Und da waren schließlich auch noch Thorsten und Bille. Gummi schloss die Augen.

„Okay", hörte er den Zombie sagen und spürte, wie sich der Wagen ruckartig in Bewegung setzte, offenbar war die Ampel auf Grün umgesprungen.

Sie fuhren jetzt so, wie Gummi es gesagt hatte, überquerten die Brücke hinter Walldorf und kamen am Badesee vorbei, links und rechts der Fahrbahn erstreckte sich der Wald. Die Straße mündete schließlich auf die Schnellstraße und Jimmy trat das Gaspedal durch. Der Himmel, der heute Morgen nach dem Nieselregen in Groß-Gerau blau gewesen war, hatte sich erneut verdunkelt, eine bleigraue Wolkendecke hing über der Fahrbahn.

Vollkommen unvermittelt fragte der Typ auf einmal: „Warum nennen die andern dich eigentlich Gummi?"

„Wegen der Gummistiefel."

Jimmys irritierter Blick wanderte kurz in den Fußraum zu Gummis Schuhen.

„Früher meine ich, in der Grundschule und so."

„Mhm."

„Meine Eltern hatten damals nicht so viel Kohle."

„Kenn' ich."

Gummi wusste nicht, was er als nächstes sagen sollte, also hielt er vorsichtshalber die Klappe.

„Jetzt hör mir mal gut zu", sagte der Typ, ohne den Blick von der Fahrbahn zu nehmen, „ich muss da oben im Henninger-Turm ein paar Schulden begleichen. Danach hau ich ins Ausland ab, und du hast es geschafft, okay?"

„Okay", flüsterte Gummi ohne große Überzeugung.

„Du kannst den Bullen ruhig alles erzählen. Die kriegen mich eh nicht."

„Fremdenlegion, oder was?" Die Idee war Gummi nur so herausgerutscht.

Der Typ sah ihn einen Moment lang bestürzt an. Warum konnte er einfach nie die Fresse halten, wenn es darauf ankam?

„Da vorne musst du nach Neu-Isenburg abbiegen", flüsterte Gummi kleinlaut.

„Ich weiß", sagte der Typ.

* * *

Bernd stieg vom Rad. Er war der Erste, der bei Meiers Haus ankam. Er wunderte sich, dass die Tür zum Schuppen neben der Garage offen stand, das passte so gar nicht zu den Meiers. Er wollte gerade rübergehen und einen Blick in den Verhau werfen, als Meier um die Ecke gewackelt kam. Das Klapprad war eindeutig zu klein für ihn, der Sitz hatte sich nicht verstellen lassen und so standen seine Knie beim Fahren grotesk nach außen ab. Bei der Unterführung hatte er sich ganz schön hingelegt. Meier stieg in der Auffahrt ab, schob das Rad noch ein Stück und lehnte es dann gegen die Hauswand. Auch darüber würde sein Vater sicher nicht erfreut sein.

Bernds Augen wanderten wieder zu dem Schuppen, als Andy eintraf. Meier fluchte über seinen Sturz, aber Andy sagte nichts, stellte sein Rad vor dem Haus an den Zaun, als mache er hier nur kurz einen Zwischenhalt und kam dann zu ihnen.

„Alles klar, Andy?"

Andy nickte, ohne Bernd anzusehen.

„Ich kümmer' mich drinnen gleich um deinen Daumen, okay?"

Bernd wandte sich an Meier, der dabei war, die Tür zu seiner Kellerwohnung aufzuschließen.

„Du hast doch sicher einen Erste-Hilfe-Kasten oder sowas?"

„Klar doch", entgegnete Meier, „bei mir in der Küche kann man OPs am offenen Herzen durchführen."

Bernd grinste schwach, ihm war nicht nach Witzen zumute. Er nahm Andy leicht am Arm, wie einen geschwächten Patienten, aber der riss sich los und sah ihn böse an.

Bernd hob die Arme. „Ist ja schon gut, schon gut."

Das Erste, was ihm in der muffigen Wohnung auffiel, war das Lager auf der Couch. Dort musste der Typ die Nacht verbracht haben, während Meier bewusstlos im Nebenraum gelegen hatte.

Andy setzte sich vorsichtig auf einen Küchenstuhl und sah ausdruckslos gegen die Wand. Meier riss über der Spüle die Tür eines Hängeschranks auf und fluchte.

„Was ist denn?"

„Die Sau hat meine Kleingeldtasse mitgehen lassen." Er schlug mit der Faust auf die Anrichte.

Bernd schüttelte den Kopf. Das war nun wirklich ihr kleinstes Problem. Meier war die ganze Zeit ziemlich cool gewesen, hatte einen klaren Kopf behalten. Bernd musste zugeben, dass ihm das ziemlich imponiert hatte. Aber wenn er jetzt doch noch durchdrehte wegen ein paar Mark Kleingeld, sah es übel aus. Einen Moment lang starrte Meier in die leere Tasse. Bernd konnte sehen, wie seine Kiefer mahlten. Dann stellte er sie zurück in den Schrank und sah Bernd an.

„Okay", sagte Meier entschlossen und nickte, „okay."

Er verschwand mit großen Schritten im Bad und kam kurz darauf mit einem Erste-Hilfe-Set zurück. Es war ein rotes Kissen mit schwarzer Schrift, das an der Seite mit einem Reißverschluss versehen war. Meier legte es auf den Tisch.

„Ich hoffe, das reicht?"

„Geht schon." Bernd nickte ihm aufmunternd zu und öffnete das Kissen.

„Dann geh ich mich mal umziehen", flüsterte Meier und verschwand im Nebenraum.

Andy sagte immer noch nichts. Starrte die Wand an und hielt Bernd anklagend seinen Daumen hin. Wie ein Kind, dachte Bernd auf einmal, wie ein kleines Kind, dem man wehgetan hatte. Aber dass er vorhin auf den Typ mit der Pistole angelegt hatte! Im ersten Moment hatte Bernd sogar geglaubt, er würde schießen. Sofort abdrücken, ohne was zu sagen. Einfach so. In diesem Moment im Proberaum, da hatte er Andy tatsächlich zugetraut, was ihm nun wieder vollkommen abwegig vorkam, als er ihn so erbärmlich zitternd auf dem Schemel vor Meiers verkrümeltem und verklebtem Küchentisch sitzen sah.

„Ich lege dir eine Schiene an. Wenn der Daumen ruhiggestellt ist, tut er nicht mehr so weh."

Bernd sah seinen Freund kurz an, aber der ließ nicht erkennen, ob er ihn verstanden hatte.

Als er die Schiene mit einer Mullbinde fixierte, kam Meier umgezogen zurück in die Küche. Er trug jetzt eine schwarze Jeans, ein frisches weißes T-Shirt, auf dem Gene Simmons von *Kiss* dem Betrachter die Zunge herausstreckte, und darüber seine obligatorische Motorradjacke. Einen Moment lang lehnte er im Türrahmen und beobachtete die beiden schweigend, dann nickte er Bernd zu und ging nach draußen. Als Meier verschwunden war, fiel Bernd wieder ein, dass er ihn nach dem Schuppen hatte fragen wollen.

„Ihr wollt da wirklich hinfahren, was?" Andy flüsterte wie in Trance.

„Ja“, sagte Bernd energisch, obwohl ihm auch nicht richtig wohl bei der Sache war.

„Bernd?“

„Was ist denn, Andy?“

„Ich hab' Schiss wie die Sau.“

Bernd sagte nichts, er konzentrierte sich darauf, die Mullbinde richtig anzulegen. Der Finger musste gut fixiert, durfte aber keinesfalls gequetscht werden.

„Ich glaub, ich krieg das nicht hin, Bernd ... wirklich. Ich will lieber nach ...“ Andy biss sich auf die Lippen und verstummte.

„Drück mal da drauf.“ Bernd bedeutete Andy, das Ende der Mullbinde mit einem Finger zu fixieren, damit er einen Streifen Klebeband von der Rolle reißen konnte.

„Ich habe auch Angst, aber wir dürfen doch Gummi jetzt nicht hängen lassen.“

„Tu ich das denn?“

„Nein, ich meine nur ...“

Bernd drückte vorsichtig zwei Streifen des braunen Klebestreifens auf das lose Ende des Verbands. Andy sah ihn mit großen erschrockenen Augen an.

„Ist schon in Ordnung“, sagte Bernd. „Wenn du nicht mit willst, meine ich.“

„Ja? Wirklich?“

Bernd nickte.

Von draußen hörten sie Schritte über den Kiesweg näher kommen, und im nächsten Augenblick polterte Meier schon die Treppe herunter in die Wohnung.

„Also von mir aus kann's losgehen.“

* * *

Jimmy verließ Neu-Isenburg über die Darmstädter Landstraße. Der Junge hatte ihn an der Kreuzung in der Stadtmitte nach links abbiegen lassen, ohne einen Blick auf die Beschilderung zu werfen. Die Geschichte mit dem Familienausflug zum Henninger-Turm schien also wahr zu sein.

Während es links und rechts der Fahrbahn schon wieder nichts zu sehen gab außer entlaubten Bäumen, warf Jimmy dem Jungen einen Seitenblick zu. Er hielt den Kopf gesenkt, starrte in den Fußraum und knabberte nervös auf der Innenseite seiner Wangen herum. Seit sie nach Neu- Isenburg abgebogen waren, hatten sie nicht mehr miteinander gesprochen.

Das Bübchen schien wirklich zu glauben, dass es ihm auf die Schliche gekommen war. Dass er sich verplappert hatte. Jimmy musste sich zusammenreißen, um nicht zu grinsen. Die Angst, zu viel zu wissen, musste der Junge jetzt natürlich aushalten. Und den Bullen später was von Frankreich und der Fremdenlegion erzählen. Ausland jedenfalls. Die konnten sich dann zwar immer noch überlegen, ob sie die Sache glaubten oder nicht. Aber wahrscheinlich würden sie die Geschichte schlucken. Gummi würde jedenfalls ziemlich überzeugend wirken.

Sie passierten gerade das Schild, das Ausflügler auf die Oberschweinstiege hinwies, als Jimmy wieder an seinen alten Kumpel Gary denken musste. Als sie vorhin in Mörfelden an dem Gebrauchtwagenhändler mit den Ami-Schlitten vorbeigekommen waren, war Garys hässliche Fresse schon einmal vor seinem inneren Auge aufgetaucht, aber erst jetzt begriff er auch warum. Weil Gary wahrscheinlich der richtige Mann war, um ihm zu helfen. Er kannte den ehemaligen GI noch von früher, als er ihn fast jedes Wochenende vor der Militärpolizei verstecken musste, die ihm liebend gern die Zähne ausgeschlagen hätte. Those racist motherfuckers. Gary war nach seiner Zeit in der Army in Deutschland geblieben, hatte ein Mädchen geschwängert und sich ins Ruhrgebiet abgesetzt, kam aber immer mal wieder nach Mannheim. Geschäftlich, wie er sagte. Import, Export, ya know what I mean? Jimmy hatte seine Adresse und eine Telefonnummer in Essen, das musste reichen.

„Da!"

Der Junge deutete vorsichtig durch die Windschutzscheibe. Sie hatten den Wald verlassen, die Schrebergärten hinter sich gelassen und fuhren bereits durch die Außenbezirke Sachsenhausens. Von rechts mündete die B3 auf die Darmstädter Landstraße, der Verkehr nahm stark zu und Jimmy durfte sich keine Unkonzentriertheit leisten, ein simpler Auffahrunfall wäre jetzt eine Katastrophe.

Erst als sie an der Ampel vor dem Wehrturm der Sachsenhäuser Warte halten mussten, wurde ihm klar, was der Junge ihm zeigen wollte. Von der berühmten Frankfurter Skyline auf der anderen Seite des Mains war von hier aus nichts zu sehen, zumal sich die Wolken am Himmel immer mehr zu einer Regenfront zusammenballten. Ein alter Mann, der gerade im Schneckentempo den Zebrastreifen vor ihnen überquerte, drückte sich mit einer Hand den Hut auf den Kopf, während der Wind an seinen Mantelschößen zerrte. In einiger Entfernung die Straße hinunter sah Jimmy nun das rechteckige Silo mit dem zylindrischen Turmaufsatz in die Höhe ragen. Der rote Henninger-Schriftzug, der über den Fenstern des Drehrestaurants angebracht war, war trotz des schlechten Wetters deutlich zu erkennen. Der obere Teil des Turms, in dem sich die Gaststätte und die Aussichtsplattform befanden, sah tatsächlich ein bisschen wie ein Fass aus, das man dem quaderförmigen Lagersilo einfach aufgepflanzt hatte.

Jimmy folgte dem Verlauf der Darmstädter Landstraße in Richtung Fluss. Sie passierten den Südfriedhof und kamen langsam in den belebteren Bereich des Frankfurter Stadtteils: Straßenbahnhaltestellen, Altbauten und Kneipen mit Butzenscheiben und schwarzen Angebotstafeln vor den Eingängen nahmen zu. Fußgänger standen am Straßenrand und lauerten auf Verkehrslücken.

„Und jetzt?"

„So genau weiß ich das auch nicht, wir haben meistens schon am Friedhof geparkt und noch einen Spaziergang gemacht..."

Jimmy grunzte unwillig und bog in eine der Nebenstraßen ein, er hatte keine Lust, sich auf den letzten Metern auch noch zu verfahren. Er versuchte, den Turm im Auge zu behalten, was ihm auch einigermaßen gelang. Die Straße führte in ein Wohngebiet mit dreistöckigen Altbauten und dazwischen gesetzten neueren Wohnblocks. Die auf der Straße geparkten Autos verengten die Fahrbahn und zwangen Jimmy zeitweilig, bis auf Schritttempo herunterzugehen. Im Hainer Weg fand er schließlich eine schmale Lücke und setzte den Kadett schräg über den halben Bürgersteig. Er würde nach der Geldübergabe ohnehin nicht mehr hierher zurückkehren, sondern ein bisschen mit der U-Bahn in der Gegend herumfahren, bis es dunkel wurde.

Jimmy zog den Reisverschluss seiner Lederjacke bis knapp unters Kinn und stemmte sich gegen den Wind. Noch regnete es nicht, aber es lag ein Gewitter in der Luft. Er nahm die Tasche mit dem Geld und bedeutete dem Jungen, voranzugehen.

Im Eingangsbereich des Turms befand sich eine große Übersichtstafel, auf der erklärt wurde, wie das Getreidesilo funktionierte. Ein älteres Ehepaar stand mit zwei kleinen Kindern in der Mitte davor, offenbar unternahmen Oma und Opa heute einen Ausflug mit den Enkeln. Der Mann stützte sich mit der linken Hand schwer auf einen Stock und war ganz in seine Ausführungen über die Bauweise des Turms vertieft. Die Kinder, ein Junge und ein Mädchen, hörten geduldig, aber sichtlich gelangweilt zu. Als Jimmy und Gummi hinter ihnen vorbeigingen, drehte sich die Frau kurz um und sah die beiden Neuankömmlinge entsetzt an. Jimmy lächelte ihr aufmunternd zu und drängte weiter in Richtung der Aufzüge. Er wusste, dass sie ziemlich abgerissen aussahen und deshalb Aufmerksamkeit auf sich zogen, das würde sich oben im Restaurant wahrscheinlich auch nicht ändern.

Vor den Aufzügen standen noch mehr Leute. Beide Rufknöpfe waren gedrückt. „Bitte nicht rauchen", stand in Großbuchstaben über den Aufzugstüren. Jimmy hätte sich jetzt gerne eine angesteckt. Er tastete nach dem zerdrückten Päckchen in der Innentasche seiner Jacke, ließ seine Hand dann aber sofort wieder in die Seitentasche gleiten, weil er merkte, dass der Junge ihn neugierig musterte.

Die linke Aufzugstür öffnete sich schließlich und entließ einen Schwall Menschen ins Foyer. Kaum hatte der Letzte die Kabine verlassen, strömten auch schon die Umstehenden hinein. Jimmy und Gummi betraten den Aufzug ganz am Schluss und blieben in einigem Abstand von den anderen fast unmittelbar vor den Schiebetüren stehen. Als sich der Aufzug hob, ging ein Raunen durch die Personengruppe, das aber schnell wieder verstummte.

Jimmy spürte seinen Magen rebellieren und musste wie so oft in den letzten Stunden gegen eine aufsteigende Übelkeit ankämpfen. Er war nur noch wenige Meter von seinem Ziel entfernt und würde sich hier jetzt keinesfalls in den Aufzug übergeben. Er atmete zweimal tief durch. Die anderen Besucher wichen seinem Blick aus und taten so, als sähen sie ihn gar nicht.

Das Klappern von Besteck und Gläsern sowie vielstimmiges Gemurmel empfing sie oben im Drehrestaurant. Man musste dem Rundumlauf folgen, um einen freien Tisch zu finden. Ein Kellner kam ihnen entgegen und warf Jimmy einen abschätzigen Blick zu, hatte sich aber gleich darauf wieder unter Kontrolle. Trotzdem spürte Jimmy die Blicke des Mannes in seinem Rücken, als er und Gummi einen der wenigen freien Tische ansteuerten.

Obwohl seine Anspannung ihm fast schon körperliche Schmerzen bereitete, wurde er nun doch einen Moment abgelenkt, als sein Blick durch die Rundumverglasung des Restaurants ging. Die Bankentürme auf der anderen Flussseite ragten majestätisch in den immer dunkler werdenden Himmel. Von hier oben konnte man das Gewitter vom Taunus her auf die Stadt zurollen sehen, tiefschwarze Wolkengebirge türmten sich über der Mainmetropole auf und verdüsterten den Nachmittag, die kleinen Lämpchen an den Tischen waren alle eingeschaltet.

„Was darf's sein, bitte?"

Jimmy hatte sich gerade gesetzt, als der Kellner auch schon an ihrem Tisch stand. Instinktiv schob er die Tasche mit dem Fuß ein Stück weiter unter den Tisch. Der Kellner lächelte freundlich, aber hinter dem Lächeln lauerte etwas anderes. Etwas, das Jimmy sagen sollte: Typen wie dich kenne ich. Machst du Ärger, fliegst du raus. Und zwar ganz schnell.

„Also? Was darf ich bringen?" Das klang schon nicht mehr ganz so freundlich.

Der Mann war bestimmt schon über 40. Er trug einen buschigen Oberlippenbart und hatte die Ärmel seines weißen

Hemdes ein Stück hochgekrempelt, sodass Jimmy seine behaarten Unterarme sehen konnte.

„Eine Cola für mich und eine für meinen Kumpel hier", sagte Jimmy betont lässig und fügte nach einer kurzen Pause hinzu: „Bitte?"

Der Kellner nickte mürrisch und verschwand.

Jimmy sah sich um. An den Tischen, die er von seiner Position aus sehen konnte, saßen ein händchenhaltendes Pärchen, eine Kleinfamilie mit Kindern und zwei asiatisch aussehende Männer in dunklen Anzügen und bunten Krawatten, die sich angeregt in ihrer Landessprache zu unterhalten schienen.

Um seine Nervosität in den Griff zu bekommen, nickte er Gummi zu und sagte: „Erzähl mal was, kriegst auch 'ne Kippe."

Der Junge hob überrascht den Kopf. „Was ... was soll ich denn?"

„Scheißegal, irgendwas." Jimmy legte das Zigarettenpäckchen auf den Tisch, aber der Junge sah es gar nicht an.

„Okay." Gummi sah aus dem Fenster und schien zu überlegen. „Eine Stunde, eine Runde."

Jimmy runzelte die Stirn, puhlte sich selbst eine Zigarette aus dem Päckchen und steckte sie an. Er sah sich nach dem Kellner um, der nirgends mehr zu sehen war. Die Asiaten schnatterten munter weiter, am Tisch der Familie stieß eines der Kinder gerade ein Glas mit Apfelsaft um und wurde vom Vater dafür mit mühsam gezügelter Wut ausgeschimpft, bis seine Frau ihm begütigend eine Hand auf den Arm legte.

„Und was soll das heißen?", fragte Jimmy, ohne richtig bei der Sache zu sein.

„Naja, das Ding hier dreht sich in einer Stunde einmal um sich selbst."

Jimmy zuckte die Achseln.

„Mein Vater hat uns mal erzählt, dass die Frauen, wenn sie sich früher hier zum Kaffeetrinken trafen, immer ihre Handtaschen auf den Fensterbänkchen vor den Tischen abgestellt haben."

„Und weiter?"

Gummi wollte gerade fortfahren, als der Kellner mit ihren Getränken an den Tisch trat. Er servierte und verschwand sofort wieder, ohne ein Wort zu sagen.

„Naja, das Restaurant dreht sich, aber die Fensterbänke doch nicht." Wie um seine Aussage zu bestätigen, legte Gummi eine Hand auf den Vorsprung unterhalb des Fensters.

„Die Frauen bekamen vor lauter Gequatsche gar nicht mit, dass ihre Handtaschen nicht mit auf die Reise gingen, und wenn sie es später doch bemerkten und aufgescheucht wie die Hühner auf die Suche nach ihren Taschen gingen, fanden sie die meistens ja auch wieder, allerdings ohne ihre Portemonnaies ... das war hier mal ein wahres Paradies für Taschendiebe, die mussten sich einfach nur hinsetzen und warten bis was vorbeikam ..."

Der Junge trank einen großen Schluck Cola und setzte das Glas vorsichtig wieder ab. Jimmy sagte erst einmal nichts, zog an seiner Zigarette und blies Gummi den Rauch ins Gesicht.

„Und du glaubst also, das sind so Geschichten, die mir gefallen, weil ich selbst ein Krimineller bin, was?"

Sofort wurde der Junge wieder unsicher und senkte den Kopf, starrte die Tischplatte vor seiner Cola an.

Jimmy lachte trocken. „Jetzt mach dir mal nicht gleich wieder ins Hemd, hast ja recht."

„Vier Mark achtzig." Der Kellner war schon wieder wie aus dem Nichts vor ihnen aufgetaucht. Er hielt ein großes schwarzledernes Portemonnaie in der Hand.

Jimmy drückte die Zigarette im Aschenbecher aus und suchte in seiner Jeans nach Kleingeld, legte alle Münzen, die er finden konnte, auf den Tisch und zählte fünf Mark ab.

„Stimmt so."

Der Kellner grunzte spöttisch und fegte das Geld von der Tischdecke direkt in sein Portemonnaie. Irgendwas stimmt doch mit dem nicht, dachte Jimmy. Der Typ bettelt ja förmlich darum, dass man ihm die Fresse poliert.

„Quittung kommt gleich."

„Brauch' ich nicht."

„Doch."

Der Kellner kritzelte auf seinem Block herum, ohne aufzusehen. Als er wieder den Blickkontakt zu Jimmy suchte, war sein Gesicht ausdruckslos. Er riss den Zettel vom Block und legte ihn betont vorsichtig, mit der Schrift nach unten auf den Tisch. Erst jetzt begriff Jimmy.

* * *

Meier öffnete das Garagentor und blieb einen Moment lang unschlüssig vor dem Heck des Rekords stehen.

„Wir sind verrückt. Das ist euch schon klar?"

Bernd nickte. Andy stand mit gesenktem Kopf ein kleines Stück abseits in der Auffahrt, wie ein bockiges Kind.

„Naja", sagte Meier, „wenn auch nur ein Kratzer an die Karre kommt, bringt mich mein Alter sowieso um."

Keiner lachte. Seine Witze schienen heute nicht zu zünden. Das taten sie eigentlich nie. Meier wartete immer noch auf die Angst. Irgendwann musste der Adrenalinschub doch wieder nachlassen und die Angst kommen? Heute Nacht hatte er Angst gehabt. Und heute früh. In der Telefonzelle und im

Proberaum. Als er mit der Pistole bedroht wurde. Aber jetzt? Er fühlte sich wie eine gespannte Feder. Keine Angst mehr. Keine …

„Hast du gehört?"

„Hm? Was gehört?" Meier stutzte. Er war so mit sich selbst beschäftigt, dass er gar nicht mitbekommen hatte, dass Bernd ihm die ganze Zeit etwas sagen wollte.

„Ich habe gesagt: Andy bleibt hier."

„Warum das denn?"

Bernd antwortete nicht, sondern deutete mit dem Kopf in Richtung ihres Kumpels, der immer noch reglos in der Auffahrt stand und den Kopf hängen ließ.

„Das bringt doch nix mit Andy", flüsterte Bernd ihm verschwörerisch zu.

Meier runzelte die Stirn und ging ein paar Schritte auf Andy zu. Langsam wurde ihm klar, was Bernd meinte. Wenn sie in eine brenzlige Situation kämen, wäre Andy eher ein zusätzliches Problem, vielleicht sogar eine Gefahr.

„Hey, alles klar?"

Andy schüttelte den Kopf, ohne Meier anzusehen. Er zitterte am ganzen Leib.

„Ist dir kalt?"

Andy nickte.

„Hast du „Blues Brothers", schon gesehen?"

Jetzt hob Andy ein wenig den Kopf und schielte Meier von unten herauf verwirrt an.

„Und, hast du?"

„Schon hundert Mal."

Meier lachte. „Ja, genau. Und hast du vielleicht Bock, den Film zum hundertundersten Mal zu glotzen?"

„Wie? Jetzt?"

„Komm mal mit."

Meier warf Bernd einen Seitenblick zu, dann brachte er Andy zurück in die Wohnung. Er riss die Kissen und die Decke von der Couch, unter der der stinkende Typ gelegen hatte, und warf sie angeekelt in die Ecke neben dem Fernseher.

„Mach's dir bequem." Er verfrachtete Andy auf die Couch, der sich sofort hinlegte, die Beine angezogen und die Arme vor dem zitternden Körper verschränkt.

Meier dachte einen Moment nach, dann holte er sein Bettzeug aus dem Schlafzimmer und deckte ihn zu. Er sah ein paar Blutflecke auf dem Kopfkissen, drehte es um und schob es seinem Kumpel unter den Kopf. Dann machte er sich daran, den Videorekorder einzustellen.

„Und? Wie bin ich zu dir? Wie eine Mutter ohne Brust, was?" Meier lachte, aber Andy reagierte nicht.

Während er die Videokassette aus der Hülle nahm und in den Schlitz des Rekorders schob, wurde er ganz ruhig und fragte sich, ob es jetzt soweit war und er gleich selbst in eine Schockstarre verfallen würde wie Andy. Aber unter der Ruhe fühlte er es immer noch vibrieren. Mit der Fernbedienung stellte er die Spurlage und die Lautstärke ein, dann drehte er sich zur Couch um.

„So, ist dir das …"

Meier brach ab. Hinter ihm auf dem Bildschirm wurde John Belushi alias Jake Blues gerade aus dem Knast entlassen und von seinem Bruder abgeholt. Vor ihm auf der Couch lag Andy mit weit offenem Mund und geschlossenen Augen, die verbundene Hand auf der Decke, die andere darunter.

Meier stellte den Ton leiser, dann schlich er auf Zehenspitzen in die kleine Diele. Er schloss die Tür zum Wohnzimmer hinter sich. Das Fernsehlicht war verschwommen durch die abgetönte Scheibe in der Tür zu erkennen.

Bevor er wieder nach oben ging, wo ihn Bernd vor der Garage erwartete, tastete er nach der Pistole in seiner Jacke. Er hatte sie im Proberaum unter der Verstärkerbox hervorgeholt, als die anderen schon draußen gewesen waren. Für alle Fälle, dachte Meier, nur für alle Fälle. Er würde sich jedenfalls nicht noch einmal einschiffen.

* * *

Gummi starrte auf sein halbvolles Glas Cola. Er sah die Kohlensäurebläschen in der schwarzen Limonade aufsteigen, sah, wie sie sich am Rand des Glases absetzten und zerplatzten, nur um kurz darauf durch neue ersetzt zu werden. Der Kellner hatte noch am Nebentisch kassiert, wo sich die Kleinfamilie zum Aufbruch rüstete. Die Kinder schlüpften umständlich in ihre Jacken, dann setzte sich der Tross in Bewegung. Die beiden asiatischen Geschäftsmänner schwiegen jetzt und sahen ehrfürchtig nach draußen in das immer näher kommende Unwetter. Das Pärchen saß wie eingefroren Hand in Hand am Nebentisch, zwei randvolle Sektgläser vor sich.

Endlich griff der Typ nach dem Zettel, drehte ihn um und las, was darauf geschrieben stand. Gummi meinte erst, eine leichte Verwirrung in seinem Gesicht zu erkennen, so als könne er die Worte auf dem Papier zwar lesen, aber nicht verstehen. Dann schlug die Verwirrung in Ärger um. Der Typ zerknüllte den Zettel und presste ihn in seiner Faust zusammen, sah sich hektisch nach dem Kellner um, der aber nirgends mehr zu sehen war, dann sah er nach draußen und schüttelte den Kopf.

Gummi folgte seinem Blick und sah ebenfalls nach draußen. Die Skyline, beziehungsweise das, was davon noch zu sehen war, lag nun schon ein ganzes Stück weiter links. Über dem

Taunus gingen bereits heftige Regenschauer nieder, der Ginnheimer Spargel war nur eine verwaschene, bleistiftdünne Säule vor dem nahenden Sturm.

Auf einmal beugte sich der Zombie über den Tisch und sagte: „Du kennst dich doch hier aus…"

Gummi nickte. „Ein bisschen…"

„Ortswechsel", zischte Jimmy zwischen zusammengepressten Zähnen hervor. „Wir sollen zu irgend so einem komischen Goetheturm kommen."

Gummi roch den kalten Zigarettenrauch in Jimmys Atem. Der Finger, mit dem er auf ihn deutete, zitterte, und als der Typ es bemerkte, versteckte er seine Hand unter dem Tisch.

Aber der Goetheturm? Bei diesem Wetter? Gummi überlegte. Das konnte eigentlich nicht sein.

Er war schon einmal dort gewesen. An einem Sonntag im Frühling. Oder war es an einem Feiertag? Ostern? Erster Mai? Egal. Auf jeden Fall war es warm. Jede Menge Leute unterwegs. Die ganze Familie hatte damals oben auf dem Turm gestanden, und er und Thorsten hatten sich gelangweilt und versucht, runter zu spucken, und dafür Backpfeifen von ihrem Vater kassiert.

„Das ist ein Holzturm mit Aussichtsplattform, nicht weit vom Südfriedhof", sagte Gummi mit belegter Stimme. „Aber der ist bestimmt geschlossen bei dem Wetter, da können wir heute garantiert nicht rauf."

„Erstmal müssen wir überhaupt hin, und zwar jetzt." Der Typ stand abrupt auf und zog die Tasche unter dem Tisch hervor. Gummi folgte ihm zögerlich.

Als sie in die Straße einbogen, in der sie den Kadett geparkt hatten, bekamen sie die ersten Regentropfen ab. Ein Strafzettel war hinter den Scheibenwischer geklemmt. Der Zombie kümmerte sich nicht weiter darum, öffnete die Beifahrertür und wartete, bis Gummi im Wagen saß, bevor er selbst auf der Fahrerseite einstieg.

„Du musst zurück“, stammelte Gummi, „die Straße an der Warte hoch, dann kommst du direkt hin.“

„Wir“, verbesserte ihn der Typ humorlos grinsend und drehte den Schlüssel im Zündschloss, „wir kommen direkt dorthin.“

* * *

Hinter Mörfelden drohte die Welt unterzugehen. Aus den pechschwarzen Regenwolken, die über der Fahrbahn hingen, donnerte es unheilverkündend. Rechts und links der Straße bogen sich die Bäume im Wind.

„Da kommt gleich ganz schön was runter.“

Bernd sah, wie Meier das Abblendlicht einschaltete und den Fuß vom Gas nahm. Entgegen seiner sonstigen Gewohnheiten hatte sich sein Freund heute strikt an die Straßenverkehrsordnung gehalten. Den alten Rekord wieder unbeschadet nach Haus zu bringen, schien ihm offenbar mindestens genauso wichtig zu sein, wie Gummi zu helfen.

Die Bemerkung über das Wetter war das Erste, was Meier gesagt hatte, seit sie aufgebrochen waren. Normalerweise laberte der doch ohne Unterlass. Bernd wusste nicht, was er davon halten sollte, klar war nur, dass Meier hier irgendwie die Führung übernommen hatte. Komisch, dachte Bernd, er hatte Meier eigentlich immer für einen Feigling gehalten.

„Jetzt geht’s los …“ Meier lenkte den Wagen auf die Abbiegerspur nach Neu-Isenburg, als der Regen einsetzte. Große Tropfen zerplatzten auf der Windschutzscheibe, aber der große Schutt blieb vorläufig noch aus.

Meier betätigte ein paarmal den Scheibenwischer, als sie an der Kreuzung beim Isenburg-Zentrum abbogen. Vor den Geschäften in der Frankfurter Straße brachten die Ladenbesitzer hektisch ihre Außenauslagen in Sicherheit, Kellner räumten die Stühle vor den Cafés zusammen, Passanten eilten den Gehweg entlang.

Als sie Neu-Isenburg verließen, schien das Unwetter noch einmal den Atem anzuhalten. Es kam Bernd so vor, als wollte es sich noch ein bisschen mehr aufblähen und ausdehnen, nur um sich dann umso stärker über ihnen zu entladen. Er warf einen Blick auf Meier, der den Wagen mit konzentrierter Ruhe und exakt 80 km/h auf Frankfurt-Sachsenhausen zusteuerte. Dann musste er wieder daran denken, dass sie keinen Plan hatten, keine Idee, was sie machen würden, wenn sie dem Zombie gleich wiederbegegnen würden. Und was würden sie tun, wenn sie die beiden nicht fanden?

Bernd war so tief in seine Gedanken versunken, dass er zusammenzuckte, als der Regen schließlich mit einem lauten Donnerschlag sturzbachartig einsetzte.

„Scheiße." Meier stellte den Scheibenwischer auf die höchste Stufe, aber die Sicht wurde nur unwesentlich besser. Es war, als würde kübelweise Wasser über ihnen ausgeschüttet, die anderen Autos waren nur noch verwaschene Lichtpunkte, die Ampelsignale kaum zu erkennen.

„Du musst rechts ranfahren!", brüllte Bernd, den auf einmal Panik erfasste.

„Weiß ich selbst!", brüllte Meier zurück.

Bernd sah nichts, spürte aber den Ruck, als der Rekord über die Bordsteinkante setzte. Meier fluchte und schlug mit der flachen Hand aufs Lenkrad, dann stellte er den Motor ab.

Das Geräusch des niedergehenden Regens, der gegen die Scheiben und auf das Dach des Wagens prasselte, war alles, was jetzt zu hören war. Ab und zu donnerte es krachend, manchmal weiter weg, manchmal scheinbar direkt über ihnen.

„Hoffen wir mal, dass wir hier keinem im Weg stehen oder uns ein Laster drauffährt.“ Meier lehnte sich im Fahrersitz zurück, blies die Backen auf und ließ die Luft langsam entweichen.

Bernd nickte und sagte nichts. Binnen weniger Minuten waren die Scheiben durch die Atemluft von innen angelaufen und die Sicht damit völlig flöten. Wie in einem U-Boot, dachte er, nur dass wir leider kein Periskop haben.

„Was machen wir denn jetzt?“, fragte Bernd und beobachtete Meier, der mit geschlossenen Augen und gefalteten Händen auf dem Bauch dasaß, als wolle er ein Nickerchen machen.

„Warten. Was anderes geht ja nicht.“

Bernd überlegte, ob er das Radio einschalten sollte, entschied sich aber dagegen. Wie konnte Meier nur so ruhig sein? Schließlich lehnte auch er sich im Sitz zurück, brachte es aber nicht fertig, die Augen zu schließen, sondern starrte den schwarzen Kunstlederhimmel mit den weißen Punkten an. Plötzlich war Andy wieder da, wie er auf Knien vor dem Typ rumrutschte. Und Gummi, der plötzlich hinter seinem Schlagzeug stand und alles zugab. Und Meier. Und er. Er sah sich selbst zwischen den anderen stehen, wie festgefroren, gelähmt und gleichzeitig voller Aufruhr. Die Pistole sah er auch und wie er dachte: Die ist echt, das ist kein Spiel. Immer wieder dachte er das, aber begriff es nicht. Echt. Kein Spiel.

Bernd zuckte zusammen, als ihn jemand am Arm berührte. Meier hatte sich zu ihm herübergebeugt und deutete verheißungsvoll in Richtung Wagendach. Erst kapierte Bernd nicht, was sein Freund ihm mit der Geste sagen wollte, aber dann hörte er es: Das Prasseln hatte etwas nachgelassen.

Meier ließ den Motor an und stellte Scheibenwischer und Belüftung auf maximale Stärke, dann wischte er die Scheibe von innen mit einem Ledertuch ab.

Bernd konnte den immer noch heftig fallenden Regen sehen, der Wind trieb Wassersäulen über die Straße, aber die Scheibenwischer des Rekords sorgten jetzt für einigermaßen freie Sicht.

Sie standen fast komplett auf dem Bürgersteig, keine hundert Meter von der Sachsenhäuser Warte entfernt. Der Verkehr floss in beiden Richtungen wieder zügig, das Licht der Scheinwerfer spiegelte sich auf dem nassen Asphalt. Bernd sah die roten Bremsleuchten der Autos, die an ihnen vorbeifuhren, aber weiter vorne hart in die Eisen steigen mussten, weil ein Krankenwagen mit Blaulicht die Straße auf Höhe Sonnenring und Südfriedhof blockierte. Der Henninger-Turm blieb hinter einer Regenwand verborgen.

„Dann wollen wir mal." Meier legte den ersten Gang ein und wartete auf eine Möglichkeit, sich in den fließenden Verkehr einzufädeln. Die Heckscheibe war trotz der Belüftung immer noch etwas beschlagen.

Bernd sah den Krankenwagen abfahren, die Straße war jetzt wieder in beiden Richtungen befahrbar. An der Engstelle war es zu einem Rückstau gekommen. Der erste Fahrer, der jetzt passieren konnte, hatte es offensichtlich eilig, er beschleunigte jedenfalls zügig und näherte sich ihnen frontal auf der gegenüberliegenden Straßenseite. An der Warte bremste der Wagen abrupt ab und bog nach links ein. Bernd sah das Auto und die beiden Insassen trotz des Regens für einen Moment ganz deutlich.

„Da sind sie", sagte Bernd. „Da sind sie."

* * *

Jimmy beschleunigte, musste aber sofort wieder vom Gas gehen. Er hatte erwartet, dass die Straße hier draußen breiter werden würde, aber das Gegenteil war der Fall: Der Landwehrweg verengte sich, je näher sie dem Goetheturm kamen. Der Regen wusch die bunten Autos vor den Ein- und Mehrfamilienhäuschen ab, auf den Gehwegen war bei diesem Schweinewetter natürlich niemand zu sehen. Als ihnen ein anderes Fahrzeug entgegenkam, musste Jimmy an den Straßenrand fahren, um es vorbeizulassen. Der Fahrer des nachtblauen Mantas blendete zum Dank kurz auf und schob sich dann langsam durch die Engstelle. Jimmy fuhr wieder an, beschleunigte aber kaum.

Die Straße machte schließlich einen Knick und Jimmy ging noch ein bisschen mehr vom Gas, jetzt endete das Wohngebiet und wurde von einer Schrebergartenkolonie abgelöst, hinter der man bereits den Goetheturm aus dem Wald aufragen sah. Es handelte sich tatsächlich um einen massiven Holzturm mit Aussichtsplattform, wie ihn der Junge beschrieben hatte.

Jimmy parkte den Kadett am Straßenrand, ein Stück vom eigentlichen Parkplatz des Turms entfernt. Er wollte sich einen Überblick verschaffen.

Links von ihnen auf der anderen Straßenseite fiel das Gelände ab, auch hier war eine Gartenkolonie. Vor ihnen parkte ein ramponierter VW-Käfer mit Frankfurter Kennzeichen, hinter ihnen erkannte er die Schnauze eines alten Ford Granadas im Rückspiegel, das war alles. Der Regen fiel immer noch beständig, aber der Himmel in der Ferne klarte schon wieder auf.

„So, jetzt pass mal auf." Jimmy packte den Jungen grob am Arm und spürte, wie ein Zittern durch dessen Körper ging. „Wir gehen da zusammen rauf. Ich weiß nicht genau, wer uns da erwartet, aber die wollen nur Geld, verstehste?"

Der Junge nickte. Seine Kiefer knirschten aufeinander und er sah stur geradeaus durch die Windschutzscheibe in den Regen.

Für einen Moment spielte Jimmy mit dem Gedanken, ihn jetzt schon laufenzulassen, aber das Risiko, dass er an der nächsten Ecke auf eine Polizeistreife traf und die Bullen hierher schickte, war ihm dann doch zu groß.

Jimmy nahm die Sporttasche vom Rücksitz auf seinen Schoß und öffnete den Reisverschluss. Er zählte 8.000 Mark ab und packte die Geldbündel in eine Plastiktüte mit blauem Wertkauf-Aufdruck, die er im Kadett gefunden hatte. Er wusste nicht, wieviel jetzt noch in der Tasche war, aber es würde auf jeden Fall eine Zeit lang reichen. Er würde es später zählen. Später.

Jimmy fiel auf, dass der Junge immer noch demonstrativ nach draußen starrte, so als wolle er von der ganzen Sache hier bewusst nichts mitbekommen. Gut so. Er schloss den Reißverschluss und verstaute die Tasche wieder im Fußraum vor dem Rücksitz.

„Auf geht's", sagte Jimmy, „letztes Gefecht."

* * *

Meier hatte über seine Schulter hinweg durch das Seitenfenster den Verkehr beobachtet und auf eine Lücke zum Einscheren gelauert, als Bernd schrie: „Da sind sie! Da sind sie!"

Meier fuhr herum, sah aber nur noch das Heck eines Wagens in der Seitenstraße vor ihnen verschwinden.

„Das waren sie! Gummi und der Typ! Ganz sicher!" Bernd deutete aufgeregt nach draußen, wo es nichts mehr zu sehen gab außer dem in Gegenrichtung vorbeiziehenden Verkehr.

Meier hatte nur ein Auto abbiegen sehen. Er hätte noch nicht mal sagen können, ob die Farbe des Fahrzeugs mit dem Orange seines Kadetts übereinstimmte.

„Bist du sicher? Der Typ sollte zum Henninger-Turm kommen. Warum also sollte er …"

„Weiß ich nicht, aber das waren sie, ganz sicher waren die das, jetzt fahr schon!"

Meier zögerte. Begann Bernd jetzt etwa auch noch durchzudrehen und sich Sachen einzubilden? Gespenster zu sehen?

„Mann, jetzt fahr doch endlich, fahr doch!"

„Jetzt krieg dich mal wieder ein, ja?", brüllte Meier.

Bernd verstummte sofort.

„Wollen wir mal hoffen, dass du recht hast …"

Meier sah erneut über seine Schulter, dann fädelte er sich in den Verkehr ein und bog an der Ampel rechts ab. Sie fuhren an der halbhohen Seitenmauer des Südfriedhofs entlang und kamen erneut an eine Kreuzung.

„Und jetzt?"

Für einen Moment schien Bernd vollkommen orientierungslos zu sein. Er verengte die Augen zu Schlitzen und starrte in den Regen hinaus. Meier wollte schon umdrehen, als er sagte: „Geradeaus!"

„Ist das jetzt nur so eine Ahnung von dir oder …"

„Vertrau mir und fahr, wir haben sie sicher gleich eingeholt!"

Meier war sich zwar überhaupt nicht sicher, auf dem richtigen Weg zu sein, überquerte aber trotzdem die Kreuzung und sah bald die roten Rückleuchten eines Fahrzeugs, das sich in einiger Entfernung vor ihnen die Straße hinunterbewegte.

„Da, da!", presste Bernd hervor. Meier nickte begütigend, er glaubte immer noch nicht wirklich daran, dass sie seinen Kadett vor sich hatten.

Ein Stück weiter vorne kam ihnen ein Fahrzeug entgegen und das Auto vor ihnen musste halten, um den Gegenverkehr durchzulassen. Jetzt wissen wir gleich mehr, dachte Meier und beschleunigte ein bisschen. Tatsächlich: ein orangefarbener Kadett. Das Nummernschild war durch den Regen und die zum Bordstein hin versetzte Position des Wagens schlecht zu erkennen, begann aber eindeutig mit GG.

„Okay", sagte Meier, „du hast recht, das sind sie…"

„Fahr nicht so dicht auf, die merken sonst was…"

Meier fuhr an den Straßenrand. Langsam ging ihm Bernd schon wieder auf die Nerven. Er wartete, bis der dunkle Manta, den Jimmy vorbeigelassen hatte, auch ihn passierte und folgte dann dem Kadett.

„Wo will der denn nur hin, verdammt nochmal?"

„Da vorne war ein Wegweiser", sagte Bernd, „da geht's zum Goetheturm."

Meier schüttelte den Kopf. Irgendwas musste da schiefgegangen sein, anders konnte er sich das nicht erklären.

Sie sahen den Turm in der Ferne schon über den Baumwipfeln herausschauen, als der Kadett vor ihnen rechts ranfuhr und bei einer Schrebergartenkolonie hielt.

Gedankenschnell fuhr auch Meier an den Straßenrand. Er achtete darauf, genügend Abstand zu halten, außerdem parkte ein quietschgelber Türken-Mercedes zwischen ihnen und dem Kadett.

„Was machen wir denn nun?" Bernd rutschte unruhig auf seinem Sitz hin nun her.

Keine Ahnung, dachte Meier, antwortete aber nicht. Das war ja dummerweise von Anfang an der Schwachpunkt bei ihrer Aktion: Was machen wir, wenn wir sie gefunden haben?

Bernd reckte den Hals, um besser sehen zu können, machte sich lang und ließ sich dann resigniert zurück in den Sitz fallen.

Jetzt, bei abgeschaltetem Motor, bewegten sich die Wischer nicht mehr und die Windschutzscheibe war im Handumdrehen wieder mit Regentropfen besprenkelt.

Für einen Moment sah sich Meier selbst, wie er ausstieg, im Regen nach vorne ging und mit der Pistole, die er immer noch unter seiner Jacke versteckt hielt, an die Scheibe auf der Fahrerseite des Kadetts klopfte. Er sah das überraschte Gesicht des Typs, als er auf ihn anlegte. Sah das Glas splittern, als das Projektil die Scheibe durchschlug. Sah Gummi auf dem Beifahrersitz lautlos den Mund öffnen und schließen, als der Querschläger ihn im Hals erwischte...

Meier schüttelte den Kopf. Nein, so nicht. Im selben Moment wurden die Türen des Kadetts geöffnet, Gummi und der Typ stiegen aus und liefen mit großen Schritten in Richtung Turm davon.

Bernd sah ihn fragend an.

„Wir warten besser noch einen Moment", beschloss Meier, „dann folgen wir ihnen."

* * *

Sie hetzten die Straße zum Goetheturm hinunter und waren schon nach wenigen Metern vollkommen durchnässt. Gummi klebten die Haare im Gesicht und Jimmy musste die Tüte mit dem Geld schützend unter seine Jacke stecken.

Am Fuß des Turms stand ein weißer Mercedes-Benz und unter dem überdachten Zugangsbereich ein Mann in Lederkleidung und Motorradstiefeln, der eine Zigarette rauchte. An dem Querbalken über seinem Kopf hing ein Schild mit Informationen zum Turm. 43,3 Meter Höhe und 196 Stufen las Jimmy und stöhnte innerlich auf. Dann konzentrierte er sich auf den Biker, der sie schon zu erwarten schien.

Er war nicht wesentlich älter als Jimmy, hatte die Hände in die vorderen Hosentaschen gesteckt und die Schultern zum Schutz gegen die Kälte hochgezogen.

„Heute nur Sonderöffnung für geladene Gäste!", sagte er und entblößte eine Reihe gelbverfärbter Zähne. Er zog ein letztes Mal an der fast bis auf den Filter heruntergerauchten Zigarette und warf sie in den Regen. Jimmy sah eine Tätowierung auf seinem Handrücken, konnte aber nicht erkennen, was sie darstellte.

Als Gummi, der in seiner durchnässten Jeansjacke erbärmlich zitterte, vorangehen wollte, stellte sich ihm der Tätowierte kopfschüttelnd in den Weg.

„Nee, nee, nur der ist heute geladener Gast." Er deutete auf Jimmy, der erst protestieren wollte, aber dann nickte.

„Du bleibst hier unten und wartest, klar?"

Statt einer Antwort schlang sich Gummi die Arme um den Oberkörper, seine Zähne schlugen aufeinander.

„Der Bubi geht nirgendwohin, da mach dir mal keine Sorgen." Der Mann legte Jimmy eine Hand auf die Schulter. „Und jetzt sieh zu, dass du endlich da rauf kommst!"

Jimmy betrat den Turm, durch den Schacht in der Mitte konnte er bis nach oben sehen. Die erste Zwischenetage war überdacht, hier befand sich eine Tür, die heute wohl eigentlich geschlossen sein sollte. Die Treppen zwischen den Etagen waren mit Geländern an den hölzernen Balustraden versehen, und noch bevor er die Hälfte des Aufstiegs geschafft hatte, musste er sich daran festhalten.

Er war auf dem Niveau der höchsten Baumwipfel angekommen, als ihn das Gefühl überflutete, jeden Moment bewusstlos zu werden. Kleine schwarze Flecken breiteten sich vor seinen Augen aus, die Zwischenräume der dunklen Bodendielen unter seinen Füßen schienen auf einmal größer zu werden und der Himmel über den Bäumen begann sich zu drehen. Jimmy schloss die Augen und beugte sich ein Stück über die Balustrade, sodass ihm der Regen ins Gesicht fiel. Er riss die Augen wieder auf und sog die frische, feuchte Luft gierig in seine Lungen. Er spürte sein Herz einen Sprung machen und die Cola aus seinem Magen aufsteigen, würgte den Schwall aber wieder herunter und setzte seinen Weg fort.

Er war sich nicht sicher, ob er es war oder der Turm, der leicht schwankte. Die Dielenbretter knarrten unter seinen Füßen, auf einmal kam er sich vor wie auf hoher See. Nach zwei weiteren Etagen musste er erneut eine Pause einlegen. Er sah den Wind in die Baumkronen fahren, hörte sein Pfeifen. Er befand sich jetzt auf der anderen Seite des Turms und konnte ganz deutlich die Zufahrtsstraße sehen, dort unten stand der Kadett, eingeparkt zwischen dem Käfer und dem Ford, weiter hinten stand noch ein Wagen, der ihm vorhin gar nicht aufgefallen war. Am Horizont war der Himmel schon wieder blau, das Gewitter war vom Taunus her über Frankfurt hinweggezogen, die Wolkenfront lockerte bereits auf, nur ab und zu hörte man weiter entfernt noch Donnergrollen.

Schließlich stand Jimmy am Fuß der letzten Treppe, die auf die Aussichtsplattform führte. Der Aufgang war rechts und links mit Holz verkleidet, sodass er nicht sehen konnte, wer oben stand. Oben angekommen, musste er sich umdrehen. Nach zwei Schritten stand er in der Mitte der Plattform und ihm gegenüber der hagere Typ mit dem Zopf, der ihm vor einer Woche ein Loch in die Backe gebrannt hatte. Er trug diesmal keinen Leinenanzug, sondern graue Stoffhosen und einen dicken schwarzen Rollkragenpullover. Er rieb sich unentwegt die Hände, als sei ihm kalt. Sein Boxer-Kumpel lehnte im blauen

Trainingsanzug, über den er sich eine grüne Bomberjacke gezogen hatte, hinter ihm an der Balustrade und tat so, als genieße er die Aussicht über das Frankfurter Umland.

„Unser Jimmy hat's tatsächlich geschafft!" Der Bezopfte sah kurz über seine Schulter. „Du schuldest mir 'n Zehner!"

Der Boxer grunzte unwillig.

„Sieht ganz schön mitgenommen aus, aber er hat's geschafft, der alte Hurensohn."

Jimmy beobachtete den Boxer, der sich jetzt langsam von der Balustrade wegbewegte und auf ihn zukam.

„Dann lass mal sehen."

„Hier. Damit sind wir quitt."

Jimmy überreichte dem Hageren die Tüte mit dem Geld und machte vorsichtig einen Schritt zur Seite, um den Boxer nicht aus den Augen zu verlieren, der offenbar versuchte, unbemerkt in seinen Rücken zu kommen.

Während der andere das Geld zählte, tastete Jimmy mit kalten Fingern nach der Pistole in seiner Jacke. Er spürte, wie seine Hand zitterte.

„Wo ist der Rest?"

„Welcher Rest?"

Der Hagere lächelte. „Jimmy, Jimmy..."

* * *

Gummi fror. Er konnte sich nicht erinnern, schon einmal in seinem Leben derart gefroren zu haben.

Er kauerte auf der untersten Stufe des Turms, wo er halbwegs vor dem Regen geschützt war. Sein Bewacher ging rauchend auf und ab, legte den Kopf in den Nacken und spähte durch den Treppenschacht nach oben, obwohl es dort nichts zu sehen gab. Gummi beugte sich ein Stück nach vorne, konnte aber außer dem hölzernen Aufstieg ebenfalls nichts sehen.

„Da habt ihr euch mit den Falschen eingelassen, Bübchen." Der Biker warf ihm einen Seitenblick zu und grinste.

Gummi schüttelte den Kopf, wollte erklären, dass er mit der ganzen Sache eigentlich gar nichts zu tun hatte, brachte aber kein Wort heraus. Er hatte das furchtbare Gefühl, dass weder Jimmy noch er lebend von hier wegkommen würden. Dazu war einfach zu viel passiert. Er hätte das Geld nicht nehmen dürfen. Damit hatte alles begonnen. Und jetzt war es zu spät.

„Scheißwetter." Der Biker fluchte, katapultierte seine Kippe mit Daumen und Zeigefinger in den Nieselregen hinaus und zündete sich gleich die nächste an.

Gummi sah sich um. Von seinem Platz aus konnte er nirgendwo ein Motorrad sehen, also war der Typ wohl mit dem weißen Mercedes gekommen. Er trug auch keine Kutte, trotzdem war sich Gummi sicher, es mit einem Rocker zu tun zu haben. Hells Angels oder sowas, wahrscheinlich.

Als könne der Biker Gedanken lesen, drehte er sich in diesem Moment um, kam auf Gummi zu und baute sich breitbeinig vor ihm auf. Gummi hielt den Kopf gesenkt, studierte den Boden zwischen seinen verdreckten Turnschuhen.

„He, guck mich mal an, Headbanger!"

Langsam hob Gummi seinen Kopf. Er erwartete einen Schlag ins Gesicht, aber stattdessen hielt ihm der Biker nur ein offenes Päckchen Marlboro unter die Nase.

„Danke." Letzte Zigarette, dachte Gummi, nahm sich aber trotzdem eine und ließ sich Feuer geben.

„Mann, du zitterst ja immer noch", sagte der Rocker und schüttelte den Kopf. Er wandte sich wieder ab, ging ein paar Schritte, machte dann abrupt kehrt und beugte sich, die Hände auf die Oberschenkel gestützt, verschwörerisch zu Gummi herunter.

„Haste Kohle?"

Gummi dachte kurz an die blaue Sporttasche im Kadett, schüttelte aber den Kopf. Er konnte kaum die Zigarette zum Mund führen, ohne den Glimmstängel fallenzulassen.

„Schade." Der Biker grinste und zeigte wieder seine nikotingelben Zähne. „Falls dir doch noch einfällt, dass du irgendwo was gebunkert hast …"

Gummi starrte den Mann an. In seinem Kopf schossen die Gedanken in alle Richtungen. Schwärmten aus und vereinigten sich dann an einem Punkt: Wollte der ihm ein Angebot machen? Ihn etwa laufen lassen?

„Kapierst du eigentlich, was ich dir sagen will, Headbanger?"

„Ja." Gummi nickte und sah wieder auf den Boden.

„Dann solltest du dich aber mal schleunigst …"

Gummi wunderte sich, warum der Kerl nicht weiterredete, sondern plötzlich wie von der Tarantel gestochen aufsprang und herumfuhr. Dann sah er selbst, warum.

„Entschuldigung, ist der Turm heute geöffnet?"

* * *

Jimmy spürte, wie sich die Drahtschlinge um seinen Hals zusammenzog und in die empfindliche Haut über dem Kehlkopf einschnitt. Er wusste, dass er den Boxer nicht aus den Augen hätte verlieren dürfen, aber der Kerl war gut trainiert, schnell und ausgeschlafen. Und Jimmy am Ende seiner Kräfte.

Als ihm die Luft wegblieb, riss er instinktiv die Arme nach oben, konnte die Schlinge aber natürlich nicht lockern, dafür griff ihm der Hagere schnell in die Jackentaschen, zog die Pistole und den Wagenschlüssel heraus und hielt ihm beides wie einen Köder vors Gesicht.

„Wolltest du uns etwa abknallen, Jimmy?" Der Hagere lachte. „Guck mal, der Jimmy wollte uns alle machen!"

Er zeigte seinem Kumpel kurz die Pistole, hielt sie mit dem Griff nach vorne, dann steckte er sie sich in den Hosenbund.

Jimmy röchelte, Speichel trat ihm aus dem Mund. Er ruderte hilflos mit den Armen und spürte, wie er jede Sekunde das Bewusstsein verlieren würde.

„Ich wette mal, der Rest eurer Beute ist da unten in dem Wagen." Der Bezopfte deutete mit dem Daumen hinter sich, zeitgleich lockerte der Boxer die Schlinge etwas. Jimmy hustete und spuckte, bekam aber trotzdem kaum Luft.

„Weißt du, wir hatten ja nun wirklich ganz schön Ärger wegen dir." Der Mann began, langsam vor Jimmy im Kreis zu gehen, den Blick auf den Boden gerichtet. „Und da finden wir, dass wir eine kleine Aufwandsentschädigung verdienen."

Jimmys Blickfeld trübte sich ein. Seine Augen begannen zu tränen, die Lungen zu schreien.

„Das siehst du doch sicher ein?", fragte einer der beiden spöttisch. Jimmy wusste schon nicht mehr, welcher. Die Angst hatte ihn jetzt voll im Griff, sein ganzer Körper brannte, die Augen traten hervor. Jimmy konnte noch nicht einmal mehr würgen, spürte, wie er immer schwerer wurde und zusammensackte, aber noch bevor er den Boden berührte, wurde sein Körper, dessen totes Gewicht ihn eben noch zu Boden hatte sinken lassen, leicht.

Er began, langsam zu schweben. Er hatte plötzlich Luft unter seinen Füßen und die Luft hatte Substanz, die Luft trug ihn. Er stieg immer weiter auf und fürchtete schon, an der Überdachung der Aussichtsplattform hängenzubleiben, aber das Dach hatte im Gegensatz zur Luft keine Substanz und ließ ihn durch. Über ihm war der Himmel jetzt blau. Es regnete auch nicht mehr. Absolute Windstille. Er stieg in die klare Luft auf, stieg und stieg immer weiter empor, sah die Skyline Frankfurts und den Taunus unter sich kleiner werden, er sah Länder, Meere und Kontinente, verließ schließlich die Atmosphäre und schwebte ins All, in die Schwärze des Weltraums hinaus. Jimmy hatte keine Angst vor der Schwärze. Erst war sie überall um ihn herum. Und dann war die Schwärze auch in ihm.

* * *

„Wir wollten nur wissen, ob man heute auf den Turm kann?"

Bernd versuchte, so unschuldig und naiv wie möglich zu klingen, aber der Rockertyp in den Lederklamotten schien ihm nicht zu trauen. Gummi saß hinter ihm auf der Treppe und sah aus, als hätte er ein paar Runden im Schleuderwaschgang hinter sich.

„Heute nur für geladene Gäste, Sonderöffnung."

„Ach, das ist ja interessant!" Bernd machte ein argloses Gesicht. „Und für wen genau?"

„Für Holger Börner und Ronald Reagan, und ihr verpisst euch jetzt besser!"

„Okay, okay…" Bernd trat einen Schritt zurück und hob begütigend die Hände. Er versuchte, Blickkontakt zu Gummi herzustellen, aber der starrte nur Löcher in die Luft.

Meier, der sich die ganze Zeit im Hintergrund gehalten hatte, kam jetzt zu ihnen rüber. Sofort begann der Typ wieder zu brüllen: „Ich hab' gesagt, ihr sollt euch verpissen, verdammt nochmal!"

Bernd wusste von der Pistole, die Meier unter seiner Lederjacke hatte. Nur im alleräußersten Notfall würde er sie ziehen. So war es abgesprochen.

„Wir gehen ja, wir gehen ja“, sagte Bernd. „Aber unseren Freund da drüben“, er deutete mit der Hand vage zu Gummi rüber, „also unseren Kumpel, den nehmen wir mit. Ist doch okay, oder?“

Für einen Augenblick war der Rocker vollkommen durcheinander. Die Verwirrung stand ihm förmlich ins Gesicht geschrieben. Er sah schnell zum Turm hinauf, dann zu Gummi, dann wieder zu Bernd und Meier.

„Ach, so ist das.“ Jetzt nickte er, als würde ihm auf einmal alles klar. „Und wer seid ihr? Die unerschrockenen Jungs von Burg Schreckenstein, oder was?“

Bernd spürte, wie Meier neben ihm unruhig wurde, und kurz darauf verstand er auch, warum: Auf dem Turm tat sich was. Irgendwer kam nach unten, sie hatten nicht mehr viel Zeit.

„Hey, Gummi, komm doch zu uns rüber“, versuchte es Bernd, aber Gummi machte keine Anstalten, sich zu bewegen.

„Siehst du, der will gar nicht.“ Der Rocker sah Bernd direkt in die Augen, während er ein Springmesser aufschnappen ließ. Er hielt es am ausgestreckten Arm, die Klinge auf den Boden gerichtet.

„Und jetzt haut ihr besser ab.“ Vom Turm her konnte man nun deutlich das Poltern sich nähernder Schritte hören.

Die sind mindestens zu zweit, dachte Bernd und spürte, wie ihn Panik ergriff. Der Impuls, wegzurennen, fuhr ihm in die Glieder und breitete sich in jedem seiner Muskeln aus, vor Anspannung begann er leicht zu zittern.

„Noch ist Zeit, wegzulaufen …“, sagte der Mann mit dem Messer mit falscher Freundlichkeit in der Stimme und trat einen Schritt auf Bernd zu.

„Ja, aber für dich!“

Bernd sah aus dem Augenwinkel, wie Meier die Pistole auf den Rocker richtete, der sofort das Messer fallen ließ. Der Überraschungseffekt. Meier hatte das perfekte Timing erwischt.

„Ho, ho…“, entfuhr es dem Rocker, der die Hände sofort auf Schulterhöhe gehoben hatte und sich nicht vom Fleck rührte. „Ganz langsam, Junge, ja? Ganz langsam mit der Wumme da. Alles in Ordnung, alles ist okay.“

„Gummi!“ Bernd nahm seinen Freund am Arm und zog ihn von der Treppe hoch. Über ihnen donnerten schon die Schritte, er konnte zwei Männer ausmachen, vielleicht auch drei.

Gummi ließ sich willenlos vor den Turm zu Meier führen, der immer noch den Rocker in Schach hielt. Dann standen sie zu dritt im Regen und sahen den Hageren und den Boxer den Turm herunterkommen.

Der Boxer kam zuerst, sah Meier mit der Pistole und blieb auf der untersten Treppenstufe, auf der bis vor kurzem noch Gummi gesessen hatte, schlagartig stehen, sodass sein Komplize auf ihn auflief. Der begann zu fluchen und zu schimpfen, dann sah auch er, was sich vor dem Turm abspielte und verstummte.

Bernd hatte keine Ahnung, was als nächstes passieren würde. Erleichtert stellte er fest, dass die beiden keine Waffen in den Händen hielten. Dann erinnerte er sich, wie schnell der Biker vorhin sein Messer gezogen hatte.

Über ihnen war jetzt das Dröhnen eines Flugzeugs zu hören, das zur Landung ansetzte. Bernd sah, wie Meier ein Regentropfen über die Nasenwurzel lief, er hielt die Pistole ruhig in beiden Händen und zielte immer noch auf den vollkommen erstarrten Rocker.

Der Hagere schien der Chef zu sein, jedenfalls ergriff er als Erster das Wort: „Was wollt ihr?“ Er sprach mit gönnerhafter

Zurückhaltung, als hätte er die Situation vollkommen im Griff.

„Wir…", begann Bernd und musste sich räuspern. „Wir wollen nur nach Hause…"

Der Hagere lächelte und Bernd kam sich blöd vor. Wir wollen nur nach Hause? Der nahm ihn jetzt doch gar nicht mehr ernst.

„Gut", sagte der Hagere und nickte. „Und wir wollen zu unserem Wagen da." Er nickte zu dem hinter Meier und Gummi geparkten Mercedes. „Dürfen wir?"

Bernd nickte und Meier machte einen Schritt zur Seite, die Pistole immer noch im Anschlag. Er beobachtete, wie sich die drei Männer langsam in Bewegung setzten. Der Biker stieg hinten ein, der Boxer öffnete die Fahrertür und klemmte sich hinters Steuer. Der Hagere blieb bis zuletzt stehen und sah sie über das Dach des Autos hinweg an. Bernd lief eine Gänsehaut über den Rücken, er hatte den Eindruck, dass sich der Hagere ihre Gesichter ganz genau einprägen wollte. Erst, als der Boxer den Motor anließ, nickte er ihnen einmal kurz zu und ließ sich dann in den Beifahrersitz gleiten. Der Wagen setzte sich in Bewegung und war schnell außer Sichtweite. Meier ließ die Pistole sinken und atmete auf.

Bernd sah Meier an, dann Gummi. Er dachte an nichts, sein Kopf war auf einmal vollkommen leer. Dann fiel ihm etwas ein.

„Was ist denn mit dem Zombie-Typ?"

Gummi hob den Kopf und nickte in Richtung Turm. „Der muss noch da oben sein."

„Da kann er von mir aus auch bleiben", murmelte Meier und betrachtete die Pistole in seinen Händen wie einen seltenen Edelstein.

„Und wenn die ihn umgebracht haben?"

„Ist mir scheißegal."

Bernd schüttelte den Kopf. Er entfernte sich ein paar Schritte weiter vom Turm, legte den Kopf in den Nacken und sah nach oben. Er konnte die überdachte Aussichtsplattform sehen, aber natürlich nicht, was sich darauf abspielte.

„Wir gehen jetzt ganz langsam zum Wagen zurück, klingeln am erstbesten Haus und rufen die Bullen." Meier packte Bernd grob am Arm. „Nix anderes machen wir, ist das klar?"

Bernd nickte.

Meier stieß Gummi sanft in den Rücken. „Auf geht's, nach Hause."

Gummi sagte nichts, sondern setzte sich in Bewegung, wie ferngesteuert. Bernd und Meier folgten. Es hatte jetzt aufgehört zu regnen, im Unterholz um sie herum knackte es, als sie den Weg zurück zur Straße einschlugen.

Sie waren schon ein paar Schritte gegangen, als Bernd stehen blieb. Er dachte immer noch an nichts. Traf keine logischen Entscheidungen, sondern rannte einfach los. Hörte, wie Meier ihm hinterherrief, er solle jetzt keinen Scheiß machen und wieder zurückkommen. Erreichte den Turm und nahm immer zwei Stufen auf einmal. Spürte seine Lungen brennen, machte langsamer, blieb stehen und sah die Baumwipfel, sah die Zufahrtsstraße, der weiße Mercedes stand jetzt neben Meiers Kadett. Bernd hielt sich einen Moment am Geländer fest und lauschte, von oben war nichts zu hören. Er setzte den Aufstieg fort, pausierte, dann weiter.

Als er oben ankam, war er allein. Keiner sonst da. Unmöglich, dachte Bernd, aber wahr. Er schloss die Augen und öffnete sie wieder, und erst da sah er Jimmy hinter dem Aufgang liegen, eine Drahtschlinge um den Hals, die Augen geschlossen.

Bernd lockerte die Schlinge, sah den aufgerissenen, wundgescheuerten Hals, den gequetschten Kehlkopf. Er griff nach Jimmys Handgelenk und fand keinen Puls. Legte ihm die Hände auf den Bauch und auf die Brust und spürte keine Atembewegung. Er überstreckte den Kopf des Leblosen und presste seinen Mund auf dessen Nase. Er begann mit der Beatmung, aber es half nichts. Bernd riss Jimmy die Jacke auf. 15 zu 2, dachte er, wenn man allein ist, muss man fünfzehnmal pressen, dann zweimal beatmen ...

Er wusste nicht, wie lange er reanimiert hatte. Nur, dass er irgendwann Sirenen hörte, Blaulicht flackern sah. Und dass er plötzlich nicht mehr allein auf dem Turm war. Er wollte den anderen noch von dem weißen Mercedes erzählen und sofort wieder zu Meier und Gummi nach unten hetzen, aber man ließ ihn nicht. Jetzt lag er selbst auf dem Boden. Gesichter über sich. Jemand zog sich Gummihandschuhe an und zog eine Spritze auf. Bernd spürte nichts. Es sei alles in Ordnung, sagte jemand, alles sei gut, und da wurde er furchtbar sauer und schrie und wollte sich losreißen, aber es ging nicht, weil seine Muskeln auf einmal aus Marmelade waren. Auch das Reden funktionierte nicht mehr richtig. So ist das also, wenn man stirbt, schoss es ihm durch den Kopf, und er wunderte sich noch, dass er gar keine Angst hatte. Dann wurde sein Kopf herrlich leicht und seine Gedanken rissen ab.

Zwei Monate später

Jimmy erwachte, weil sich irgendetwas verändert hatte. Das Licht in der kleinen Zelle schien anders geworden zu sein. Es war noch Nacht, aber trotzdem nicht mehr richtig dunkel.

Er richtete sich auf und stand barfuß auf dem kalten, glatten Linoleumfußboden vor der Pritsche. Einen Schritt nach links: Toilette und Waschbecken. Einen Schritt geradeaus: Tisch und Stuhl. Einen Schritt nach rechts: die Wand mit dem vergitterten Fenster im oberen Drittel. Er rückte den Stuhl unter das Oberlicht, stieg hinauf und sah nach draußen.

Schnee war gefallen und bedeckte die Dächer und den Innenhof der JVA. Es war ganz still. Er hätte gerne länger aus dem Fenster in die schneehelle Nacht gesehen, aber die Kälte kroch ihm schon bald unter das T-Shirt und durch die dünne Trainingshose, verwandelte seine nackten Füße in Eisklumpen.

Jimmy kroch zurück auf die Pritsche und zog sich die Decke bis unters Kinn. Nächtliches Erwachen. Das kannte er, nur war es selten so angenehm wie heute. Zumeist wurde er vorher im Traum gewürgt. Auch mit einem groben Strick um den Hals aufgeknüpft hatte man ihn schon. Manchmal blieb ihm die Luft auch aus anderen Gründen weg: Der Kopf wurde ihm unter Wasser gedrückt oder er erstickte einfach so, gefangen in einer luftdicht versiegelten Kammer.

Er hatte seinem Pflichtverteidiger von den Träumen erzählt. Ob er wirklich glaube, den Staatsanwalt und den Richter damit milde stimmen zu können, hatte der ihn daraufhin gefragt und ihm geraten, auf keinen Fall so zu tun, als sei er das Opfer. Dass er in den Knast gehe, sei nicht zu verhindern, allein wie lange, sei noch nicht entschieden. Schadensbegrenzung, mehr könne er nicht erwarten. Und er müsse selbst etwas dafür tun.

Jimmy hatte nur stumm genickt und nicht mehr von seinen Albträumen erzählt. Wenn er nachts mit wild rasendem Herzen aufschreckte, fuhr er sich als Erstes vorsichtig mit dem Finger über die unebenen, vernarbten Stellen an seinem Hals. Und wenn er dann nicht wieder einschlafen konnte, dachte er an sein Erwachen aus der Schwärze.

Er wusste nicht, wie lange er damals weg gewesen war, nur dass er irgendwann die Augen aufschlug und auf eine weißgetünchte Wand sah, auf die blasses Sonnenlicht die Umrisse eines Fensterrahmens malte. Er lag in sauberer Bettwäsche in einem richtigen Bett, es roch leicht nach Kampfer und Desinfektionsmittel. Offensichtlich hatte man ihn gewaschen. Er versuchte, seine rechte Hand zu heben, aber es ging nicht. Mit der Linken schlug er die Decke ein Stück zur Seite und sah, dass seine rechte Hand mit Handschellen am Bettrahmen festgemacht war.

Die nächste Überraschung an diesem Morgen war ein blonder Engel. Der Engel betrat das kleine Zimmer, in dem Jimmy lag, und hatte ein silbernes Tablett mit Spritzen dabei. Der Engel gab einen erstaunten Laut von sich, als er sah, dass Jimmy wach war. Jimmy las das bunte Namensschild am Schwesternkleid des Engels: Sr. Doris stand da. Er hob seine freie Hand und wollte sagen: Hallo, Schwester Doris – aber es funktionierte nicht. Statt Worten brachte er nur Geröchel zustande. Schwester Doris lächelte nachsichtig: Das geht noch nicht.

Als es dann mit dem Sprechen wieder einigermaßen funktionierte, seine Stimme aber noch ganz dünn und hoch war, als hätte er Helium eingeatmet, verhörten ihn erst die Kripo und dann der Staatsanwalt.

Sein behandelnder Arzt war ein junger Mediziner mit kantigen Gesichtszügen und militärisch kurzen Haaren, der ihn mit kühler Sachlichkeit therapierte. Wenn der Junge nicht gewesen wäre, hatte er einmal zu ihm gesagt, wären sie jetzt tot. Der Arzt sah ihm dabei starr in die Augen, als hätte er am liebsten hinzugefügt: Was auch niemand bedauern würde.

Jimmy kannte die Geschichte schon von der Polizei. Dass zwei der Jungs sie nach Frankfurt verfolgt hatten und dass der schlaksige Gitarrist ihn wiederbelebt hatte. Dass der Hagere und der Boxer mit dem Rest der Beute erwischt worden waren. Alles in den Wind, dachte Jimmy. Alles in den Wind.

Nach der Überstellung in die JVA kam sein Anwalt nun regelmäßig. Jedes Mal zählte er die Anklagepunkte auf, die Jimmy bereits alle der Polizei gegenüber eingeräumt hatte. Das sei gut, sagte der Anwalt. Er solle bloß nicht anfangen, sich rauszureden oder zu rechtfertigen. Er müsse Einsicht zeigen und Reue. Er solle sich mal Gedanken machen, ob er das hinbekomme, und zwar so, dass ihm der Richter das auch abnahm.

Wie viele Jahre es am Ende dann sein würden, wusste der Anwalt auch nicht.

* * *

Gummi stand am Fenster und sah nach unten in den Garten, wo Andy gerade dabei war, mit einem riesigen Schieber die Wege von Eis und Schnee zu befreien.

„Fertig!“, rief der alte Herr Müller hinter dem Vorhang am Waschbecken und Gummi setzte sich seufzend in Bewegung.

„Und?“

„Nur klein“, sagte der alte Mann enttäuscht, der jeden Tag auf seinen Stuhlgang wartete wie ein kleines Kind auf Weihnachten.

Gummi konnte seine Erleichterung einigermaßen verbergen und half Herrn Müller vom Toilettenstuhl hoch, sodass der sich am Waschbecken festhalten und Gummi ihm die Hose hochziehen konnte. Er verfrachtete den klapprigen Alten wieder ins Bett und schob den Toilettenstuhl samt Eimer in den Schmutzraum am Ende des Flurs. Dort wurde der Eimer in einem eigens dafür vorgesehenen Steckbeckenspüler entleert und gesäubert.

Gummi ließ sich Zeit, sprühte die Sitzfläche des Stuhls mit Desinfektionsmittel ein und wischte die Lehnen ab. In zehn Minuten hatte er Feierabend und traf sich mit Andy unten an der Bushaltestelle vor dem Altenheim.

Sozialstunden hatte der Jugendrichter ihnen beiden aufgebrummt. Wegen dem Geld und der Knarre. Am liebsten hätte der auch Bernd und Meier dazu verdonnert, aber die hatten ja nichts gemacht, außer, dass sie leichtsinnig und fahrlässig gehandelt hatten, als sie allein nach Frankfurt gefahren waren. Der Richter war jedenfalls ziemlich ätzend gewesen. Die Sozialarbeiterin von der Jugendgerichtshilfe hatte Gummi und Andy auch noch bescheinigt, für ihr Alter eher unreif und unreflektiert zu denken und zu handeln. Ihm war später klar geworden, dass sich das für sie natürlich eher strafmildernd ausgewirkt hatte, aber die hennarot gefärbte Öko-Tussi konnte er trotzdem nicht leiden. Unreif und unreflektiert, was wusste die denn schon?

Gummis Eltern waren aus allen Wolken gefallen. Seine Mutter hatte tagelang geheult und sein Vater das Reden mit ihm zunächst ganz eingestellt. Er hatte eigentlich damit gerechnet, dass sein Alter irgendwann doch noch anfangen würde, rumzuschreien und ihn kleinzumachen. Aber stattdessen hatte er doch tatsächlich versucht, mit ihm zu reden. So auf die Tour von Mann zu Mann. Auch wegen der Sauferei. Ausgerechnet sein Vater. Es war nicht viel rausgekommen dabei, aber immerhin. Thorsten und Sybille kamen jetzt öfter mit dem kleinen Timmy zu Besuch.

Gummi zog sich um und fuhr mit dem Aufzug nach unten in die Halle. Er verließ das Altenheim und musste feststellen, dass es schon wieder leicht schneite. Er steckte sich eine Zigarette an und ging zur Bushaltstelle rüber, wo Andy bereits von einem Bein aufs andere tänzelnd auf ihn wartete.

An ihrem ersten Tag im Heim waren sie eingeteilt worden: Gummi in die Pflege und Andy zum Hausmeister. Erst hatte Gummi sich geärgert, weil Andy mit Schneeschippen und Kelleraufräumen den vermeintlich besseren Strafdienst erwischt hatte, aber die Heimleiterin, eine sehnige Frau um die 40 mit gnadenlos guter Laune, hatte hinzugefügt, dass die Einsatzorte zur Halbzeit natürlich getauscht würden, was dann wiederum Andy die Sprache verschlagen hatte.

Gummi näherte sich seinem Freund, der ihn offenbar noch nicht bemerkt hatte. Er stand jetzt ganz still, stierte vor sich auf den Boden und atmete weiße Wölkchen in die Winterluft. Es hieß, Andy mache eine Therapie. Seine Eltern nahmen sich jetzt viel Zeit für ihn, was Andy ziemlich nervte. Sein Vater war bei den Grünen freiwillig etwas mehr in den Hintergrund gerückt, seit die Presse über alles berichtet hatte. Pazifismus und Gewaltlosigkeit predigen, aber der eigene Sohn hat's gern mit Schusswaffen und ist in kriminelle Machenschaften verstrickt …

„He, Andy!"

Andy zuckte zusammen.

„Ich bin's nur", sagte Gummi, „keine Panik."

„Weiß ich doch."

Der Bus kam und die beiden stiegen ein. Sie teilten sich eine Sitzbank, Gummi am Fenster, Andy am Gang.

Andy schien heute mundfaul zu sein. Erst als sich die Türen des Busses mit einem schmatzenden Geräusch schlossen und der Fahrer in den Wendehammer fuhr, sagte er vollkommen unvermittelt: „Der Typ hat mir 'ne Weihnachtskarte aus dem Knast geschrieben."

Gummi verdrehte die Augen, auch er hatte Post von Jimmy bekommen.

Andy hielt ihm die Karte unter die Nase. Über einer winterlich zugeschneiten Berglandschaft glitzerten die Sterne und darüber stand in leicht erhabenen Goldbuchstaben: „Ein friedvolles Weihnachtsfest und ein erfolgreiches neues Jahr". Der Typ hatte echt Nerven. Friedvoll. Erfolgreich. Gummi klappte das Kärtchen auf und überflog, was Jimmy geschrieben hatte.

Es war wortwörtlich derselbe Mist, den er auch ihm geschrieben hatte. Es täte ihm Leid. Furchtbar Leid. Er wolle sie um Verzeihung bitten. Auch wenn er wisse, dass es für das, was er getan habe, natürlich keine Entschuldigung gäbe. Er hoffe, dass sie bald darüber hinwegkämen. Das alles in einer krakeligen Grundschülerschrift, die mit jeder Zeile mehr nach rechts unten abfiel. Gummi hätte kotzen können.

„Hab' ich auch bekommen." Gummi gab Andy die Karte zurück.

„Und was machst du?"

„Was schon? Wegwerfen und vergessen."

Andy nickte, betrachtete aber immer noch die Karte. Als der Bus am Landratsamt abbog, setzte er nochmal an: „Und wenn es ihm wirklich Leid tut?"

„Glaubst du das etwa?" Gummi schnaubte verächtlich.

„Weiß nicht."

Gummi sagte nichts mehr, sondern sah aus dem Fenster. Der Bus verlangsamte seine Fahrt, weil die Ampel am Hallenbad auf Rot stand und sich eine Schlange aus wartenden Fahrzeugen gebildet hatte. Er konnte sich an fast alles, was an dem Nachmittag im Oktober geschehen war, erinnern. Erst zum Ende hin, als er frierend am Fuß des Goetheturms gesessen hatte, ließ ihn sein Gedächtnis im Stich. Meier und Bernd waren auf einmal dagewesen und später hatte er mit Meier in einer ihm fremden Wohnung gesessen und auf die Polizei gewartet. Jemand hatte ihm eine Tablette gegeben und dann war er müde geworden und eingeschlafen, und als er wieder aufgewacht war, lag er zu Hause in seinem Bett. Auch ihm hatte man dringend psychologische Gespräche empfohlen, aber bis jetzt hatte er sich drücken können. Gummi wollte eigentlich nicht reden, er wollte nur vergessen.

Der Bus steuerte auf die nächste Ampel zu, bog ab und befand sich jetzt auf der Gernsheimer Straße, die zum Marktplatz führte.

* * *

„Wer ist da?", fragte Meier mit energischer Stimme durch die Tür.

„Hier ist der Tommy, wir haben telefoniert."

Meier öffnete die Tür vorsichtig einen Spalt und spähte misstrauisch nach draußen.

„Wir sind verabredet. Wegen der Band."

„Ja, ja, schon klar, warte oben, ich komm' gleich."

Meier schloss die Tür wieder und atmete tief durch. Tommy. Jimmy. Wir haben telefoniert. Scheiße.

Er hatte gedacht, die Sache ganz gut verkraftet zu haben, aber bestimmte Dinge brachte er immer noch nicht fertig. Zum Beispiel, hier unten zu schlafen. Er war nur tagsüber nach der Arbeit in seiner Wohnung, zum Schlafen ging er wieder in sein altes Kinderzimmer drüben im Haus. Seine Eltern hatten das anstandslos akzeptiert. Sein Vater hatte den Wagen gründlich gewaschen und auch den Innenraum gesäubert, aber nicht ein Wort darüber verloren, dass er sich an ihm vergriffen hatte.

Auch Meier hatte eine Weihnachtskarte bekommen, sie aber noch nicht geöffnet. Sie lag seit gestern auf dem Küchentisch, zusammen mit dem Wertkaufblättchen und der Heimatzeitung vom letzten Wochenende. Vielleicht würde er die Karte wie aus Versehen mit dem Altpapier abräumen und wegwerfen, vielleicht auch nicht. Vielleicht würde er sie noch ein paar Tage so liegen lassen, er wusste es nicht. Und er wollte sich auch nicht damit beschäftigen. Er wollte irgendwann wieder hier unten in seiner Wohnung schlafen können, das war es, was er wollte. Dass Weihnachtskarten von Jimmy ihm dabei helfen konnten, glaubte er eher nicht.

Meier zog sich seine Lederjacke über, nahm die Autoschlüssel vom Schlüsselbrett und ging nach oben, wo der Typ, der Tommy hieß, etwas ratlos auf dem Hof stand. Der musste ihn für ziemlich beknackt halten, so wie Meier sich verhielt.

Tommy hatte Wochen nach den Geschehnissen in Frankfurt einen von Meiers Flyern gefunden und sich gemeldet. Er habe bisher Deutschrock gemacht, aber englische Texte würde er auch hinkriegen. Meier hatte ihm gesagt, die Band sei erledigt, sich aber trotzdem seine Nummer notiert.

Als die anderen dann doch wieder zaghaft anfingen zu proben, hatte er ihn angerufen und zum Vorsingen eingeladen. Er war nur einssechzig groß und schmächtig, hatte glatte lange Haare und trug ein Stirnband, auf dem in Regenbogenfarben „Peace“ stand. Tommy machte gerade Zivildienst im Krankenhaus und war die Harmlosigkeit in Person, aber Meier konnte gegenwärtig einfach niemand Fremdes in seiner Kellerwohnung ertragen.

Tommy stieg selig lächelnd in den Kadett. „Mann, ich freu mich richtig", sagte er, „endlich mal wieder richtig Mucke machen, das hat mir gefehlt."

Freu dich mal lieber nicht zu früh, dachte Meier, nickte aber bloß und sagte: „Besser als mit unserem letzten Sänger wird's ganz bestimmt."

* * *

Bernd war der Erste im Proberaum. Er klopfte sich den Schnee von den Schuhen, zog die dicke Winterjacke aus und wärmte sich die Finger über der Heizung. Er hatte wieder vergessen, Handschuhe anzuziehen und auf dem Fahrrad biss der Wind einem doch ganz schön in die Pfoten. Er spürte, wie die Wärme die Gelenke geschmeidig machte und die Haut entspannte. Heute also mit neuem Sänger, da blieb es nicht aus, dass man an den schwarzen Freitag im Oktober dachte.

Bernd hatte es natürlich am leichtesten, das wusste er. Er war nicht entführt oder misshandelt worden. Er hatte dem Scheißkerl sogar noch das Leben gerettet. Und dafür hatte der sich mit einer Weihnachtskarte aus der U-Haft bedankt.

Bernd knipste die Verstärker an, stöpselte die SG ein und begann damit, die Gitarre zu stimmen. Gestern hatte er neue Saiten aufgezogen. Sein Vater meinte, dass die Karte wahrscheinlich eine Idee des Anwalts gewesen sei, um Jimmy vor Gericht besser dastehen zu lassen. Bernd glaubte das auch, aber trotzdem hielt er den Dank für aufrichtig, schließlich wäre der Typ ohne ihn da oben jämmerlich verreckt.

Bernds Eltern hatten auf die Geschehnisse mit Bestürzung und Sorge reagiert. Sein Vater hatte ihm erläutert, dass niemand sich selbst in Gefahr bringen müsse, um zu helfen. Niemand. Nicht einmal ein Notarzt. Trotzdem hatte Bernd das Gefühl, dass sein Vater irgendwie stolz auf seinen Einsatz war. Jedenfalls erzählte er auch im Krankenhaus davon, und der Artikel aus der Frankfurter Rundschau, in der Bernds Erste-Hilfe-Maßnahme als „beherztes Eingreifen“ beschrieben wurde, hing seit Wochen an der Pinnwand in seinem Hobbyraum.

Die Gitarre war gestimmt und Bernd begann zum Aufwärmen mit dem üblichen Bluesschema. Nach ein paar Takten variierte er den Rhythmus ein bisschen und ging dann zum Solo über, als Gummi und Andy eingeschneit den Raum betraten. Die beiden waren vom Marktplatz hergelaufen und setzen sich erstmal auf die Heizung, um sich aufzuwärmen.

„Das ist eine Scheißkälte da draußen“, fluchte Gummi und Andy murmelte: „Das kannste singen.“

Bernd stellte die Gitarre in den Ständer und streckte sich, sodass seine langen Finger fast die Decke berührten.

Als sie von draußen Geräusche hörten, hoben alle drei wie wachsame Vögel die Köpfe und lauschten angestrengt.

„Das ist bestimmt Meier mit dem Sänger“, sagte Bernd leichthin, aber Andy und Gummi schienen auf einmal ganz weit weg zu sein. Die Schritte näherten sich, eine dunkle Stimme war zu hören, unverkennbar Meier, dann ein helles Lachen. Kurz darauf standen die beiden im Proberaum.

Der neue Sänger war ein schmächtiger Zwerg, der sie alle freundlich anlächelte. Noch bevor Meier ihn vorstellen konnte, ging er auf Bernd zu, sah zu ihm hoch und sagte: „Hi, ich bin der Tommy.“

Bernd nickte. „Hallo, Tommy. Ich bin Bernd. Und die zwei da drüben“, er deutete zur Heizung rüber, „das sind Andy und Gummi, unsere Rhythmusgruppe.“

Als Meier hörte, wie Bernd die beiden als Rhythmusgruppe bezeichnete, lachte er einmal kurz und trocken auf.

„Was gibt's denn da zu lachen, Meier?“ Gummi stieß sich von der Heizung ab und zwängte sich hinter seine Schießbude.

„Nix, nix...“ Meier hob die Arme.

Der Neue packte sein Mikro aus und befestigte es mit schnellen, geübten Griffen auf dem Ständer vor ihm.

Andy kam zu Bernd rüber. „Brauch mal das Stimmgerät.“

Bernd gab es ihm, und Andy beugte sich ein Stück näher als nötig zu ihm, raunte: „Gibt's hier jetzt gleich die volle Ladung Flower Power, oder was?“

Bernd machte eine begütigende Handbewegung, die heißen sollte: Jetzt lass ihn doch erstmal machen.

Nachdem Andy den Bass gestimmt hatte, blickte Bernd sich um, ob alle bereit waren, dann wandte er sich an Tommy.

„Also wir haben zuletzt ‚The Jack‘ von *AC/DC* gespielt, kennste doch bestimmt, oder?“

„Klar, kenn' ich! In meiner alten Band haben wir das mit deutschem Text als Reggae gespielt.“

„Mit deutschem Text?“ Bernd war perplex.

„Ja. Hieß bei uns ‚Der Schorsch‘.“

„Der Schorsch?“

„Ja, ja, und der Schorsch hat den Tripper und so, soll ich's vielleicht mal so singen? Auf Deutsch mein ich?“

„Bloß nicht!“ Gummi tippte sich an die Stirn.

„Muss ja nicht sein“, lenkte Tommy sofort ein.

„Wir sind da eher ... am Original interessiert, weißte?“, sagte Bernd und sah Meier, der sich jetzt den Hintern an der Heizung wärmte, strafend an. Was für einen schrägen Vogel hatte er denn da wieder angeschleppt?

Gummi zählte an, viel zu schnell. Nochmal. Schon besser. Sie waren alle an Bord und im selben Takt. Der erste Übergang klappte auch, keiner zu schnell, keiner zu langsam, sie groovten sich ein, dann die kaum wahrnehmbare Pause und der erneute Übergang, jetzt trat Tommy vor, legte eine Hand ans Mikro und begann zu singen.

Nachwort und Danksagung

Die zeitgeschichtlichen Umstände und Hintergründe eines Regional-Krimis, der im Jahr 1982 spielt, sollten doch weitgehend gut recherchierbar sein. Im Grunde trifft diese Vermutung auch zu, aber gerade, wenn es um Alltäglichkeiten geht, die nun über 30 Jahre zurückliegen, wird die Quellenlage schon bedeutend dünner. Ein Phänomen, das offenbar damit zusammenhängt, dass Alltägliches zu seiner Zeit meist nicht fotografiert und dokumentiert wird. Hinzu kommt noch, dass das Fotografieren in den frühen 80er Jahren, also lange vor der Einführung der Digitalisierung, nicht eben billig war. Und außerdem: Wer fotografiert denn schon die Auslage des Supermarkts, einen verlassenen Parkplatz oder Passanten vor einer nichtssagenden Häuserzeile? Erst beim viel späteren Betrachten von Schnappschüssen aller Art sind auf einmal Dinge interessant, denen man zum Zeitpunkt der Aufnahme keine Beachtung schenkte: Da standen ja mal Parkuhren, dort eine Telefonzelle. Hier kann man im Hintergrund Autos sehen, die heute schon Oldtimer sind, da sitzen Leute in einem Restaurant und rauchen.

Das Rauchen in der Öffentlichkeit war in den frühen 80er Jahren noch selbstverständlich, dafür musste man sich zum Telefonieren in geschlossene Räume zurückziehen. Zuhause hatte man einen Festnetzanschluss (oder auch nicht!) und in Telefonzellen benötigte man passendes Kleingeld (Groschen), selbst die inzwischen auch schon wieder ausrangierten Telefonkarten gab es noch nicht. Was das Rauchen und das Telefonieren angeht, hat sich das Verhältnis Öffentlich zu Nicht-Öffentlich mittlerweile ins Gegenteil verkehrt: Während das Rauchen kaum noch öffentlich stattfindet (stattfinden darf), wird überall und ständig telefoniert.

Damit ich nicht falsch verstanden werde: Ich will die Vergangenheit nicht verklären, es geht keineswegs darum, eine Wertung vorzunehmen. Wenn man allerdings einen Krimi schreibt, der in der jüngeren Vergangenheit spielt, muss man versuchen, seinen Blick für derartige Veränderungen zu schärfen, um wieder ein Gefühl für die Zeit zu bekommen.

Für Generationsgenossen ist es natürlich immer interessant, auf Dinge zu stoßen, die man noch aus der eigenen Jugendzeit kennt. Insbesondere im Bereich der Unterhaltungselektronik erlebt man da zuweilen staunend, wie schnell das Neueste von damals zur Antiquität von heute geworden ist. Beispiele? Das Tonband, die VHS-Kassette, die Audio-Kassette, die Schallplatte ... Gibt es alles noch, ich weiß, hat aber heute eine vollkommen andere Bedeutung als noch vor 30 Jahren.

Obwohl vieles im Internet zu finden ist, geht es beim Schreiben nie ohne persönliche Unterstützung. Bei der Recherche zum vorliegenden Buch haben mir einige Personen mit ihrem Wissen und ihrem Fundus an Fotografien, Filmen und Dokumenten dabei geholfen, einen möglichst authentischen Rahmen für meine Geschichte zu schaffen. Für Ungenauigkeiten und Fehler bin, wie immer, allein ich verantwortlich. Ich danke:

- Alfred Neumann, der mir seine umfangreiche Sammlung zur Geschichte Groß-Geraus zugänglich gemacht hat;
- Markus Leipold für seine Infos zur alten Raststätte an der A67, seine Internetseite www.safarilandgg.com ist eine kleine Schatzgrube der jüngeren Groß-Gerauer Geschichte;
- Werner Wabnitz für seine Informationen zum Gelände des Schützenvereins in Groß-Gerau;

- meinem Freund Dr. Christian Schulmeyer, der mich bei den waffentechnischen Einzelheiten beraten hat;
- meinem Freund Rainer Walz, dessen Gedächtnis viele Details aus den 80ern aufbewahrt hat;
- Jürgen Volkmann, Stephan Friedl und Pamela Baer von der Stadtverwaltung Groß-Gerau sowie W. Christian Schmitt, Redakteur des WIR-Magazins, für ihre Unterstützung;
- René Heinen und seinem Team vom Societäts-Verlag, die aus dem Manuskript ein Buch gemacht haben;
- dem Hessischen Ministerium für Wissenschaft und Kunst, das meine Arbeit an diesem Kriminalroman mit einem Förderstipendium unterstützt hat.

Ein besonderer Dank gebührt wie immer meiner Frau Ilka, die das Manuskript in all seinen Stadien mehrfach aufmerksam gelesen und mich tapfer ertragen hat, als ich mehr im Text als bei ihr war. Du bist in jeder Weise alles, was ein Mensch einem anderen sein kann.

Der Autor

Ralf Schwob wurde 1966 in Groß-Gerau geboren, arbeitete lange als Krankenpfleger und studierte später Germanistik in Mainz. Nach seinem Abschluss war er als Redakteur und Werbetexter tätig. Heute arbeitet er als freier Autor und Buchhändler und lebt mit Familie in seiner Heimatstadt Groß-Gerau. Für seine literarischen Arbeiten wurde er mit verschiedenen Preisen ausgezeichnet, unter anderem mit dem Literaturförderpreis der Stadt Mainz. 2011 erschien sein Ried-Roman „Büchners letzter Sommer“. 2013 erschien im Societäts-Verlag „Problem Child“.

Pete Smith

Endspiel

Frühsommer 2010: Während die deutsche Fußball-Nationalmannschaft in Südafrika um den WM-Titel spielt, befindet sich Lionel, ein junger Geschichtsstudent, kurz vor Abschluss seiner Doktorarbeit in einer Sinnkrise. Ein Freund vermittelt ihm einen Job in einer Seniorenresidenz am Frankfurter Dornbusch, um den Bewohnern der Einrichtung das Internet näher zu bringen. Dort lernt er die 79-jährige Elena Morgenstern kennen, die sich auf leisen Sohlen in sein Leben schleicht. Eines Tages drückt sie ihm einen Koffer mit Tagebüchern und Briefen in die Hand.

368 Seiten, Broschur
ISBN 978-3-95542-120-5
12,80 Euro